# 黙阿弥研究の現在

*Current Research on Mokuami*

*Yayoi Yoshida*

吉田弥生

雄山閣

# 目次

# 第一章　研究史

大正四年一月の黙阿弥二十三回忌にあわせた大正三年十二月、黙阿弥長女糸の養子である河竹繁俊氏によって黙阿弥の伝記『河竹黙阿弥』が演芸珍書刊行会から刊行された（増補改訂版は大正六年、春陽堂刊行）。繁俊氏がその「例言」に「専ら事実の精確といふ点に重きをおいて、及ぶべきだけ有りのまゝに記述した」というとおり、文化十三年二月の出生から明治二十六年一月に死去するまでの黙阿弥の人生、作者としての歩み、活躍した江戸末期から明治期の黙阿弥をとりまく劇壇の様子、著作の解題が事実の記録としておさめらている。記録の収集には長女糸、竹柴其水はじめ黙阿弥の門弟、繁俊氏の師である坪内逍遥、饗庭篁村、伊原青々園、田村成義らが協力して、この伝記が刊行されるはこびとなったという。『河竹黙阿弥』は体裁として伝記であり、研究書ではないが（のちに研究書としても河竹繁俊氏において黙阿弥以外の作者論もふくめた昭和十五年六月東京堂刊行『歌舞伎作者の研究』に発展したと思われる。）、黙阿弥が育った環境、芝居との出会い、劇界の状況、人間関係、作品の成立や初演時の評判など、その後の研究史に与えた情報量と影響は多大であり、言語研究の場合は別として、作者・作品論においても、江戸末期・明治期の演劇史論においても、拠るところが少なくない。

この伝記に続いて、今日読むことのできる最も古い黙阿弥の研究書が刊行されたのは、伝記が出版された二年後、大正五年十一月古劇研究会編、天弦堂刊行の『世話狂言の研究』である（大正六年に版権が譲渡され、大正七年に改訂版が近田書店より刊行）。次にこの中におさめられた永井荷風氏の「三人吉三廓初買につきて」の冒頭部分を引用する。

黙阿弥翁が戯曲並にその傳記につきては其家を継れた吉村繁俊君数年に渉る研究の結果として舊臘「河竹黙阿彌」なる一巻を公にせられ吾人は目下此書によつて今日まで知る事の出来なかつた種々なる新しい報道に接しつゝある際である。この書を精読せば、更に進んで劇の秘訣につきても大に啓発する処があらうと信ずる。

繁俊氏の業績を「研究の結果」ととらえており、そして、やはり後の研究の「啓発」としての大きな役割についてふれている。『世話狂言の研究』には黙阿弥以外の作者の世話物作品論をもおさめるが、黙阿弥論の部分が中心をなしている。先の永井荷風氏の論考にはまた、「日本の演劇なるものが、将来外国の感化によつて内容外形共に如何に変化するとしても、日本の舞台上に、日本人日常の家屋、居室、衣服、又日本語と日本人の身体を使用する限り、吾人は黙阿弥翁の戯曲について一々其劇的並に絵画的効果の如何を研究して行く必要がある。」と将来的な演劇の変化を案じて黙阿弥研究の必要性を説き、黙阿弥伝に書かれた記録をふまえたと思われるが、「小団次の技芸と相伴うて、江戸演劇の進歩の最頂点を示した」と述べている。この小団次と黙阿弥の提携関係についての研究は後代に引き継がれ、黙阿弥が書き、小団次が演じた一時代を通して江戸末期の歌舞伎史をみる内容の多くの論考が生まれた。昭和二十六年四月、『国語国文』に発表された土田衛氏の「小団次と黙阿弥」、田井庄之助氏の「小団次と黙阿弥」（『国文学攷』昭和三十五年六月）がそれである。永井啓夫氏が四代目市川小団次に関する研究をまとめた単行本の『市川小団次』（昭和四十四年二月、青蛙房刊行）を出版すると、黙阿弥と小団次の提携が幕末の江戸歌舞伎をいかに盛り上げ、支えたかという史的研究はほぼ終局をむかえた。しかし、上方で修行した小団次の身体が黙阿弥の脚本に変化をあたえたことには、上方歌舞伎による江戸歌舞伎の脚本の変質があったことを意味しており、小団次の江戸の芝居への登場については黙阿弥の脚本の特色性および江戸末期の歌舞伎の変化、といった見地からまだ再考の余地があると思われる。

　ふたたび『世話狂言の研究』に掲載された荷風氏の文章にもどるが、同書の中、荷風は「余は黙阿弥劇の第一の価値をば作劇技術の巧妙と其の感情外形の艶美なるに置き、作家の人生観社会観また芸術の主義の如何を第二としてゐる」と自身の黙阿弥劇にたいする評価の結論的意見を示す。この荷風の評価にその後における黙阿弥研究の課題がおおよそ集約され、提示されているように思われる。なお、『世話狂言の研究』には最も初期の作品論とみるべき吉井勇氏の「『三人吉三廓初買』」がある。評論（『世話狂言の研究』刊行以前、評論は出ていた）の域を出ない部分が大きい文章であるが、『三人吉三廓初買』の作中、因果のごとくめぐりめぐる百両と庚申丸の刀について「研究してみたら面白いかも知れない。」とやはり将来的な研究課題を提供していた。

　黙阿弥を専門的に研究した内容による、はじめての単行本刊行は大正十四年十一月の吉見庸勝氏『黙阿弥世話物の研究』（文献書院刊行）である。著者が若くしてこの世を去ったために一周忌の記念として指導者らによって著者の没後に刊行されたものである。内容的には、黙阿弥世話物の代表的なものをテキストに用いながら作劇における特色を指摘するものである。たとえば黙阿弥作品に描かれる「悪」については「黙阿弥の『悪』といふものの描写を考察してみると第一は悪の美化であり。第二は悪の善化又は鈍化である。（中略）弁天小僧は悪ではなくて美の象徴である。」と述べる。この意見と同じ見方は後に守随憲治氏の「愛の人黙阿弥」（『早稲田文学』昭和二年七月、東京堂刊行）における「その中心人物は極悪非道な代物ばかりである。だが、特殊な一二を除いては、必ず決末では真人間になる。ここが南北等の悪人とは全く違ふところである。（中略）黙阿弥は悪人をば、どうしても改心させずにはおけなかったのである。人の性は善なのだ、真人間であるのが当然だ、さうでなければならない。罪人よ、汝は弱き者だ！今自分が強い人間にしてやるぞ！と叫ぶ黙阿弥の心に澎湃と漲つて居るものは愛でなくて何であらう。」との考えにも流れ、郡司正勝氏の「黙阿弥」（『民俗文学講座　第六巻・近世文芸と民俗』昭和三十五年、弘文堂新社刊行）における黙阿弥作品に描かれる「悪の弱さ」の指摘や服部幸雄氏の「白浪狂言考」（『季刊雑誌　歌舞伎』第三号　昭和四十四年一月）の「善に帰る」悪について「前提に善が据えられている」とする考察へと受け継がれている。また、作品例を示しながら音楽の力が舞台効果を高めている、作品にみる音楽性の指摘がなされた。以降にこの指摘を後継する論考は多い。なお、吉見氏の著作は黙阿弥劇の将来性について悲観的な見方を提示して結んでおり、その理由として、江戸前の気分を呑みこんだ役者と観客が存在しなくなることを挙げている。今日、黙阿弥作品は頻繁に上演される作品は限られているものの、代表的な世話物作品を中心にほぼ毎月、歌舞伎を主に専門として上演する劇場で上演されている。しかし、我々の目にする耳にする黙阿弥の芝居はもはや黙阿弥の芝居ではなくなっているかもしれない。雰囲気や台詞のテンポが初演時や黙阿弥存命期に活躍した役者の身体によって演じられていた時代と同じとは到底思えないからである。著書の結びに書かれた吉見氏の悲観的な見解は残念ながら当たりつつあるのが現状といえる。また、同時に黙阿弥の作品がいかに情緒を生命とし、役者の身体を重要としたか、ということを思う。

　しかし、黙阿弥作品にある「情趣」について中心とした研究はなされてこなかった。「殺し場」をめぐった「情趣」

についてであれば、昭和二年七月『早稲田文学』に稲垣達郎氏が書いた「黙阿弥劇の『殺し場』」がある。稲垣氏は「黙阿弥劇殺し場の情趣の主点は、軽快、哀愁、濃艶など」とし、「殺し場はわけて微細な写実がその中心をなすが、幕切れでは、写実が従となり、様式化が演出指定の力点と変つて来る。」と前置きした上で、南北の殺し場との比較におよび、南北が「殺しに徹してゐる」のに対し、黙阿弥の「忍ぶの惣太」「十六夜清心」「正直清兵衛」などにみる殺し場の背景や小道具の「絵画的」「夢幻浪漫的調和の美」を賛美し、「写実に基調をおき」「殺しで幕」とする南北と殺し場にだんまりを付して幕切れに情趣を加え、「変化に乏しい」が「様式化」された黙阿弥の殺し場の創作手法の違いを解明した。

整理されたかたちでの南北と黙阿弥の比較研究では守随憲治氏の「南北と黙阿弥」（『国語と国文学』昭和八年十月、のち昭和五十三年三月笠間書院刊行『守随憲治著作集　第三巻』に収められた）が早い。南北の悪魔主義に対して黙阿弥の悪の不徹底、台詞にみる文学的装飾の有無の違い、幕切れの工夫・劇場音楽の使用については南北より黙阿弥で発展したことなどが比較考察された。また、守随氏の論は両作者を比較するなかで両作者それぞれの特色があぶりだされることをも提示したといえる。今後、南北・黙阿弥の比較研究はこの論考をふまえてさらに具体的な検討を出していくべきである。

昭和十三年にもなると、それまで出されてきた黙阿弥研究をまとめる動きがおき、片田江全雄氏が「黙阿弥研究の諸相」（『古典研究』昭和十三年六月）を著した。糸氏や河竹繁俊氏という河竹家を後継する人々以外によって黙阿弥作品を研究する体制ができたことを意味するだろう。

以上の数多の研究論考を概観したところ、これまでの黙阿弥研究では、

(1)世話物を得意としたこと。

(2)小団次との提携関係が江戸末期の歌舞伎史において一時代を築き、多くの白浪狂言の秀作が生まれたこと。

(3)明治期における作劇の苦心。

(4)音楽性の豊かさ（台詞・浄瑠璃の使用）。

(5)他作者との比較論（南北に比べて悪が弱く、殺しの場が装飾的など）。

などが指摘されたことがわかる。

さらに黙阿弥作品にみられる細かな特徴をとりあげてみせたのは郡司正勝氏であった。先にあげた悪の弱さの指摘のほか、人生観の一瞬の変貌、地獄趣味の存在、庚申信仰という民俗へよりかかった態度、江戸の美学である見立ての趣向の存在などが特徴的にあらわれる傾向を示した（前出『民俗文学講座　第六巻・近世文芸と民俗』）。この郡司氏の論考が出された昭和三十年代からは盛んに、とは言い難いが黙阿弥研究がジャンルを細分化するかたちで発展をみせた。おおよそ次のジャンルに分けられる。

①　世話物を中心とする作劇術研究

②　作品研究

③　他作者・他ジャンルとの影響関係の研究

④　明治期の作劇考

⑤　言語研究

まず、①については、青木繁氏の「黙阿弥劇の作劇考―世話物の例―」（『りてらえやぽにかえ』昭和三十七年十月）、大山功氏の「黙阿弥世話物のドラマツルギー」（『芸能』昭和五十五年九月〜十二月）、などが〈世話物〉という枠のなかでの黙阿弥の作劇術を解明しようという研究にあたる。これらの論考によって、従来の常識論に作品例をあてはめていくという考察のスタイルが作劇術研究の方法として定着した。

一方、黙阿弥研究における作品研究は比較的新しいジャンルとなっている。代表的な作品研究には、今尾哲也氏の「三人吉三廓初買　黙阿弥のドラマトゥルギー」（『新潮日本古典集成　三人吉三廓初買』昭和五十五年七月、新潮社刊行）、古井戸秀夫氏の「髪結新三」（『江戸文芸研究』平成五年一月）、今岡謙太郎氏の「『難有御江戸景清』後日　蓮生問答』の特色」（『演劇学』平成六年三月）、今尾哲也氏の「『青砥稿花紅彩画』を読む」（『日本演劇学会紀要』平成十一年九月）などの論考があげられるが、いずれも一つの作品の構造や趣向の特色について新たな解釈を加えることによって、作品の真髄に迫り、作品をとおしてみた黙阿弥という作者の特色・態度が明らかになるという意義のある論である。今後さらに②の研究ジャンルをすすめていくことで常識論をみつめなおし、新たな真実を見出していくことができると思われる。

③では、他作者との影響関係で、田井庄之助氏の「近松作品の黙阿弥への脚本への投影」（『近世文芸稿』昭和三十九年二月）や柳町道広氏の「天保嘉永期の狂言作者と河竹黙阿弥」（『国文学論考』昭和五十五年二月）などの論考がある。近松作品の影響は後代の多くの作者になんらかの影響をおよぼしたと思われる。黙阿弥に直接的な影響を与えたのはやはり少し前の世代の作者と同時代の作者たちではないかと思われる。作劇研究の要領で作品をとりあげながら、他作者との比較をおこなう方法で今後も詳細な影響関係を見出すことができるであろう。

他ジャンルとの影響関係でみれば、黙阿弥が戯作や話芸の脚色を多く手掛けた作者であることに着目でき、代表的なこれまでの論考には、小池正胤氏の「近世から近代へ―維新前後の合巻と黙阿弥劇二・三―」（『文学・語学』昭和四十八年八月）、延広真治氏の「『大岡政談』の流れ―『梅雨小袖昔八丈』―」（『国文学　解釈と教材の研究』昭和五十年三月増刊号、学燈社刊行）、平辰彦氏の「十九世紀の英国喜劇と翻案歌舞伎―リットンと黙阿弥の比較研究―」（『演劇学』平成二年一月）などがある。いずれも黙阿弥が江戸戯作や人情噺、西洋文学の影響をうけ、それらを摂取し、脚色して、いかに時の大衆に喜ばれるものを舞台化しようと試みたかを論じている。それは江戸文化や明治期の開化の風俗がどのように黙阿弥の脚本にあらわれ、江戸末期から明治期の歌舞伎を創造することにつながったかを研究することでもあり、いまだほとんど解明されていないジャンルであり、今後に残された課題が大きい。

④は黙阿弥と明治維新以後の劇界の変化との関係を主に論じる研究であるが、たとえば、心理的な問題については、やはり家の後継者である河竹登志夫氏の「黙阿弥の引退の真意と晩年の心境」（『演劇学』昭和五十九年三月）があり、

作劇における変革に関しては没後百年の記年号となった『歌舞伎　研究と批評』第十号（平成四年十二月）に掲載された今尾哲也氏の「変革期の黙阿弥」、神山彰氏の「活歴の領分—黙阿弥と団十郎と」などが変革期の作品の様子を丁寧に解析している。なお、単行本のかたちでは渡辺保氏が『黙阿弥の明治維新』を著した。江戸末期に小団次の写実的な演技にあわせてチョボを多く入れた脚本を提供してきた黙阿弥が、時代風俗を忠実に写した活歴の脚本を「腹芸」をきわめんとする九代目団十郎に書くということは、一大変化を要求されることを意味する。だが黙阿弥はこの変革期をも乗り越えて明治期にも多くの作品を生み出した。活歴という新しい形式の時代物を書くことによって、明治期には世話物を得意とする黙阿弥に時代物作品が増えた。その一方でバランスをとるかのように江戸の雰囲気を残した新作の世話物をも書き続けたのである。

⑤の言語研究は昭和三十年代よりはじまった。三谷和子氏の「黙阿弥生世話狂言における台詞の研究」（『東京女子大学日本文学』昭和三十年五月）、田井庄之助氏の「黙阿弥の脚本に頻出する流行語」（『国文学攷』昭和三十五年五月）、神山彰「黙阿弥『七五調』の命運」（『日本学』昭和六十三年七月）、本田ゆたか「黙阿弥『七五調』のリズムとテンポ」（『歌舞伎　研究と批評』平成二年六月）などは演劇研究者による台詞の研究であったが、やがて黙阿弥脚本は日本語研究において重要な素材と化し、上野隆久氏の「江戸歌舞伎『小袖曾我薊色縫』におけるサ変動詞の実態」（『日本近代語研究』平成三年十月）、室井努氏の「黙阿弥の歌舞伎脚本の言語の性格について—「〜ます」の語形を検討して—」（『東北大学文学部日本語学科論集』平成六年九月）、宗静恵氏の「歌舞伎脚本におけるハ行四段活用動詞の音便形について」（同）などが発表された。

一見、質・量ともに出尽くした感のある①から④の分野であるが、まだ詳細な研究が必要である。たとえば、南北をふくめた同時代の作者との関わり、小団次またその他の役者との関係と作品成立への影響、脚色作品の原拠との比較考察をとおしてみた作品の成立事情、明治期における西洋文学からの影響などの諸問題を検討することには、狂言作者河竹黙阿弥の史的位相と作劇術の詳細な解明が期待できると信じており、とりくんでいきたいと考えている。

# 第二章　研究文献目録

河竹黙阿弥を研究するために必要な文献資料の目録を作成した。黙阿弥研究はこれまでに演劇学はもちろんのこと、文学、歴史学、言語学、興行システム論、身体論、音声論など様々な分野において活発になされてきた。そして、黙阿弥作品は現在もなお、「よく上演される歌舞伎作品」という性格上、上演の機会のたびにパンフレットや専門雑誌などに研究成果のみならず、評論家による批評や作家らによるコラムなどが掲載され、編まれてきた。つまり、河竹黙阿弥は研究の現場以外からも様々に論じられてきたのである。

ところが黙阿弥没後百十年を過ぎた今日、歌舞伎には上演レパートリーの固定化という問題があり、この傾向は黙阿弥作品の上演においても同様にみられる。いま年間で上演される歌舞伎公演の演目のうち、およそ三分の一が黙阿弥作品である。平成以降の上演数を上演題の統計でみれば、第一位が『連獅子』、第二位が『青砥稿花紅彩画』と『新皿屋舗月雨暈』、第三位が「雪暮夜入谷畦道」、第四位が『三人吉三廓初買』、『紅葉狩』と「河内山」である（吉田弥生『江戸歌舞伎の残照』より。三位の「雪暮夜入谷畦道」と「河内山」は別々に上演されることが多いが、両作は『天衣紛上野初花』の部分。現行の上演題で分けなければ『天衣紛上野初花』が上演数第一位）。

ここに挙げた上演数上位の作品がくりかえし上演されているというのが現代の歌舞伎上演における黙阿弥作品の現状である。通常一ヶ月単位で興行される歌舞伎の上演は、印象が強く、先に述べた刊行物に掲載される数々の批評・コラムなどもその機会に生産されるために、研究にも反映されやすい。危惧すべきことは、この上演を繰り返す一定の作品に研究が集中することである。一定の作品に集中することなく、多くの作品をとりあげ、定説的な作者論にとどまらず、研究領域を広めていかなければならない。

そこで、これまでの黙阿弥研究の〈なにがどこまで解明されているか〉〈どのような視点からの研究が不足しているか〉をあらためて明らかにし、今後の研究の指針を求めるものが必要と考えられる。つまり、ここで現時点までに発表された研究文献の一覧があってしかるべきであろう。しかし、黙阿弥を研究するためには、歌舞伎全般、歴史や風俗、諸芸その他、同時代に関して論じられたもの、史料や資料になるものは数に限りがない。そのため、今度は黙阿弥とその作品を中心に採録の基準を定めて目録とした。

本研究文献目録が黙阿弥作品を研究しようとするすべての人々の資料検索の一助になり、結果として黙阿弥研究の新たな扉がひらかれることを期待する。なお、本目録に収載した文献はあくまでも作成者である筆者の管見によったもの、個人の判断で採用したものからなる。採用基準については左記の判例を参照されたい。

**［凡例］**

本研究文献目録は以下の三つの部門に分けることとした。

（1）作品編
（2）単行本編
（3）雑誌記事編

（1）の「作品編」は初演台帳などをさすものではない。また、再演以降の上演台本もこれに入れていない。作品が活字化され、編集、製本された出版物に限定している。全集類では、どの作品はどの巻に収録されているかを調べる手間が省けるように収録作品を示すようにこころがけた。作品を収録するのみならず、研究文献として価値のある解説部分を含むものも多い。

（2）の「単行本編」は黙阿弥研究を収載する書籍を追跡したものである。中には批評の分野に属する場合もあるが、内容的に研究文献としての価値のあるものは採用した。

（3）の「雑誌記事編」は主として研究論文を集めたが、単行本と同様、批評等に属する分野の雑誌に掲載された記事の場合も、資料的価値のみとめられると判断した場合は採用している。

なお、本目録は（1）で例外も含むが、調査の際の利便性を考え、［新→古］の順に並べた。

## （1）作品編

明治の文学 第二巻　坪内祐三 編　筑摩書房　二〇〇二／二
河竹黙阿弥集　原道生　神山彰・渡辺喜之 校注　岩波書店　二〇〇一／一一
天衣紛上野初花　古井戸秀夫・今岡謙太郎　編著　白水社　一九九七／八
鏡山旧錦絵・加賀見山再岩藤　松井俊諭　編著　白水社　一九九六／七
蔦紅葉宇都谷峠　河竹登志夫 編著　白水社　一九九三／九
三人吉三廓初買　今尾哲也 校注　新潮社　一九八四／七
天衣紛上野初花　井上ひさし 編　学習研究社　一九八二／九
日本現代文学全集　一　明治初期文学集　講談社　一九八〇／五　（島鵆月白浪）
日本近代文学大系　四九巻　近代戯曲集　朝田祥次郎ほか注釈　角川書店　一九七四／八
名作歌舞伎全集　第二三巻　東京創元社　一九七一／一二　（都鳥廓白浪・網模様燈篭菊桐・処女翫浮名横櫛・樟紀流花見幕張・富士額男女繁山・新皿屋舗月雨暈）
名作歌舞伎全集　第一二巻　河竹黙阿弥集　三　東京創元社　一九七〇／一二　（極附幡随長兵衛・四千両小判梅葉・盲長屋梅加賀鳶・水天宮利生深川・島鵆月白浪）
評釈江戸文学叢書　第五巻　歌舞伎名作集 上　河竹繁俊　講談社　一九七〇／九　（勧善懲悪覗機関）
評釈江戸文学叢書　第六巻　歌舞伎名作集　下　河竹繁俊　講談社　一九七〇／九　（弁天娘女男白浪・三人吉三巴白浪）

名作歌舞伎全集 第二巻　河竹黙阿弥集　二　東京創元新社　一九六九／九　（八幡祭小望月賑・青砥稿花紅彩画・曽我綉侠御所染・梅雨小袖昔八丈・天衣紛上野初花）

日本現代文学全集　一　明治初期文学集　伊藤整ほか編　講談社　一九六九／一二　（島鵆月白浪）

名作歌舞伎全集　第一〇巻　河竹黙阿弥集　一　東京創元新社　一九六八／一〇　（三人吉三廓初買・花街模様薊色縫・蔦紅葉宇都谷峠・勧善懲悪覗機関）

明治文学全集　九　河竹黙阿弥集　河竹登志夫編　筑摩書房　一九六六／七　（天衣紛上野初花・水天宮利生深川・島鵆月白浪・人間万事金世中・北条九代名家功・土蜘・紅葉狩・風船乗評判高閣・浪底親睦会・初霞空住吉）

The love of Izayoi & Seishin : a kabuki play / by Kawatake Mokuami ; translated by Frank T. Motofuji — C. E. Tuttle, 1966 — (Library of Japanese literature)　一九六六

日本古典文学大系　五四　歌舞伎脚本集　下　浦山政雄・松崎仁 校注　岩波書店　一九六一／一二　（小袖曾我薊色縫）

縮冊日本文学全集　第四巻　江戸歌舞伎編　塩田良平・福田清人編　日本週報社　一九六〇／一〇　（花街模様薊色縫・三人吉三廓初買・青砥稿花紅彩画・勧善懲悪覗機関・天衣紛上野初花）

黙阿弥名作選　三　河竹繁俊編　新潮社　一九五五／九　（花街模様薊色縫・慶安太平記・曾我綉侠御所染・紅葉狩・極付幡随長兵衛）

黙阿弥名作選　二　河竹繁俊編　新潮社　一九五五／八　（三人吉三廓初買・土蜘・戻橋・茨木・梅雨小袖昔八丈）

黙阿弥名作選　一　河竹繁俊編　新潮社　一九五五／五　（天衣紛上野初花・高時・船弁慶・新皿屋舗月雨暈・弁天娘女男白浪）

黙阿弥名作選　第五巻　河竹繁俊校訂　創元社　一九五三／八　（網模様灯篭菊桐・水天宮利生深川・忠臣いろは実記・極附幡随長兵衛・四千両小判梅葉）

黙阿弥名作選　第四巻　河竹繁俊校訂　創元社　一九五三／四　（勧善懲悪覗機関・船打込橋間白浪・仮名手本硯高

嶋・時鳥水響音・盲長屋梅加賀鳶）

黙阿弥名作選　第三巻　河竹繁俊校訂　創元社　一九五三／一　（天衣紛上野初花・新皿屋舗月雨暈・北条九代名家功・人間万事金世中・島鵆月白浪）

黙阿弥名作選　第二巻　河竹繁俊校訂　創元社　一九五二／一一　（鼠小紋東君新形・曽我綉侠御所染・慶安太平記・桃山譚・吹雪花小町於静・梅雨小袖昔八丈）

黙阿弥名作選　第一巻　河竹繁俊校訂　創元社　一九五二／九　（三人吉三廓初買・花街模様薊色縫・青砥稿花紅彩画・蔦紅葉宇都谷峠・八幡祭小望月賑）

三人吉三廓初買　河竹繁俊校訂　岩波書店　一九三八／五

物語日本文学　第一一巻　黙阿弥名作集　藤村作　至文堂　一九三七／一一　（三人吉三廓初買・勧善懲悪覗機関・船打込橋間白浪・富士額筑波繁山・島鵆月白浪）

歌舞伎名作集　上　河竹繁俊著　大日本雄弁会講談社　一九三五／八

黙阿弥全集（『黙阿弥脚本集』の増補修正版）　第一～二七巻　河竹繁俊校訂編纂　春陽堂　一九三三～一九三七

河内山直侍　春陽堂　一九三一／一〇

明治大正文学全集　第四七巻　河竹繁俊　戯曲篇第一　春陽堂　一九三〇／一二

日本戯曲全集　第三一巻　河竹黙阿弥集　下　春陽堂　一九三〇／五

弁天小僧・鳩の平右衛門　河竹繁俊校訂　岩波文庫　岩波書店　一九二八／八

忍ぶの惣太・縮屋新助　河竹繁俊校訂　岩波文庫　岩波書店　一九二八／七

歌舞伎脚本集　日本名著全集刊行会　一九二八／七　（花街模様薊色縫）

実録先代萩　河竹繁俊校訂　岩波文庫　岩波書店　一九二八／六

孝子善吉　河竹繁俊校訂　岩波文庫　岩波書店　一九二八／六

加賀鳶　河竹繁俊校訂　岩波文庫　岩波書店　一九二八／六

笠森お仙・お静礼三　河竹繁俊校訂　岩波文庫　岩波書店　一九二八／五

赤垣源蔵・仲光　河竹繁俊校訂　岩波文庫　岩波書店　一九二八／五

鼠小僧　河竹繁俊校訂　岩波文庫　岩波書店　一九二八／五

日本戯曲全集　第三〇巻　河竹黙阿弥集　上　春陽堂　一九二八／三　（舛鯉瀧白旗・蔦紅葉宇都谷峠・花街模様薊色縫・三人吉三廓初買・勧善懲悪覗機関・船打込橋間白浪・龍三舛高根雲霧・土蜘）

島鵆月白浪 東京堂　一九二六／一

黙阿弥全集　第二四巻　河竹糸補修・河竹繁俊校訂編纂　春陽堂　一九二六・一一　（有松染相撲浴衣・綴合新著膝栗毛・二張弓千種重籐・一臈職狩場棟上・名大磯湯場対面・綴合於伝仮名書）

黙阿弥全集　第二六巻　河竹糸補修・河竹繁俊校訂編纂　春陽堂　一九二六／一〇　（五十三駅扇宿附・茶臼山凱歌陣立・音聞浅間幻燈画・金看板侠客本店・箱根山曽我初夢・綴引・染分千鳥江戸褄）

黙阿弥全集　第二三巻　河竹糸補修・河竹繁俊校訂編纂　春陽堂　一九二六／九　（音駒山守達源氏・東京日新聞・関東銘物男達鑑・偽織大和錦・筑紫巷談浪白縫）

黙阿弥全集　第二五巻　河竹糸補修・河竹繁俊校訂編纂　春陽堂　一九二六／八　（因幡小僧雨夜噺・今文覚助命刺繍・会稽源氏雪白旗・柳生荒木誉奉書・芽出柳緑翠松前）

黙阿弥全集　第二二巻　河竹糸補修・河竹繁俊校訂編纂　春陽堂　一九二六／七　（狭間軍記鳴海録・左近太郎雪辻能・宝来曽我島物語・艶山錦木下・碁風土記魁升形・月欠皿恋路宵闇）

玉菊　戯曲集　木村富子　歌舞伎座出版部　一九二六／五

黙阿弥全集　第二七巻　河竹糸補修・河竹繁俊校訂編纂　春陽堂　一九二六／五　（恋慕相撲春顔触・松栄千代田神徳・音響千成瓢・嬬下五十三駅）

黙阿弥全集　第二一巻　河竹糸補修・河竹繁俊校訂編纂　春陽堂　一九二六／五　（児雷也豪傑譚話・小春穏沖津白浪・加賀見山再岩藤・上総綿小紋単地）

黙阿弥全集　第二〇巻　河竹糸補修・河竹繁俊校訂編纂　春陽堂　一九二六／四　（所作事浄瑠璃集）

黙阿弥全集　第一一巻　河竹糸補修・河竹繁俊校訂編纂　春陽堂　一九二六／二　（裏表柳団絵・牡丹平家譚・梅雨小袖昔八丈・扇音々大岡政談）

黙阿弥全集　第七巻　河竹糸補修・河竹繁俊校訂編纂　春陽堂　一九二六／一　（処女翫浮名横櫛・好色芝紀嶋物語・群清瀧贔屓勢力・善悪両面児手柏）

黙阿弥全集　第一七巻　河竹糸補修・河竹繁俊校訂編纂　春陽堂　一九二五／一二　（千歳曽我源氏礎・忠臣いろは実記・関原神葵葉・新皿屋敷月雨暈・恋闇鵜飼燎）

黙阿弥全集　第一二巻　河竹糸補修・河竹繁俊校訂編纂　春陽堂　一九二五／一一　（早苗鳥伊達聞書・富士額男女繁山・川中島東都錦絵）

黙阿弥全集　第六巻　河竹糸補修・河竹繁俊校訂編纂　春陽堂　一九二五／一〇　（鶴千歳曽我門松・処女評判善悪鏡・櫓太鼓鳴音吉原・稽古筆七いろは・墨画龍湖水乗切）

黙阿弥全集　第九巻　河竹糸補修・河竹繁俊校訂編纂　春陽堂　一九二五／九　（大杯觴酒戦強者・四十七石忠矢計・三題噺魚屋茶碗・増補桃山譚・出来穐月花雪聚）

黙阿弥全集　第一三巻　河竹糸補修・河竹繁俊校訂編纂　春陽堂　一九二五／八　（人間万事金世中・勧善懲悪孝子誉・黄門記童幼講釈・星月夜見聞実記）

黙阿弥全集　第八巻　河竹糸補修・河竹繁俊校訂編纂　春陽堂　一九二五／七　（怪談月笠森・吹雪花子町於静・吉さま参由縁音信・樟紀流花見幕張）

黙阿弥全集　首巻　河竹繁俊　春陽堂　一九二五／七　（大正六年刊行の『河竹黙阿弥』増訂版　略年譜及著作解題・

黙阿弥脚本年表）

黙阿弥全集　第一四巻　河竹糸補修・河竹繁俊　校訂編纂　春陽堂　一九二五／六　（日月星享和政談・鏡山錦楓葉・二代源氏誉身換・歌徳恵山吹）

黙阿弥全集　第一八巻　河竹糸補修・河竹繁俊校訂編纂　春陽堂　一九二五／五　（水天宮利生深川・女化稲荷月朧夜・極附幡随長兵衛・四千両小判梅葉）

黙阿弥全集　第一〇巻　河竹糸補修・河竹繁俊校訂編纂　春陽堂　一九二五／四　（太鼓音智勇三略・月宴升毬栗・夜討曽我狩場曙・繰返開花婦見月・宇都宮紅葉釣衾・吉備大臣支那譚）

黙阿弥全集　第一五巻　河竹糸補修・河竹繁俊校訂編纂　春陽堂　一九二五／三　（日本晴伊賀報讐・霜夜鐘十字辻筮・木間星箱根鹿笛）

黙阿弥全集　第一六巻　河竹糸補修・河竹繁俊校訂編纂　春陽堂　一九二五／二　（天衣紛上野初花・島鵆月白浪・浮世清玄廓夜桜・北条九代名家功）

黙阿弥全集　第一九巻　河竹糸補修・河竹繁俊校訂編纂　春陽堂　一九二五／一　（盲長屋梅加賀鳶・夢物語蘆生容画・月梅薫朧夜・茡源氏陸奥日記）

黙阿弥全集　第四巻　河竹糸補修・河竹繁俊　校訂編纂　春陽堂　一九二四／一二　（佐野常世誉免状・八幡祭小望月賑・青砥稿花紅彩画・勧善懲悪覗機関・茲江戸小腕達引・身光於竹功）

黙阿弥全集　第五巻　河竹糸補修・河竹繁俊校訂編纂　春陽堂　一九二四／一一　（鳴立沢雪の対面・三題噺高座新作・曽我綉侠御所染・忠臣蔵後日建前・意中謎忠義画合・富士三升扇曽我・船打込橋間白浪）

黙阿弥全集　第三巻　河竹糸補修・河竹繁俊校訂編纂　春陽堂　一九二四／一〇　（菊模様法の燈篭・網模様燈篭菊桐・仮名手本硯高島・花街模様薊色縫・三人吉三廓初買・龍三升高根雲霧）

黙阿弥全集　第二巻　河竹糸補修・河竹繁俊　校訂編纂　春陽堂　一九二四／九　（都鳥廓白浪・敵討噂古市・鼠小紋

東君新形・黒手組曲輪達引）
黙阿弥全集　第一巻　河竹糸補修・河竹繁俊校訂編纂　春陽堂　一九二四／七　（有難御江戸景清・舛鯉瀧白旗・しらぬひ譚・夢結蝶鳥追・蔦紅葉宇都谷峠）
黙阿弥脚本集　第二五巻　河竹糸補修・河竹繁俊校訂編纂　春陽堂　一九二三／一　（所作事・浄瑠璃の巻　土蜘・茨木・一つ家・戻橋・釣狐・船弁慶・紅葉狩・鞍馬山・日月星昼夜織分・神有月色世話事・歳市廓討入・柳風吹矢の糸条・忠臣蔵形容画合・滑稽俄安宅新関・三国三朝良薬噺・日待遊月夜芝居・浪底親睦会・初霞空住吉・風船乗評判高楼・奴凧廓春風）
黙阿弥脚本集　第二三巻　河竹糸補修・河竹繁俊校訂編纂　春陽堂　一九二二／一〇　（出来穐月花雪聚・粋菩提禅悟野晒・恋闇鵜飼燎）
黙阿弥脚本集　第二四巻　河竹糸補修・河竹繁俊校訂編纂　春陽堂　一九二二／一〇　（有松染相撲浴衣・　綴合新著膝栗毛・二張弓千種重籐・一臈職狩場棟上・名大磯湯場対面・綴合於伝仮名書）
黙阿弥脚本集　第二二巻　河竹糸補修・河竹繁俊校訂編纂　春陽堂　一九二二／七　（川中島東都錦絵・吉様参由縁音信）
黙阿弥脚本集　第二一巻　河竹糸補修・河竹繁俊校訂編纂　春陽堂　一九二二／六　（四十七刻忠箭計・月宴舛毬栗・富士額男女繁山）
黙阿弥脚本集　第一八巻　河竹糸補修・河竹繁俊校訂編纂　春陽堂　一九二二／五　（日本晴伊賀報讐・油坊主闇夜墨衣・三題噺魚屋茶椀）
黙阿弥脚本集　第二〇巻　河竹糸補修・河竹繁俊校訂編纂　春陽堂　一九二二／五　（千歳曽我源氏礎・都鳥廓白浪・処女評判善悪鏡）
黙阿弥脚本集　第一九巻　河竹糸補修・河竹繁俊校訂編纂　春陽堂　一九二二／四　（早苗鳥伊達聞書・水滸伝雪

挑・盲長屋梅加賀鳶）

黙阿弥脚本集　第一七巻　河竹糸補修・河竹繁俊校訂編纂　春陽堂　一九二二／一〇　（太鼓音智勇三略・三保浦松月横櫛・廓文庫敷嶋物語）

黙阿弥脚本集　第一五巻　河竹糸補修・河竹繁俊校訂編纂　春陽堂　一九二二／七　（夢物語蘆生容画・莩源氏陸奥日記・四千両小判梅葉）

黙阿弥脚本集　第一四巻　河竹糸補修・河竹繁俊校訂編纂　春陽堂　一九二二／六　（極附幡随長兵衛・浮世清玄廓夜桜・霜夜鐘十字辻筮）

黙阿弥脚本集　第一〇巻　河竹糸補修・河竹繁俊校訂編纂　春陽堂　一九二二／五　（裏表柳団画・牡丹平家譚・新皿屋敷月雨暈）

黙阿弥脚本集　第一三巻　河竹糸補修・河竹繁俊校訂編纂　春陽堂　一九二二／五　（天衣紛上野初花・二代源氏誉身換・水天宮利生深川）

黙阿弥脚本集　第一六巻　河竹糸補修・河竹繁俊校訂編纂　春陽堂　一九二二　（夢結蝶鳥追・龍三升高根雲霧・稽古筆七いろは・網模様灯篭菊桐）

黙阿弥脚本集　第一二巻　河竹糸補修・河竹繁俊校訂編纂　春陽堂　一九二二／一　（黄門記童幼講釈・北条九代名家功・島鵆月白波）

黙阿弥脚本集　第一一巻　河竹糸補修・河竹繁俊校訂編纂　春陽堂　一九二〇／一二　（鏡山錦栬葉・大杯觴酒戦強者・木間星箱根鹿笛）

黙阿弥脚本集　第八巻　河竹糸補修・河竹繁俊校訂編纂　春陽堂　一九二〇／九　（樟紀流花見幕張・吹雪花小町於静・人間万事金世中）

黙阿弥脚本集　第七巻　河竹糸補修・河竹繁俊校訂編纂　春陽堂　一九二〇／九　（増補桃山譚・怪談月笠森・身光於

竹功・梅雨小袖昔八丈）

黙阿弥脚本集　第九巻　河竹糸補修・河竹繁俊校訂編纂　春陽堂　一九二〇／九　（夜討曽我狩場曙・群清瀧贔屓勢力・吉備大臣支那譚・勧善懲悪孝子誉）

黙阿弥脚本集　第四巻　河竹糸補修・河竹繁俊校訂編纂　春陽堂　一九二〇／六　（青砥稿花紅彩画・鳴立沢雪の対面・三題噺高座新作・勧善懲悪覗機関）

黙阿弥脚本集　第五巻　河竹糸補修・河竹繁俊校訂編纂　春陽堂　一九二〇／六　（敵討噂古市・忠臣蔵後日建前・花街模様薊色縫）

黙阿弥脚本集　第六巻　河竹糸補修・河竹繁俊校訂編纂　春陽堂　一九二〇／六　（富士三升扇曽我・船打込橋間白波・意中謎忠義画合・黒手組曲輪達引）

黙阿弥脚本集　第二巻　河竹糸補修・河竹繁俊校訂編纂　春陽堂　一九二〇／三　（蔦紅葉宇都谷峠・有難御江戸景清・茲江戸小腕達引・八幡祭小望月賑）

黙阿弥脚本集　第三巻　河竹糸補修・河竹繁俊校訂編纂　春陽堂　一九二〇／二　（曽我綉侠客御所染・菊模様法の灯篭・鼠小紋春着新形・其俔姿写絵）

黙阿弥脚本集　第一巻　河竹糸補修・河竹繁俊校訂編纂　春陽堂　一九一九／一二　（吾孺下五十三駅・昇鯉瀧白旗・佐野経世誉免状・三人吉三廓初買）

黙阿弥物語　第三集　河竹繁俊　春陽堂　一九一九／九　（直侍と三千歳・笠森お仙・大工殺し・鳥越甚内・因果小僧・毒婦小松・加賀鳶・仲光・幡随長兵衛・女書生）

黙阿弥物語　第二編　河竹繁俊　春陽堂　一九一九／二　（鼠小僧・伊勢三郎・おしづ礼三・筆売幸兵衛・御金蔵破り・孝女お竹・小猿七之介・浮世清玄・正直清兵衛・勢力民五郎）

黙阿弥傑作物語　河竹繁俊編　春陽堂　一九一六／六　（村井長庵・三人吉三・文里と一重・忍ぶの惣太・弁天小僧・

腕の喜三郎・十六夜清心・髪結の新三・高時・金の世の中・孝子の善吉）
忠臣蔵文庫　饗庭篁村校訂　博文館　一九一二／七（四十七石忠箭計）
演劇脚本十二種　吉村いと　一八九四―一八九五（松竹梅雪曙・歌徳恵山吹・柳風吹矢の糸條・演劇十種、土蜘・其侭姿寫繪・階子乗出初晴業・魁若木對面・契戀春粟餅・浄土双六振斎日・奴凧廓春風・神有月色世話事・出來穐月花雪聚）
狂言百種　春陽堂　一八九二／四―一八九三／二（第一号　勧善懲悪覗機関、第二号　茲江戸小腕達引・怪談月笠森、第三号　嶋衢月白浪、第四号　木間星箱根鹿笛、第五号　勧善懲悪孝子誉、第六号　新皿屋鋪雨暈・巌石砕瀑布勢力、第七号　三人吉三廓初買、第八号　水天宮利生深川・身光お竹功）

## （2）単行本編

近代日本の成立　西洋経験と伝統　西村清和・高橋文博編　ナカニシヤ出版　二〇〇五／一
江戸歌舞伎の残照　吉田弥生　文芸社　二〇〇四／九
物語で学ぶ日本の伝統芸能　三　伊藤康子　原道生監修　くもん出版　二〇〇四／四
演劇の現在　シェイクスピアと河竹黙阿弥　清水義和　文化書房博文社　二〇〇四／三
作者の家　黙阿弥以後の人びと　第二部　河竹登志夫　岩波書店　二〇〇一／一二
作者の家　黙阿弥以後の人びと　第一部　河竹登志夫　岩波書店　二〇〇一／一二
リットン集　川戸道昭・榊原貴教編　大空社　二〇〇〇／一〇
悪への招待状　幕末・黙阿弥歌舞伎の愉しみ　小林恭二　集英社　一九九九／一二

近代文学の起源　高田知波編　若草書房　一九九九／七

河竹黙阿弥　河竹繁俊　クレス出版　一九九七／四

近松南北黙阿弥　歌舞伎ノート　中山幹雄　高文堂出版社　一九九七／八

黙阿弥の明治維新　渡辺保　新潮社　一九九七／一〇

黙阿弥　河竹登志夫　文芸春秋　一九九六／五

岩波講座　日本文学史　第十巻　十九世紀の文学　岩波書店　一九九六／四

講座　日本の演劇　四　諏訪春雄・菅井幸雄編　強誠出版　一九九五／八

歌舞伎脚本の系統化ならびにデータベース化の研究—幕末から明治を対象に—　今尾哲也　玉川大学　一九九四—一九九五　文部省科学研究費補助金研究成果報告書

憂世と浮世　世阿弥から黙阿弥へ　河竹登志夫　日本放送出版協会　一九九四／九

中くらいの妻　日本エッセイスト・クラブ編　(黙阿弥作品の言葉　河竹登志夫)文芸春秋　一九九三／八

森銑三著作集　続編　第五巻　森銑三　中央公論社　一九九三／六

河竹黙阿弥　人と作品　没後百年　早稲田大学坪内博士記念演劇博物館編　早稲田大学坪内博士記念演劇博物館　一九九三／四

黙阿弥　河竹登志夫　文芸春秋　一九九三／二

作者の家　黙阿弥以後の人びと　河竹登志夫　悠思社　一九九一／一〇

河竹黙阿弥　河竹繁俊　吉川弘文館　一九八七／一

先駆ける者たちの系譜　黙阿弥・逍遥・抱月・須磨子・晋平　河竹登志夫　冬青社　一九八五／二

世話講談　黙阿弥物の展開 神田伯龍ほか編　三一書房　一九八二／三

作者の家　黙阿弥以後の人びと　河竹登志夫　講談社　一九八〇／八

守随憲治著作集　第三巻　笠間書院　一九七八／三
逍遥選集　第一一巻　逍遥協会編　第一書房　一九七七／一〇
日本の古典　二〇　河出書房新社　一九七三／七
近世演劇の研究　田井庄之助　桜楓社　一九七二／九
日本の古典芸能　八　芸能史研究会編　平凡社　一九七一／四
黙阿彌と越後縮　「縮屋新助」とその実在人物考　河竹登志夫　綾玄社　一九七〇／一二
黙阿弥の手紙・日記・報条など　河竹繁俊編　演劇出版社　一九六六／一二
河竹黙阿弥　河竹繁俊　吉川弘文館　一九六一／一〇
近世国文学　研究と資料　三省堂　一九六〇／一〇
岩波講座日本文学史　第一〇巻　岩波書店　一九五九／七
黙阿弥　山本二郎　岩波書店　一九五九／七
現代演劇講座　第六巻　日本の演劇　河竹繁俊・下村正夫編　三笠書房　一九五九／四
民俗文学講座　第六巻　近世文芸と民俗　和歌森太郎ほか編　弘文堂　一九五九／二
狂言作者　小島二朔　青蛙房　一九五八／一一
現代国民文学全集　二二巻　角川書店　一九五八／四
日本古典鑑賞講座　第二一巻　浄瑠璃・歌舞伎　高野正巳・河竹繁俊編　角川書店　一九五八／二
歌舞伎狂言初演絵番附蒐蔵目録　河竹黙阿弥作の部　野口由紀夫編　江戸文化財研究会　一九五六／一二
歌舞伎全書　第二巻　戸板康二編　東京創元社　一九五六／一〇
日本文学講座　第四巻　近世の文学　近藤忠義ほか　河出書房　一九五五／一一
黙阿弥　河竹繁俊著　弘文堂　一九五五／三

日本文学講座　第六巻　日本文学協会編集　東京大学出版会　一九五五／一
光を掲げた人々　第六巻　日本編三　日本放送協会編　光の友社　一九五四／八
河竹黙阿弥　演劇新社　一九五二／五
日本文学講座　第四巻　近世の文学　近藤忠義ほか　河出書房　一九五一／一二
日本芝居物語　岡本綺堂・額田六福　冨山房　一九四九／八
古典文学論　正宗白鳥　三笠書房　一九四八／一一
黙阿弥と南北　河竹繁俊　大河内書店　一九四八／一二
近代作家論　本間久雄　白鳳出版社　一九四七／七
現代戯曲　第六巻　田島淳　河出書房　一九四〇／一二
河竹黙阿弥　河竹繁俊　創元社　一九四〇／一〇
歌舞伎作者の研究　河竹繁俊 東京堂　一九四〇／六
日本演劇物語史　渋谷吾往斎　内外出版社　一九四〇／一
演劇酔談　豊田豊　学而書院　一九三六／二
黙阿弥襍記　河竹繁俊　岡倉書房　一九三五／九
日本演劇と劇文学　河出書房　一九三四／九
岩波講座　日本文学　第一〇巻　作品及び作家五(明治時代・現代)岩波書店　一九三二／六―一九三三／四
家庭日本芝居物語　岡本綺堂・額田六福　冨山房　一九三三／四
明治作家研究　上　木星社書院編輯　木星社書院　一九三二／一二
文壇人物評論　正宗白鳥　中央公論社　一九三二／七
日本文学講座　第一三巻　明治時代　下編　新潮社　一九三二／四

黙阿弥　河竹繁俊　岩波書店　一九三二／四
演劇史研究　第一輯　東京帝国大学演劇史学会編　第一書房　一九三二／四
三等列車中の唄　尖端獵奇集　高橋邦太郎　漫談社　一九三〇／一一
現代日本文学全集　第三五篇　現代戯曲名作集　中村吉蔵ほか　改造社　一九二九／一〇
近松・南北・黙阿弥　早稲田文学社編　東京堂　一九二九／一〇
明治大正実話全集　第四巻　名人苦心実話　村松梢風　平凡社　一九二九／八
歌舞伎研究　第二〇輯　河竹黙阿弥研究号　歌舞伎出版部　一九二八／一
逍遥選集　第一一巻　坪内雄蔵　春陽堂　一九二七／二
日本文学講座　第四巻　新潮社　一九二七／二
日本文学講座　第三巻　新潮社　一九二七／一
日本文学講座　第二巻　新潮社　一九二六／一二
田島淳戯曲集　田島淳　第一書房　一九二六／九
黙阿弥世話物の研究　吉見広勝　文献書院　一九二五／一一
十番随筆　岡本綺堂　新作社　一九二四／四
世話狂言の研究　小山内薫著　近田書店出版部　一九一八／一一
河竹黙阿弥　河竹繁俊　春陽堂　一九一七／一
世話狂言の研究　小山内薫他古劇研究会編　天弦堂書房　一九一六／一一
乳のぬくみ　思ひ出の記　沼波瓊音　平和出版社　一九一五／五
河竹黙阿弥　河竹繁俊　演芸珍書刊行会　一九一四／一二
脚本楽譜条例　脚本名題目録　吉村糸編纂　一八九六／一〇

## （3）雑誌記事編

【二〇〇五】

「通し狂言　天衣紛上野初花」　『国立劇場上演資料集　四八四』　二〇〇五／一二

【二〇〇四】

明治初期の歌舞伎は西洋演劇と出会ったのか？──『漂流奇譚西洋劇』と『ネックアンドネック』──　堤春恵　「演劇学論叢」（七）　二〇〇四／一二

黙阿弥「蔦紅葉宇都谷峠」を読む（一）　藤本賢治　「国語」（香川高校教育研究会国語）（五七）　二〇〇四／一一

「三人吉三廓初買」考　今岡謙太郎　「歌舞伎研究と批評」（三三）　二〇〇四／八

仮説「世界」の崩壊について　今尾哲也　「歌舞伎研究と批評」（三二）　二〇〇四／一

「河内山と直侍」の成立──〈侠〉と〈悪〉のおりなす世界──　吉田弥生　「歌舞伎研究と批評」（三二）　二〇〇四／一

【二〇〇三】

「天衣紛上野初花」　『国立劇場上演資料集　四五九』　二〇〇三／一一

歌声と声色──『黙阿弥オペラ』の一考察──　坂本麻実子　「富山大学教育学部研究論集」（六）　二〇〇三／九

馬琴読本の方法と劇化──黙阿弥への影響──　吉田弥生　「歌舞伎研究と批評」（三一）　二〇〇三／八

黙阿弥の意図したことば──「三人吉三」を例として──　秋永一枝　「国文学研究」（一四〇）　二〇〇三／六

『人間万事金世中』という違和感　環境文化論のために　塩崎俊彦　「神戸山手大学紀要」（五）　二〇〇三

【二〇〇二】

講演　黙阿弥と落語・講談　清水一朗　「歌舞伎研究と批評」（三〇）　二〇〇二／一二
『梅雨小袖昔八丈』と柳桜の人情噺　吉田弥生　「歌舞伎研究と批評」（三〇）　二〇〇二／一二
「網模様燈籠菊桐」の独自性　今岡謙太郎　「歌舞伎研究と批評」（二九）　二〇〇二／六
翻刻『勧善懲悪覗機関』第二編・三編　松岡ひとみ　「日文諸究」（四）　二〇〇二／三
黙阿弥研究―『八幡祭小望月賑』と『名月八幡祭』の比較・解析―　小池入江　「東京女子大学」（九七）日本文学　二〇〇二／三
陰囃子総合付帳私案（四）　石橋健一郎　金子健　龍城千与枝　土田牧子　配川美加　「楽劇学」（九）　二〇〇二／三
「小春穏沖津白浪」『国立劇場上演資料集　四四二』　二〇〇二／一
『仮名手本硯高島』にみる講談「義士銘々伝」の影響　吉田弥生　「歌舞伎研究と批評」（二八）　二〇〇二／一

【二〇〇一】

「三人吉三廓初買」『国立劇場上演資料集　四三八』　二〇〇一／一二
「累」考―馬琴、円朝から黙阿弥へ―　吉田弥生　「学習院大学国語国文学会誌」（四四）　二〇〇一／三
歌舞伎とスタニスラフスキー・システム　河竹黙阿弥作『三人吉三巴白波』の音声とリズム　清水　義和　「愛知学院大学教養部紀要」（四八）　二〇〇一

【二〇〇〇】

「三題噺の会」と円朝―交際と創作への影響―　今岡謙太郎　『円朝の世界』　二〇〇〇／九
劇評　六月の歌舞伎　黙阿弥のラビリンス　犬丸治　「テアトロ」（六九七）　カモミール社　二〇〇〇／八
江戸文芸における吉原遊里語　噺本と黙阿弥歌舞伎の場合　小林夏那恵　「新潟大学国語国文学会誌」（四二）　二〇〇〇／七

本好き人好き（一二七）　河竹黙阿弥と演劇改良　谷沢永一　「国文学　解釈と教材の研究」（六五四）　二〇〇〇／四

明治文学の愉しみ（三）　ふと口にしてしまう　黙阿弥の台詞　北村薫　「ちくま」（三四八）　二〇〇〇／三

明治期の黙阿弥作品と〈西洋〉　吉田弥生　「比較文学研究」（七五）　二〇〇〇／二

風流江戸ばなし(五五・完)　続・歌舞伎犯科帳　黙阿弥流世話物の妙味と美意識　津田類　「日本及日本人」（一六三七　J&Jコーポレーション）　二〇〇〇／一

Prelude to "Living History": A Case of a SAKAI NO TAIKO by Kawatake Mokuami　河竹黙阿弥の『酒井の太鼓』と活歴物　Paul Griffith　「埼玉大学紀要」（教育学部 人文・社会科学　四九）　二〇〇〇

【一九九九】

特集　明治十年代の江戸　明治十年代の黙阿弥―「四千両小判梅葉」を中心に―　今岡謙太郎　「江戸文学」（二一）　一九九九／一二

講演　河竹黙阿弥　頼猷太郎　横山邦治　「鯉城往来」（二）　一九九九／一〇

『青砥稿花紅彩画』を読む―「浜松屋奥座敷」を中心に―　今尾哲也　「演劇学論集」（三七）　一九九九／九

「漂流奇譚西洋劇」考―歌舞伎近代史の転回点―　河竹登志夫　「演劇学論集」（三七）　一九九九／九

黙阿弥白浪物の展開と「小袖曾我薊色縫」　今岡謙太郎　「演劇学」（四〇）　一九九九／三

黙阿弥の徳川　古井戸秀夫　「国文学　解釈と教材の研究」（六三七）　一九九九／二

「色暦玄冶店―散切お富と坊主与三」　『国立劇場上演資料集　四〇四』　一九九九／一

【一九九八】

「雪暮夜入谷畦道―直侍と三千歳―」　『国立劇場上演資料集　四〇一』　一九九八／一二

『契情曾我廓亀鑑』について―戯曲の成立および復活上演台本との比較　二川清　「歌舞伎研究と批評」（二一）　一九

九八／六

河竹黙阿弥の講談脚色—年表と考察—　吉田弥生　「文学・語学」（一五九）　一九九八／五

「青砥稿花紅彩画—白浪五人男」『国立劇場上演資料集　三九四』　一九九八／三

『天衣紛上野初花』—伯円「天保六花撰」との比較から—　吉田弥生　「国語国文論集」（学習院女子短期大学　二七）一九九八／三

河竹黙阿弥（河竹新七）「霜夜鐘十字辻筮」　井上理恵　（『20世紀の戯曲』）　一九九八／二

【一九九七】

「鰍沢」成立考—円朝と黙阿弥—　小島佐江子　「語文」（日本大学）九九　一九九七／一二

近代演劇の創始者黙阿弥　山内昌之　波（三一　新潮社）　一九九七／一〇

「黄門記童幼講釈」『国立劇場上演資料集　三八七』　一九九七／一〇

大切　近代とはなにか—永井荷風「紅茶の後」—　黙阿弥の明治維新　完結　渡辺保　「新潮」（九四—六）　一九九七／六

第二番目大詰　「明治」を呪う女—「月梅薫朧夜」—　黙阿弥の明治維新（一五）　渡辺保　「新潮」（九四—五）一九九七／五

南北と黙阿弥　古井戸秀夫　『近世演劇を学ぶ人のために』　一九九七／五

第二番目五幕目　招魂社の風景—「島鵆月白浪」—黙阿弥の明治維新（一四）　渡辺保　「新潮」（九四—四）　一九九七／四

「梅雨小袖昔八丈」『国立劇場上演資料集　三八二』　一九九七／三

第二番目四幕目　蕎麦屋の間取り—「天衣紛上野初花」—　黙阿弥の明治維新（一三）　渡辺保　「新潮」（九四—三）一九九七／三

『勧善懲悪覗機関』ノート—長庵の「厄払い」を中心に—　熊谷ひとみ　「群馬県立女子大学国文学研究」（一七）一九九七／三

第二番目三幕目　演説師楠石斎の秘密—「霜夜鐘十字辻筮」—黙阿弥の明治維新（一二）　渡辺保　「新潮」（九四—二）　一九九七／二

【一九九六】

自来也ノート　古井戸秀夫　「演劇学」（三八）　一九九六／一二

黙阿弥作品における「切られ与三の世界」　吉田弥生　「歌舞伎研究と批評」（一八）　一九九六／一二

第二番目二幕目　「名誉毀損」事件—「西南雲晴朝東風」—黙阿弥の明治維新（一一）　渡辺保　「新潮」（九三—一二）　一九九六／一二

『泉親衡物語』と『白縫譚』—七草四郎ものの系譜—　佐藤悟　「読本研究」（一〇—上）　一九九六／一一

第二番目序幕　「西洋」の発見—「東京日新聞」と「繰返開化婦見月」—黙阿弥の明治維新（一〇）　渡辺保　「新潮」（九三—一一）　一九九六／一一

中幕　明治維新、黙阿弥五十三歳—田之助狂死（後篇）—黙阿弥の明治維新（九）　渡辺保　「新潮」（九三—一〇）　一九九六／一〇

中幕　明治維新、黙阿弥五十三歳—田之助狂死（前篇）—黙阿弥の明治維新（八）　渡辺保　「新潮」（九三—八）　一九九六／八

本好き人好き（８３）　河竹黙阿弥　谷沢永一　「国文学」（四一—一〇）　一九九六／八

東西演劇にみる悪の美　河竹黙阿弥とモリエール　赤瀬雅子　「桃山学院大学人間科学」（１１）　一九九六／七

第一番目大詰　泥棒伯円、泥棒役者、泥棒作者—「鼠小僧」—黙阿弥の明治維新（七）　渡辺保　「新潮」（九三—七）　一九九六／七

第一番目五幕目　女装の男たち―「忍ぶの惣太」「三人吉三」「弁天小僧」―黙阿弥の明治維新（六）　渡辺保　「新潮」（九三―六）　一九九六／六

「新皿屋舗月雨暈」　『国立劇場上演資料集　三七三』　一九九六／六

黙阿弥の忠臣蔵物　法月敏彦　「歌舞伎研究と批評」（一七）　一九九六／六

散切物に見る「立身」と「故郷」　神山彰　「日本演劇学会紀要」（三四）　一九九六／五

第一番目四幕目　「西洋」小団次―「正直清兵衛」―黙阿弥の明治維新（五）　渡辺保　「新潮」（九三―五）　一九九六／五

第一番目三幕目　小団次との出合い―「忍ぶの惣太」と「天日坊」―黙阿弥の明治維新（四）　渡辺保　「新潮」（九三―四）　一九九六／四

爛熟期の歌舞伎　古井戸秀夫　『岩波講座　日本文学史　一〇』　一九九六／四

第一番目二幕目　七代目団十郎の「江戸」―「閻魔小兵衛」―　黙阿弥の明治維新（三）　渡辺保　「新潮」（九三―三）　一九九六／三

坪内逍遙と河竹黙阿弥　青木稔弥　「文芸論叢」（四六　大谷大学）　一九九六／三

当館新収『夜嵐阿衣花廼仇夢』『綴合於伝仮名書』など　藤沢毅　「調査研究報告」（一七）　一九九六／三

『網模様燈籠菊桐』にみる芝居と話芸の相互交流　吉田弥生　「国語国文論集」（学習院女子短期大学　二五）　一九九六／三

第一番目序幕　飛鳥山の街頭演劇―　黙阿弥の明治維新（二）　渡辺保　「新潮」（九三―二）　一九九六／二

発端、小団次の死の真相―　黙阿弥の明治維新　渡辺保　「新潮」（九三―一）　一九九六／一

【一九九五】

「八幡祭小望月賑」『国立劇場上演資料集　三六五』　一九九五／一一
講演　日本文学における隅田川　久保田淳　「文学・語学」（一四七）　一九九五／八
翻訳劇という問題　今村忠純　「昭和文学研究」（三一）　一九九五／七
「天衣紛上野初花」『国立劇場上演資料集　三六一』　一九九五／六
生命と貨幣―『三人吉三廓初買』の構造―　佐谷真木人　「歌舞伎研究と批評」（一五）　一九九五／六
黙阿弥の「声」・逍遥の「耳」　神山彰　「日本近代文学」（五二）　一九九五／五
鴎外における黙阿弥　清田文武　「新大国語」（一二）　一九九五／三
長唄「時雨西行」考察　池田弘一　「神田外語大学紀要」（七）　一九九五／三
「因果小僧―誠種芒野晒」『国立劇場上演資料集　三五六』　一九九五／一
Cross-dressing in Shakespeare and Mokuami　異装　シェイクスピアと黙阿弥の場合　山本　道子　「聖和大学論集　人文学系」（一三）　一九九五

【一九九四】

歌舞伎脚本におけるハ行四段活用動詞の音便形について―黙阿弥の世話物を中心に―　宋静恵　「東北大学文学部日本語学科論集　四」　一九九四／九
黙阿弥の歌舞伎脚本の言語の性格について―「～ます」の語形を検討して―　室井努　「東北大学文学部日本語学科論集　四」　一九九四／九
黙阿弥の〈演劇脚本〉をめぐって　岩井真実　「歌舞伎研究と批評」（一三）　一九九四／六
河竹黙阿弥作品『天衣紛上野初花』における言語行動の分析―原因・理由を表す表現のスタイル切り替えを通して―　亀田裕見　「文芸研究」（東北大学　一三六）　一九九四／五
明治の黙阿弥・葛藤と平安　鏡味貴美子　「学習院大学国語国文学会誌」（三七）　一九九四／三

翻刻「蓮生問答」　今岡謙太郎　「演劇研究」（一七）　一九九四／三
『難有御江戸景清後日　蓮生問答』の特色―「活歴」前夜―　今岡謙太郎　「演劇学」（三五）　一九九四／三
河竹黙阿弥の版権登録　和田修　「演劇研究」（一七）　一九九四／三
黙阿弥と合巻　吉田弥生　「近世文芸」（五九）　一九九四／一

【一九九三】

「酔菩提悟道野晒」『国立劇場上演資料集　三四二』　一九九三／一二
勧懲と因果を越えて―黙阿弥世話物からの問い掛け―　本田ゆたか　「歌舞伎　研究と批評」（一一）　一九九三／一二
三千歳という女　水原紫苑　「図書」（五二九）　一九九三／七
久保田万太郎　原風景としての黙阿弥劇―その受容と変奏　石川巧　「成蹊国文」（二六）　一九九三／三
「鼠小紋春着雛形」『国立劇場上演資料集　三三五』　一九九三／三
「四千両」舞台切絵図　中山幹雄　「江東史談」（二四五）　一九九三／三
髪結新三　古井戸秀夫　「江戸文学研究」　一九九三／一

【一九九二】

変革期の黙阿弥　今尾哲也　「歌舞伎研究と批評」（一〇）　一九九二／一二
活歴の領分―黙阿弥と団十郎と―　神山彰　「歌舞伎研究と批評」（一〇）　一九九二／一二
もうひとつの黙阿弥を求めて―上演されざる黙阿弥劇―　上村以和於　「歌舞伎研究と批評」（一〇）　一九九二／一二
河竹黙阿弥の舞踊劇　青木房枝　「歌舞伎研究と批評」（一〇）　一九九二／一二
三月の歌舞伎―黙阿弥祭の意義（劇評）　近藤瑞男　「テアトロ」（五九一　カモミール社）　一九九二／五
誌上舞台鑑賞　河竹黙阿弥作　青砥稿花紅彩画（白浪五人男）―雪ノ下浜松屋の場　菊池明　「国文学　解釈と教材の

研究」（三七―六）　一九九二／五

父の家の娘でありそして男の子　シェイクスピアと黙阿弥の場合　山本 道子　「聖和大学論集」（二〇）　一九九二

明治前期における第三者に対する待遇表現―黙阿弥の散切物を通じて―　永田高志　「日本近代語研究」（一）　一九九一／一〇

【一九九一】

江戸歌舞伎『小袖曾我薊色縫』におけるサ変動詞の実態　上野隆久　「日本近代語研究」（一）　一九九一／一〇

「初霞空住吉」　『国立劇場上演資料集　三一二』　一九九一／四

「鞍馬山のだんまり」　『国立劇場上演資料集　三〇九』　一九九一／一

【一九九〇】

黙阿弥七五調のリズムとテンポ　本田ゆたか　「歌舞伎研究と批評」（五）　一九九〇／六

十九世紀の英国喜劇と翻案歌舞伎　リットンと黙阿弥の比較研究　平辰彦　「演劇学」（三一）　一九九〇

河竹黙阿弥劇の捨子と里子　片岡 徳雄　「広島大学教育学部紀要 第一部」（三九）　一九九〇

【一九八九】

白浪作者―河竹黙阿弥　松田修　「国文学　解釈と鑑賞」（五四―五）　一九八九／五

【一九八八】

黙阿弥・「七五調」の命運　神山彰　「日本学」（一一）　一九八八／七

【一九八七】

黙阿弥と団十郎の「写実」の位相―「七五調」の拘束と逆接―　神山彰　「日本の美学」（一一）一九八七／一一

式亭三馬と白話小説　続々―「坂東太郎」「杜騙新書」と「弁天小僧」―馬琴への対抗と黙阿弥への影響　井上 啓治　「近世文芸」（四六）　一九八七／六

【一九八五】

「白浪言葉」の一考察―黙阿弥作品を中心として―　佐藤津久美　「日本文学論叢」（一〇）　一九八五／三

【一九八四】

黙阿弥引退の真意と晩年の心境　河竹 登志夫　「演劇学」（二五　郡司正勝教授古稀記念号）　一九八四

黙阿弥私論　諏訪 春雄　「学習院大学文学部研究年報」（三一）　一九八四／三

【一九八三】

黙阿弥・南北・芭蕉・江戸の夕映え（ことばの劇場）　郡司 正勝　「新劇」（三〇）　一九八三／一一

円朝と黙阿弥　渡辺保　「学鐙」（八〇―一〇）　一九八三／一〇

【一九八二】

〈戯作〉を貫くもの―黙阿弥と紅葉　二―　川村 湊　「早稲田文学」（六八）　一九八二／一

【一九八一】

〈戯作〉を貫くもの―黙阿弥と紅葉　川村湊　「早稲田文学」（六五）　一九八一／一〇

【一九八〇】

黙阿弥世話物のドラマツルギー　四　大山 功　「芸能」（二二）　一九八〇／一二

黙阿弥世話物のドラマツルギー　三　大山 功　「芸能」（二二）　一九八〇／一一

黙阿弥世話物のドラマツルギー　二　大山 功　「芸能」（二二）　一九八〇／一〇

黙阿弥世話物のドラマツルギー　一　大山 功　「芸能」（二二）　一九八〇／九

天保・嘉永期の狂言作者と河竹黙阿弥　柳町道広　「国文学論考」（十六）　一九八〇／二

【一九七九】

黙阿弥のとったある態度Ⅲ　池田弘一　「東京都立工業高専研究報告」（一四）　一九七九／三

【一九七八】
近松から黙阿弥まで―十人の作者たち―　松井俊諭　「季刊雑誌歌舞伎」（別冊五二一）　一九七八／四
黙阿弥のとったある態度Ⅱ　池田弘一　「東京都立工業高専研究報告」（一三）　一九七八／三
「三人吉三廓初買」　『国立劇場上演資料集　一四八』　一九七八／一
「難有御江戸景清」　『国立劇場上演資料集　一四八』　一九七八／一
【一九七七】
江戸文学問わず語り―九　江戸歌舞伎―二―河竹黙阿弥　円地文子　「群像」（三二）　一九七七／一一
黙阿弥作品に見る小団次配役論　柳町道広　「近世文芸研究と評論」（一三）　一九七七／一一
「青砥稿花紅彩画」成立における問題点　梅崎史子　「実践国文学」（一二）　一九七七／一〇
「しらぬひ譚」　『国立劇場上演資料集　一三六』　一九七七／三
黙阿弥のとったある態度　池田弘一　「東京都立工業高専研究報告」（一二）　一九七七／三
翻刻　「桜荘子後日文談」（三）　梅崎史子　「実践国文学」（一一）　一九七七／二
【一九七六】
「桜荘子後日文談」翻刻（二）　梅崎史子　「実践国文学」（一〇）　一九七六／一〇
本居宣長や河竹黙阿弥の頃の露和辞典　井桁貞敏　「窓」（一六）　一九七六／四
「桜荘子後日文談」翻刻（一）　梅崎史子　「実践国文学」（九）　一九七六／二
「黒手組曲輪達引」　『国立劇場上演資料集　一二四』　一九七六／一
【一九七五】
河竹黙阿弥作『八幡祭小望月賑』の背景　永井啓夫　「国文学論攷」　一九七五／一〇
南北・黙阿弥作者年表追考（日本の劇文学〈特集〉）　浦山政雄　「国語と国文学」（五二）　一九七五／一〇

河竹黙阿弥と市川小団次　永井啓夫　「国文学　解釈と教材の研究」（二〇―八）　一九七五／六

【一九七四】

特集・江戸の世話物　小袖曾我薊色縫細見―十六夜清心―　富田鉄之助　「季刊雑誌歌舞伎」（二四）　一九七四／四

黙阿弥白浪物研究―黙阿弥の描いた「悪」―　田口雅恵　「国文白百合」（五）　一九七四／三

【一九七三】

近世から近代へ　維新前後の合巻と黙阿弥劇二・三（転換期の文学（特集））　小池正胤　「季刊文学・語学」（六八）　一九七三／八

「鏡ケ池操松影」における因果について　後小路薫　「松柏」（特集号）　一九七三／三

黙阿弥劇における様式と写実　清家雅恵　「国文白百合」（四）　一九七三／三

【一九七二】

ドラマにおける幕末　黙阿弥「三人吉三」について（近代文学の原点　成立期の意識と構造〈特集〉近世から近代へ）　今尾哲也　「国文学　解釈と教材の研究」（一七）　一九七二／三

【一九七一】

歌舞伎の方法の効用性―黙阿弥から篠田正浩へ―　佐藤彰　近世文学研究（北大近世文学研究会）（四）　一九七一／七

なげ節考（中）　野間光辰　「近世文芸」（一九）　一九七一／四

翻刻　実鑑抄　後藤淑　「演劇研究」（五）　一九七一／四

「むさし鐙」「鋸くず」―翻刻―　和角仁　「早稲田―研究と実践」（一）　一九七一

【一九七〇】

劇文学と浄土教　特に黙阿弥物の研究　吉水琢磨　「仏教文化研究」（一六）　一九七〇／三

特集・江戸歌舞伎　盲長屋梅加賀鳶細見　富田鉄之助　「季刊雑誌歌舞伎」（八）　一九七〇／四

【一九六九】

特集・河竹黙阿弥と白浪狂言　豊国漫画図絵―『青砥稿花紅彩画』に因んで―　吉田暎二　「季刊雑誌歌舞伎」（三）　一九六九／一

特集・河竹黙阿弥と白浪狂言　白浪五人男版新・御狂言楽屋本説　坂東三津五郎　鳥居清忠　藤浪与兵衛　長谷川勘兵衛　服部幸雄　「季刊雑誌歌舞伎」（三）　一九六九／一

特集・河竹黙阿弥と白浪狂言　青砥稿花紅彩画細見―白浪五人男―　富田鉄之助　「季刊雑誌歌舞伎」（三）　一九六九／一

特集・河竹黙阿弥と白浪狂言　白浪狂言考―歌舞伎の「悪」のひとつのかたち―　服部幸雄　「季刊雑誌歌舞伎」（三）　一九六九／一

特集・河竹黙阿弥と白浪狂言　七五調セリフの考察―抒情的〝様式〟の定着と、その危険―　山口広一　「季刊雑誌歌舞伎」（三）　一九六九／一

特集・河竹黙阿弥と白浪狂言　黙阿弥の「黙」の字について　河竹登志夫　「季刊雑誌歌舞伎」（三）　一九六九／一

【一九六八】

黙阿弥「怪談月笠森」の趣向　井口哲郎　「国語紀要」（一　石川県立小松高校）　一九六八／三

【一九六七】

黙阿弥の滑稽追述　田井庄之助　「近世文芸稿」（一一）　一九六七／一

【一九六六】

黙阿弥翁の居宅とわが青春　小嶋二朔　「芸能」（八）　一九六六／六

黙阿弥脚色の一手法　田井庄之助　「国語の研究」（一　大分大）　一九六六／三

【一九六五】

黙阿弥の滑稽おぼえがき　田井庄之助　「国文学攷」（三六　広島大学国語国文学会）　一九六五／三

【一九六四】

南北・黙阿弥　松崎仁　「国文学〈古典文学研究必携〉」（九―八）　一九六四／六

近松作品の黙阿弥の脚本への投影　田井庄之助　「近世文芸稿」（九）　一九六四／二

【一九六二】

南北の作品と黙阿弥　田井庄之助　「国文学攷」（二九　広島大学国語国文学会）　一九六二／一一

黙阿弥劇の作法考―世話物の例―　青木繁　「りてらえやぽにかえ」（五）　一九六二／一〇

黙阿弥と仮名手本　田井庄之助　「国文学攷」（二八　広島大学国語国文学会）　一九六二／五

【一九六一】

小団次と黙阿弥　田井庄之助　「国文学攷」（二五　広島大学国語国文学会）　一九六一／六

【一九六〇】

黙阿弥の脚本に頻出する流行語　田井 庄之助　「国文学攷」（二三　広島大学国語国文学会）　一九六〇／五

【一九五九】

黙阿弥の前期時代物について―活歴劇以前―　青木繁　「りてらえやぽにかえ」（二）　一九五九／一〇

黙阿弥劇の遊戯性について　青木繁　「りてらえやぽにかえ」（一）　一九五九／四

【一九五八】

黙阿弥の「散切物」に見えたる明治初年の法制―三―　向井健 他　「法学研究」（三一）　一九五八／六

黙阿弥の「散切物」に見えたる明治初年の法制―二―　向井健 他　「法学研究」（三一）　一九五八／五

黙阿弥の「散切物」に見えたる明治初年の法制―一―　向井健 他　「法学研究」（三一）　一九五八／四

【一九五六】

河竹黙阿弥　人と作品—三題噺高座新作（髪結藤次）を中心として—　小林智賀平　「聖心女子大学論叢」（六）　一九五六／一〇

【一九五五】

狂言作者・河竹黙阿弥　権藤芳一　「文学」（二三—一〇）　一九五五／一〇

河竹黙阿弥　滝沢典子　「学苑」（一八一）　一九五五／七

黙阿弥物に現われる幽霊　河竹登志夫　「幕間」（一〇　和敬書店）　一九五五／七

黙阿弥生世話狂言における台詞の研究　三谷和子　「東京女子大学日本文学」（三—五）　一九五五／六

河竹黙阿弥—人と作品　三題噺高座新作（髪結藤次）を中心として—　小林智賀平　（六）　一九五五／六

黙阿弥のざんぎり物—採集ノオト—　白石正雄　「徳島大学学芸紀要 人文科学」（四）　一九五五／四

【一九五四】

原爆まぐろと黙阿弥　武智鉄二　「演劇評論」（二）　一九五四／五

【一九五二】

黙阿弥とその時代　河竹繁俊　「演劇界」（一〇）　一九五二／六

黙阿弥伝　河竹登志夫　「演劇界」（一〇）　一九五二／六

黙阿弥と役者たち　池田弥三郎　「演劇界」（一〇）　一九五二／六

黙阿弥の戯曲構成　浜村米蔵　「演劇界」（一〇）　一九五二／六

黙阿弥の台詞　戸板康二　「演劇界」（一〇）　一九五二／六

黙阿弥と下座音楽　望月太意之助　「演劇界」（一〇）　一九五二／六

黙阿弥の世話物によせて　安藤鶴夫　「演劇界」（一〇）　一九五二／六

時代物に就て　三宅三郎　「演劇界」（一〇）　一九五二／六
黙阿弥の舞踊劇　渥美清太郎　「演劇界」（一〇）　一九五二／六
黙阿弥の散切物とその演出　加賀山直三　「演劇界」（一〇）　一九五二／六
幼時に見た黙阿弥　木村錦花　「演劇界」（一〇）　一九五二／六
黙阿弥の濡れ場　武智鉄二　「演劇界」（一〇）　一九五二／六
計算された人情　金沢康隆　「演劇界」（一〇）　一九五二／六
黙阿弥の殺し場について　川口子太郎　「演劇界」（一〇）　一九五二／六
黙阿弥の「ゆすり場」　大木豊　「演劇界」（一〇）　一九五二／六
黙阿弥の白浪物　大江良太郎　「演劇界」（一〇）　一九五二／六
黙阿弥歿後　山本二郎　「演劇界」（一〇）　一九五二／六
河竹黙阿弥・略年譜　「演劇界」（一〇）　一九五二／六
黙阿弥六十年祭記念興行　明治座の菊五郎劇団　大木豊　「幕間」（七　和敬書店）　一九五二／四
黙阿弥展を観る　金井紫雲　「舞台展望」（二）　一九五二／三

【一九五一】

小団次と黙阿弥　土田衛　「国語国文」（二〇　京都大学文学部国語学国文学研究室）　一九五一

【一九四九】

黙阿弥の特色　河竹繁俊　「演劇界」（七）　一九四九／八
「御所五郎蔵」と「船弁慶」の鑑賞　黙阿弥の時代世話物と舞踊劇　渥美 清太郎　「演劇界」（七）　一九四九／七
メロドラマの芸術性に就て　南北と黙阿弥の場合　日夏 耿之介　「悲劇喜劇」（六）　一九四九／一

【一九四〇】

世話物雑考―黙阿弥について―　田島芳郎　「書物展望」（一〇―二）　一九四〇／二

【一九三八】

黙阿弥研究の諸相　片田江全雄　「古典研究」（三―七）　一九三八／六

【一九三七】

黙阿弥の戯曲に現れた明治初年の世相　青山倭文二　「書物展望」（七―六）　一九三七／六

黙阿弥劇の床其の他　朝田祥二郎　「近世文学」（三―一）　一九三七／一

【一九三五】

兎屋本の黙阿弥物　藤木秀吉　「書物展望」（五―二）　一九三五／二

【一九三二】

日本に於けるシェイクスピア紹介の歴史（明治十五年迄）　豊田実　「文学研究」（一）　一九三二／三

【一九二六】

日本左衛門　徳川義親　「文芸春秋」（四―八）　一九二六／八

【一九二五】

演劇僂人語　畑耕一　「明星」（四）　一九二五／四

【一九一九】

河竹黙阿弥回顧録　黙阿弥作戯曲年表　渥美清太郎　「演芸画報」（六―一二）　一九一九／一二

河竹黙阿弥回顧録　思ひつくまま　河竹繁俊　「演芸画報」（六―一二）　一九一九／一二

河竹黙阿弥回顧録　新旧両時代の架橋―黙阿弥の活歴物と散髪物　伊原青々園　「演芸画報」（六―一二）　一九一九／一二

河竹黙阿弥回顧録　黙阿弥と浄瑠璃所作事　町田博三　「演芸画報」（六―一二）　一九一九／一二

河竹黙阿弥回顧録　黙阿弥劇の人物其他　楠山正雄　「演芸画報」（六―一二）　一九一九／一二
河竹黙阿弥回顧録　作家としての黙阿弥翁　岡本綺堂　「演芸画報」（六―一二）　一九一九／一二
黙阿弥の他所事浄瑠璃　町田博三　「演芸画報」（六―一二）　一九一九／一二
黙阿弥小論　池田大伍　「演芸画報」（六―一）　一九一九／一

【一九一六】

黙阿弥の「油坊主」を論ず　秦豊吉　「三田文学」（七―一〇）　一九一六／一〇

【一九一五】

『三人吉三』の最初の幕　河竹繁俊　「三田文学」（六―一〇）　一九一五／一〇
『村井長庵』を読んで考へたこと　楠山正雄　「三田文学」（六―一〇）　一九一五／一〇
座頭殺し　木下杢太郎　「三田文学」（六―一〇）　一九一五／一〇
「座頭殺し」の舞台面　水谷竹紫　「三田文学」（六―一〇）　一九一五／一〇
最不純なる作品の一つ　岡村柿紅　「三田文学」（六―一〇）　一九一五／一〇
『座頭殺し』の芝居　河竹繁俊　「三田文学」（六―一〇）　一九一五／一〇
『助六』と『長庵』　吉井勇　「三田文学」（六―一〇）　一九一五／一〇
『村井長庵』雑記　河竹繁俊　「三田文学」（六―一〇）　一九一五／一〇
付録　『三人吉三』随筆　小山内薫　「三田文学」（六―二）　一九一五／二
付録　半四郎の顔　楠山正雄　「三田文学」（六―二）　一九一五／二
付録　「三人吉三廓初買」　吉井勇　「三田文学」（六―二）　一九一五／二
付録　「三人吉三廓初買」　久保田万太郎　「三田文学」（六―二）　一九一五／二
付録　三人吉三廓初買につきて　永井荷風　「三田文学」（六―二）　一九一五／二

黙阿弥の巻　「歌舞伎」歌舞伎発行所（一七五）　一九一五／一

【一九一四】

歌舞伎座の近松劇と宮戸座の黙阿弥劇　近松秋江　「演劇画報」（八―二）　一九一四／二

【一九一二】

団十郎と黙阿弥　河竹繁俊　「演劇画報」（六―九）　一九一二／九

# 第三章　作品年譜

河竹默阿弥の出勤および作品、現在における資料の残存等を網羅するために作品年譜を作成した。これまで同種の年譜には浦山政雄氏の「河竹默阿弥作者年表」(『近世国文学―研究と資料―』昭和三十五年十月、三省堂刊行)と「河竹默阿弥著作年表」(『没後百年　河竹默阿弥―人と作品』平成五年四月、早稲田大学坪内博士記念演劇博物館　今岡謙太郎氏作成)がある。いずれもすぐれた研究成果であるが、浦山氏の「作者年表」は発表から四十年以上を経過しており、たとえば未見と記された番付等の上演関係資料が後に見出されているなどすでに調査の進歩を可能としており、早稲田大学の「著作年表」は早稲田大学演劇博物館所蔵資料という限定枠が存在していた。今回作成した年譜は主に演劇資料を複数有することが知られる国内外の大学・図書館の所蔵資料を対象に、默阿弥が作者として出勤した天保六年から没年の明治二十六年までと、資料によって書き下ろしの初演とみられる上演を加えた範囲で、作者連名のある興行と作者連名はないが出勤が考えられる興行を採用したものである。配列は、従来の「作者年表」「著作年表」とも年・座・月の順としていたが、将来の使用利便を考慮し、年月順に徹底した。なお、本年譜の特色は台帳の所在調査を加えたこと、および「備考」として上演作品に関連する参考資料を付したこと、脚色作品の場合には研究成果である原拠との関連等についても略記を添えたことである。

【凡例】

○本作品年譜は以下の項目から構成される。

　上演初日年月日(番付)

　調査番付

　上演座名

　名題

名題カナ
作者連名（役割）
台帳所在
備考

○「上演初日年月日」は番付に記載される年月日を辻番付、役割番付、絵本番付、絵本役割（明治十一年以降）の順で掲載した。

○「調査番付」はその調査番付の所在を明示した（別項略称一覧を参照）。

○「作者連名（役割）」は主に役割番付に記載される作者連名を掲載するが、役割番付に記載がなく、絵本番付には記載がある場合には絵本番付に記載される作者連名を掲載した。

○「台帳所在」は台帳（写本を主とし、版本資料をも対象とした）を所蔵する大学・図書館名を掲載した（別項略称一覧を参照）。なお、所蔵機関名の後のカッコ内の記載は、次のような事項を示す。

（例）国会図書（松嶋12）→国会図書館所蔵松嶋松作台帳のうち十二冊。
（例）東大総合（明治24写4）→明治二十四年に写したもの。四冊。
（例）早大演博（7×3）→七冊本が三種ある。
（例）秋葉文庫［版］→秋葉文庫所蔵の版本。

○「備考」では上演作品の参考資料、調査に利用した番付、台帳に関する事項、研究成果による情報を記載した。「備考」の項で使用した略称は以下のとおりである。

全　『黙阿弥全集　首巻』
続々　『続々歌舞伎年代記』
他　その他雑誌記事等に掲載された情報

※　調査番付に関する事項
・　調査台帳に関する事項
◆　脚色原拠に関する研究成果

―資料所蔵機関の略称一覧―

国会図書→国立国会図書館
東京国博→独立行政法人東京国立博物館
東文財研→独立行政法人東京国立文化財研究所
国立劇場→独立行政法人日本芸術文化振興会国立劇場
東大総合→東京大学総合図書館
都立中央→都立中央図書館
日比谷図→都立日比谷図書館
大阪府図→大阪府立図書館
早大演博→早稲田大学坪内博士記念演劇博物館
早大文演→早稲田大学文学部演劇研究室
日大総図→日本大学総合図書館
実践女大→実践女子大学
天理図書→天理大学図書館
御園座図→御園座演劇図書室
松竹大谷→財団法人松竹大谷図書館

関西松竹→関西松竹図書室
阪急池田→阪急池田文庫
旧安田文→旧安田文庫
ボストン美→ボストン美術館
舟橋記念→舟橋聖一記念文庫
竹内（写→竹内道敬氏所蔵（フィルム資料）
保科（写→保科百合子氏所蔵（フィルム資料）
伊藤（写→伊藤友久氏所蔵（フィルム資料）
小宮（写→小宮麒一氏所蔵（フィルム資料）
山田（写→山田徳兵衛氏所蔵（フィルム資料）

この他、略称を必要としなかったが年譜作成にあたり資料を利用した所蔵機関には、京都大学・明治大学・慶応大学・秋葉文庫の各機関がある。

| 上演初日年月日（番付） | 調査番付 | 上演座名 | 名題 | 名題カナ | 作者連名（役割） | 台帳所在 | 備考 |
|---|---|---|---|---|---|---|---|
| 天保6　1・23（辻）<br>4・4（辻）<br>2・16（役）<br>2・16（役） | 早大演博<br>早大演博<br>早大演博<br>早大演博 | 市村 | 梅初春五十三駅<br>対文思ひ参らせ候<br>狂乱朝山笑 | ウメノハルゴジュウサンツギ<br>フウジブミオモイマイラセソウロウ<br>ミダレソロケサヤマワラウ | 三升屋二三治<br>本屋半七<br>田川正助<br>村柑子<br>鶴屋孫太郎<br>重扇助<br>中村小七<br>増山円三<br>河竹才助<br>中村重助 | | 全：三月、市村座へ出勤。前年の末五世鶴屋（孫太郎）南北の門に入り、勝諺蔵と名のり番付へも載る。 |
| 天保6　5・20（辻）<br>6・3（役）<br>6・3（絵） | 早大演博<br>早大演博<br>早大演博 | 市村 | 漢人韓文手管始<br>菖蒲色相肩<br>関取千両幟<br>関取二代勝負付 | カンジンカンモンテクダノハジマリ<br>ハナショウブイロニアイガタ<br>セキトリセンリョウノボリ<br>セキトリニダイノショウブヅケ | ナシ | 早大演博（7） | |
| 天保6　7・27（辻）<br>閏7・1（役） | 早大演博<br>早大演博 | 市村 | 漢人韓文手管始<br>木下蔭狭間合戦<br>色羽二重雛形染 | カンジンカンモンテクダノハジマリ<br>コノシタカゲハザマガッセン<br>イロハブタエヒナガタゾメ | ナシ | | |
| 天保6　8・28（辻） | 早大演博 | 市村 | 仮名手本忠臣蔵 | カナデホンチュウシングラ | 三升屋二三治 | | 全：九月の興行前に一興 |

| | | | | | | | | |
|---|---|---|---|---|---|---|---|---|
| | 9・19（役） | 早大演博 | | 道行旅路の花聟 | ミチユキタビジノハナムコ | 福森久助 | | 行全部の書抜を一人にてなす。 |
| | 9・19（絵） | 早大演博 | | | | 本屋半七 | | 全：九月興行中に風邪を引き、やがて傷寒となり、芝居を引く。 |
| | | | | | | 村柑子 | | |
| | | | | | | 中村小七 | | |
| | | | | | | 鶴屋孫太郎 | | |
| | | | | | | 勝諺蔵 | | |
| | | | | | | 田川正助 | | |
| | | | | | | 河竹才助 | | |
| | | | | | | 中村重助 | | |
| 天保7 | | | | | | | | 全：大病後にてはあり、姉の意見につき芝居に出勤せず。 |
| 天保9 | 1・26（辻） | 早大演博 | 河原崎 | 筆書始交張曽我 | フデハジメマゼバリソガ | 鶴屋南北 | | ※1：1・26辻のみ記載 |
| | 2・5（辻） | 早大演博 | | 源平布引滝 | ゲンペイヌノビキノタキ | 勝見てう三 | | ※2：2・5辻のみ記載 |
| | 2・8（役） | 早大演博 | | 一谷嫩軍記 | イチノタニフタバグンキ | 松村田舎 | | 全：一月、河原崎座へ出勤す。 |
| | ナシ（絵） | 国立劇場 | | 蝶衛対面盃 | チョウチドリタイメンノサカヅキ | 勝諺蔵 | | |
| | | | | 戻駕色相肩 | モドリカゴイロニアイカタ | 河竹才祐 | | |
| | | | | 吉例曽我物語 ※1 | キチレイソガモノガタリ | 松島りん次 | | |
| | | | | 春雪解中偕 ※2 | ハルノユキトケタナカナカ | 篠田左衛門 | | |
| | | | | | | 豊島大次 | | |

| | | | | | | | |
|---|---|---|---|---|---|---|---|
| | | | | | 本屋半七<br>津打治兵衛 | | |
| 天保9　3・18（辻）<br>3・23（役）<br>ナシ（絵） | 早大演博<br>早大演博<br>国立劇場 | 河原崎 | 菅原伝授手習鑑 | スガワラデンジュテナリカガミ | 鶴屋南北<br>勝見てう三<br>勝諺蔵<br>千歳屋重<br>松島りん次<br>篠田左衛門<br>西川蝶治<br>津打治兵衛 | | |
| 天保9　4・10（辻）<br>4・14（辻）<br>閏4・14（辻） | 早大演博<br>早大演博<br>早大演博 | 河原崎 | 木場綺娘好<br>紫牡丹経艶道行<br>夏雨泪袖浦<br>壇浦兜軍記※1 | キハチジョウフリソデゴノミ<br>ユカリノハナハスハナミチユキ<br>ナツノアメナミダソデガウラ | | | ※1：閏4・14辻のみ記載 |
| 天保9　5・1（辻）<br>5・20（辻）<br>5・3（役）<br>ナシ（絵） | 早大演博<br>早大演博<br>早大演博<br>国立劇場 | 河原崎 | 恵閠雨鉢木 | メグミウルオウアメノハチノキ | 鶴屋南北<br>勝見てう蔵<br>勝諺蔵<br>升田豊作<br>松島りん次<br>松島栄次 | | 全：五月、『序開き』を書き、七、九と続けて書く。絵看板の下絵も描く。 |

| | | | | | | |
|---|---|---|---|---|---|---|
| | | | | | 篠田左衛門<br>西川蝶治<br>津打治兵衛 | |
| 天保9　7・7（辻）<br>7・9（役）<br>ナシ（絵） | 早大演博<br>早大演博<br>国立劇場 | 河原崎 | 晴鼓雲井曲 | ハレワタルクモイノキョク | 並木五瓶<br>勝見てう蔵<br>篠田左衛門<br>勝諺蔵<br>松島りん次<br>津打治兵衛 | |
| 天保9　8・15（辻） | 早大演博 | 河原崎 | 日高川入相花王<br>道行恋別路 | ヒダカガワイリアイザクラ<br>ミチユキコイノワカレ | | |
| 天保9　9・17（辻）<br>9・21（辻）<br>9・23（役）<br>ナシ（絵） | 早大演博<br>早大演博<br>早大演博<br>国立劇場 | 河原崎 | 絵本大当記<br>九月雛古今彦惣<br>心中三升扇 | エホンタイトウキ<br>ノチノヒナコキンヒコソウ<br>シンジュウミマスオウギ | 津打治兵衛<br>篠田左衛門<br>勝諺蔵<br>家勝助<br>山崎善蔵<br>勝見てう蔵 | 早大演博<br>（弘化2写） |
| 天保9　11・5（役）<br>11・10（絵） | 早大演博<br>国立劇場 | 河原崎 | 当平家世盛<br>御存の四十八手<br>縁花契色事 | トキメクヘイケノヨザカリ<br>ゴゾンジノシジュウハッテ<br>エニシノハナカワヌイロゴト | 並木五瓶<br>勝見てう蔵<br>勝諺蔵 | |

| | | | | | | | | |
|---|---|---|---|---|---|---|---|---|
| | | | | | | 奈川富士助<br>家勝助<br>篠田左衛門<br>松島てうふ | | |
| 天保10 | 1・9（辻） | 早大演博 | 河原崎 | 伊達競陽向曽我 | ダテクラベワカヤギソガ | 並木五瓶<br>勝見てう三<br>篠田左衛門<br>奈川富士助<br>小梅笑寿<br>勝諺蔵<br>本屋半七<br>津打治兵衛 | | 全：一月、二立目を始めて書く。 |
| | 1・13（役） | 早大演博 | | 濃楓色三股 | コイモミジイロノミツマタ | | | |
| | 1・13（絵） | 国立劇場 | | 関取二代勝負 | セキトリニダイノショウブヅケ | | | |
| 天保10 | 3・5（辻） | 早大演博 | 河原崎 | 則幸桜色薗 | トキニサイワイサクラノイロドキ | 並木五瓶<br>勝見てう三<br>勝諺蔵<br>並木笑二<br>並木宗吉<br>奈川春助<br>並木左衛門<br>津打治兵衛 | | ※1：3・9絵本には記載なし |
| | 3・6（辻） | 早大演博 | | 国性爺　※1 | コクセンヤ | | | ※2：3・3・6辻には記載なし |
| | 3・9（役） | 早大演博 | | 四季詠㋑歳　※2 | シキノナガメマルニイノトシ | | | |
| | 3・9（絵） | 国立劇場 | | | | | | |

| | | | | | | | |
|---|---|---|---|---|---|---|---|
| 天保10　5・5（辻） | 早大演博 | 河原崎 | 勝関和合兵 | カチドキワゴウノツワモノ | 並木五瓶 | | |
| 5・7（役） | 早大演博 | | 夏祭浪花鑑 | ナツマツリナニワカガミ | 勝見てう蔵 | | |
| 5・9（絵） | 国立劇場 | | 新板歌祭文 | シンパンウタザエモン | 勝諺蔵 | | |
| | | | | | 並木惣六 | | |
| | | | | | 並木宗吉 | | |
| | | | | | 奈川春助 | | |
| | | | | | 並木左衛門 | | |
| | | | | | 津打治兵衛 | | |
| 天保10　7・25（辻） | 早大演博 | 河原崎 | 其往昔恋江戸染 | ソノムカシコイノエドゾメ | 並木五瓶 | 早大演博 | |
| 8・1（役） | 早大演博 | | 新媛雛の世話事 | アラゼタイヒナノセワゴト | 勝見てう蔵 | （嘉永2写3） | |
| 7・29（絵） | 国立劇場 | | 道行手向の花曇 | ミチユキタムケノハナグモリ | 並木左衛門 | 東大総合 | |
| | | | | | 並木宗助 | （明治写3） | |
| | | | | | 並木歌津助 | | |
| | | | | | 勝諺蔵 | | |
| | | | | | 松島半治 | | |
| | | | | | 津打治兵衛 | | |
| 天保10　9・9（辻） | 早大演博 | 河原崎 | 義経千本桜 | ヨシツネセンボンザクラ | ナシ | 東大総合[版] | ・各台本は「〆…」のみ |
| 9・9（役） | 早大演博 | | 奥州安達原 | オウシュウアダチガハラ | | 秋葉文庫[版] | |
| 9・9（絵） | 国立劇場 | | 〆能色相図 | シメロヤレイロノカケゴエ | | | |
| 天保10　10・25（辻） | 早大演博 | 河原崎 | 御摂曳綱坂 | ゴヒイキヲヒクヤツナザカ | 並木五瓶 | | ※1：11・17辻のみこの |

| | | | | | | | |
|---|---|---|---|---|---|---|---|
| 11・17（辻）<br>10・27（役） | 早大演博<br>早大演博 | | 花三升恋いの字<br>勢州阿漕浦　※1 | ハナトミマスイトシイノジ<br>セイシュウアコギガウラ | 奈川春助<br>並木左衛門<br>並木宗六<br>並木新次<br>勝諺蔵<br>津打治兵衛<br>三升屋二三治 | | 名題も記載 |
| 天保10　11・15（辻）<br>11・15（役）<br>11・15（絵） | 早大演博<br>早大演博<br>早大演博 | 中村 | 隅田川雪旗陣立<br>田舎源氏十二段<br>紫曲輪大門　※1<br>壇浦兜軍記　※2 | スミダガワユキミノジンダチ<br>イナカゲンジジュウニダン<br>イロドリサトノシンゼキ<br>ダンノウラカブトグンキ | 松島釣夫<br>安田正助<br>若井濤江<br>本屋半七<br>中村登一<br>勝諺蔵<br>玉巻九次<br>篠田瑳助<br>鶴屋南北 | 早大演博（7） | ※1：絵本に記載なし<br>※2：辻・役割に記載なし |
| 天保11　1・11（辻）<br>2・9（辻）<br>1・13（役）<br>1・13（絵） | 早大演博<br>早大演博<br>早大演博<br>国立劇場 | 河原崎 | 梅咲若木場曽我 | ウメサクヤワカキバソガ | 並木五瓶<br>小梅笑寿<br>篠田全次<br>並木宗六 | 阪急池田（1） | 全：一月、河原崎座へ再出勤、立作者は五瓶及び二三治。 |

| | | | | | | | |
|---|---|---|---|---|---|---|---|
| | | | | | 並木五市<br>奈川春助<br>三升屋二三治 | | |
| 天保11 1・15（辻） | 早大演博 | 中村 | 鶴ヶ岡根元曽我 | ツルガオカコンゲンソガ | 松島釣夫<br>本屋半七<br>勝諺蔵<br>中村登一<br>本屋勘治<br>笠縫専助<br>幸岩周蔵<br>中村十助<br>鶴屋南北 | | ※1：絵本のみ記載なし |
| 1・15（役） | 早大演博 | | 珍敷恋の優曇華 | メズラシイコイノウドンゲ | | | |
| 1・15（絵） | 早大演博 | | 花蝶春顔触　※1 | ハナニチョウハルノカオブレ | | | |
| 天保11 3・5（辻） | 早大演博 | 河原崎 | 楼門五山桐 | サンモンゴサンノキリ | 三升屋ニ三治<br>勝諺蔵<br>小梅笑寿<br>並木宗六<br>奈河春助<br>並木五瓶 | | |
| 3・5（役） | 早大演博 | | 勧進帳 | カンジンチョウ | | | |
| 3・5（絵） | 国立劇場 | | 御注文繻子帯屋 | ゴチュウモンシュスノオビヤ | | | |
| | | | 桜花桂川浪 | カギシグサカツラノカワナミ | | | |
| 天保11 5・5（辻） | 早大演博 | 河原崎 | 騎鎊忠臣蔵 | キバカザリチュウシングラ | 並木五瓶 | | 全：五月の興行より簡短なる補綴をなす。 |
| 5・7（役） | 早大演博 | | | | 勝諺蔵 | | |

| | | | | | | | |
|---|---|---|---|---|---|---|---|
| 5・7（絵） | 国立劇場 | | | | 小梅笑寿<br>ふた葉定次<br>並木宗六<br>奈川春助<br>津打治兵衛 | | |
| 天保11　6・24（辻）<br>6・24（役）<br>6・24（絵） | 早大演博<br>早大演博<br>国立劇場 | 河原崎 | 東鑑怪談噺<br>小梅堤千艸道行 | アズマカガミカイダンバナシ<br>コウメヅツミチグサノミチユキ | 並木五瓶<br>勝諺蔵<br>姥尉輔<br>ふた葉定次<br>並木宗六<br>奈川春助<br>津打治兵衛<br>鶴屋南北 | | |
| 天保11　9・9（辻）<br>9・9（役）<br>9・13（絵） | 早大演博<br>早大演博<br>国立劇場 | 河原崎 | 東海道振分双六 | トウカイドウフリワケスゴロク | 津打治兵衛<br>豊春助<br>絞リ吉平<br>島犬作<br>二葉ゑん松<br>笠兼助<br>姥尉輔 | | |

| | | | | | | | |
|---|---|---|---|---|---|---|---|
| | | | | | 勝諺蔵<br>鶴屋南北 | | |
| 天保11<br>11・5（辻）<br>11・5（役）<br>11・5（絵） | 早大演博<br>早大演博<br>国立劇場 | 河原崎 | 帰花雪武田<br>浪枕水棹の濡事 | カエリバナユキノタケダ<br>ナミマクラミザオノヌレゴト | 松島釣夫<br>豊晴助<br>姥尉輔<br>重文助<br>中村故助<br>満寿升吉<br>中村十助 | 早大演博（1） | |
| 天保12<br>1・11（辻）<br>1・15（役）<br>1・15（絵） | 早大演博<br>早大演博<br>早大演博 | 河原崎 | 恋相撲和合曽我<br>初霞五色の彩隈※1<br>花競霞猿隈　※2 | コイズモウヤワラギソガ<br>ハツガスミゴシキノイログマ<br>ハナクラベカスミノサルグマ | 松島釣夫<br>岩井紫玉<br>中村故助<br>中村登一<br>満寿升吉<br>重文助<br>豊晴助<br>中村十助 | 国会図書 | ※1：辻・絵本に記載なし<br>※2：役割に記載なし<br>全：一月、時の立作者中村重助の請に応じて河原崎座に再々出勤。 |
| 天保12<br>4・2（辻）<br>4・5（役）<br>4・5（絵） | 早大演博<br>早大演博<br>国立劇場 | 河原崎 | 一谷嫩軍記<br>八幡鐘妬念短夜<br>心中浮名の鮫鞘 | イチノタニフタバグンキ<br>ハチマンガネウラミノミジカヨ<br>シンジュウウキナノサメザヤ | 松島釣夫<br>豊晴助<br>岩井紫玉 | 日大総図［版］<br>日比谷図［版］ | ・各台本は「心中…」のみ<br>全：四月の番付より勝諺 |

| | | | | | | | |
|---|---|---|---|---|---|---|---|
| | | | | | 重宋助 山佐久助 中村登一 満寿升吉 柴晋助 中村十助 | | 蔵に代ふるに柴晋輔を以てし、位置も二枚目となる。 |
| 天保12 5・5（辻） | 早大演博 | 河原崎 | 神霊矢口渡 | シンレイヤグチノワタシ | ナシ | 早大演博（4） | |
| 5・5（役） | 早大演博 | | 初冠曽我皐月富士根 | ゲンプクソガサツキノフジガワ | | | |
| 5・5（絵） | 早大演博 | | | | | | |
| 天保12 8・3（辻） | 早大演博 | 河原崎 | 御国入貢諷 | オクニイリミツギノフナウタ | ナシ | | |
| 8・5（役） | 早大演博 | | けいせゐ恋飛脚 | ケイセイコイビキャク | | | |
| 8・5（絵） | 早大演博 | | 道行情の三度笠 | ミチユキナサケノサンドガサ | | | |
| 天保12 9・21（辻） 役割未見 | 早大演博 | 河原崎 | 絵本太功記 | エホンタイコウキ | ナシ | 国会図書（1） | ・台帳名題：「鐘が淵芝居のふるごと」 |
| | | | 鐘渕劇場故 | カネガフチカブキノフルゴト | | | |
| 9・27（絵） | 早大演博 | | 両顔月姿絵 | フタオモテツキノスガタエ | | | |
| 天保12 11・5（辻） | 早大演博 | 河原崎 | 菅原伝授手習鑑 | スガワラデンジュテナリカガミ | ナシ | | |
| 11・5（役） | 早大演博 | | 男達楓錦絵 | オトコダテモミジノニシキエ | | | |
| 11・5（絵） | 早大演博 | | 色の楽屋写姿見 | イロノガクヤウツスガタミ | | | |
| 天保13 1・13（辻） | 早大演博 | 河原崎 | 飾海老曽我門松 | カザリエビソガノカドマツ | 松島釣夫 | 阪急池田 | 全：始めて三立目（今の序幕）を書く。 |
| 1・15（役） | 早大演博 | | 松朝霞彩色 | マツノアシタカスミノイロドリ | 豊晴助 | （弘化2写1） | |

| | | | | | | | |
|---|---|---|---|---|---|---|---|
| | 1・15（絵） | 国立劇場 | | | | 中村故助<br>松島松次<br>姥尉輔<br>鶴峰千助<br>菊邑作助<br>重文助<br>玉木久二<br>柴晋輔<br>鶴屋南北 | |
| 天保13 | 3・7（辻） | 早大演博 | 河原崎 | 岩藤浪白石 | イワオノハナナミノシライシ | 鶴屋南北<br>奈河晴助<br>中村故助<br>秦兼輔<br>姥尉輔<br>鶴峰千助<br>古田耕作<br>松原金助<br>玉木久治<br>柴晋輔<br>西沢一鳳 | 松竹大谷（6） |
| | 3・9（役） | 早大演博 | | 景清 | カゲキヨ | | 関西松竹 |
| | 3・9（絵） | 国立劇場 | | 苅萱桑門筑紫車榮 | カルカヤドウシンツクシノイエヅト | | |

| | | | | | | | |
|---|---|---|---|---|---|---|---|
| 天保13 6・22（辻） | 早大演博 | 河原崎 | 世善知鳥東内裡 | ヨニウトウアズマダイリ | 鶴屋南北 奈川晴助 鶴峰千助 泰兼輔 姥尉輔 古田耕作 松原金助 玉木久治 柴晋輔 | | |
| 6・24（役） | 早大演博 | | 彩桔梗花帷 | ヤエキキョウチグサノハナギヌ | | | |
| 6・24（役） | 早大演博 | | | | | | |
| 天保13 8・26（辻） | 早大演博 | 河原崎 | 伊達競阿国戯場 | ダテクラベオクニカブキ | ナシ | | |
| 8・28（役） | 早大演博 | | 関取千両幟 | セキトリセンリョウノボリ | | | |
| 8・28（絵） | 国立劇場 | | | | | | |
| 天保13 11・5（辻） | 早大演博 | 河原崎 | 室町殿所好番組 | ムロマチドノコノミノバングミ | 鶴屋南北 豊島新蔵 姥尉輔 豊島大策 奈川晴助 秦兼輔 松原金助 斯波晋輔 | | |
| 11・5（役） | 早大演博 | | | | | | |
| 11・5（絵） | 早大演博 | | | | | | |

| | | | | | | | |
|---|---|---|---|---|---|---|---|
| 天保13　12・3（辻） | 早大演博 | 河原崎 | ひらかな盛衰記<br>猿廻門途諷 | ヒラガナセイスイキ<br>サルマワシカドデノヒトフシ | | 日大総図（4）<br>大橋図書（4）<br>松竹大谷（1） | ・各台帳は「猿…」の天保13写のみ |
| 天保14　5・4（辻）<br>5・4（役）<br>5・4（絵） | 早大演博<br>早大演博<br>早大演博 | 河原崎 | 仮名手本忠臣蔵<br>菅原伝授手習鑑 | カナデホンチュウシングラ<br>スガワラデンジュテナリカガミ | ナシ | | 全：河原崎座も浅草猿若町の三丁目に移轉し五月より興行を始む。 |
| 天保14　6・18（辻）<br>6・18（役）<br>6・18（絵） | 早大演博<br>早大演博<br>早大演博 | 河原崎 | 国性爺合戦<br>夏祭浪花鑑<br>鳴神<br>迷雲色鳴神 | コクセンヤカッセン<br>ナツマツリナニワカガミ<br>ナルカミ<br>マヨイノクモイロニナルカミ | ナシ | | |
| 天保14　8・24（辻）<br>8・24（役）<br>8・26（絵） | 早大演博<br>早大演博<br>早大演博 | 河原崎 | 伊賀越道中双六 | イガゴエドウチュウスゴロク | ナシ | | |
| 天保14　閏9・14（役）<br>閏9・14（絵）<br>10・1（辻） | 早大演博<br>早大演博<br>早大演博 | 河原崎 | 義経千本桜<br>花笠初音旅<br>松此筐狩衣<br>其噂剣本説※1 | ヨシツネセンボンザクラ<br>ハナノカサハツネノタビ<br>マツニコノカタミノカリギヌ<br>ソノウワサカタナノホンゼツ | ナシ | | ※1：辻のみ追加記載 |
| 天保14　11・5（辻）<br>11・5（役）<br>11・5（絵） | 実践女大<br>実践女大<br>国立劇場 | 河原崎 | 稚軍法振袖武蔵<br>江戸紫男道成寺 | オサナグンボウジョウロクムサシ<br>エドムラサキオトコドウジョウジ | 斯波晋輔改<br>河竹新七<br>姥尉輔 | | 全：十一月、斯波晋輔改めて二世河竹新七となり立作者の地位に上る、時 |

| | | | | | | | |
|---|---|---|---|---|---|---|---|
| | | | | | 九字薪作<br>豊島大策<br>勝見てう三<br>かつみてう次<br>鶴峰千助<br>篠田金助<br>豊晴輔<br>スケ桜田治助 | | の座頭は中村歌右衛門。但し立作者なみに寄初に名題は読みしが、実権は桜田左交にありき。 |
| 弘化1　1・7（辻） | 竹内（写 | 河原崎 | 曽我評判福良雀 | ソガヒョウバンフクラスズメ | 河竹新七<br>姥尉輔<br>九字薪作<br>音扇助<br>勝見てう三<br>豊島大策<br>勝見てう次<br>豊晴助<br>スケ桜田治助 | 早大演博 | 全：此の前後より一幕二幕の脚色或は補作を絶えずなす。 |
| 1・13（役） | 早大演博 | | 恋すてふ天浮橋 | コイスチョウアマノウキハシ | | | |
| 1・13（絵） | 早大演博 | | 色みへて恵方艀 | イロミエテエホウノオフナユキ | | | |
| | | | 薩摩歌九字弾始 | サツマウタテゴトノヒキゾメ | | | |
| 弘化1　1・13（辻） | 国立劇場 | 河原崎 | 小栗判官車街道 | オグリハンガンクルマカイドウ | 河竹新七<br>姥尉輔<br>九字薪作 | | |
| 1・13（役） | 国立劇場 | | 薩摩歌九字弾始 | サツマウタテゴトノヒキゾメ | | | |
| 1・13（絵） | 国立劇場 | | | | | | |

| | | | | | | | |
|---|---|---|---|---|---|---|---|
| 1・28（辻） | ボストン美 | | | | 音扇助<br>勝見てう三<br>豊島大策<br>勝見てう次<br>豊晴助<br>スケ桜田治助 | | |
| 弘化1<br>3・2（辻）<br>3・2（役）<br>3・3（絵）<br>4・3（辻） | ボストン美<br>早大演博<br>国立劇場<br>ボストン美 | 河原崎 | 金花山魁情入船<br>都花翫所尽<br>義経腰越状　※1 | キンカザンネビキノイリフネ<br>ミヤコノハナメイショヅクシ<br>ヨシツネコシゴエジョウ | 河竹新七<br>姥尉輔<br>九字薪作<br>豊島大策<br>勝見てう三<br>勝見てう次<br>音扇助<br>並木宗六<br>豊晴助<br>スケ桜田治助 | | ※1：4・3辻のみ記載 |
| 弘化1<br>5・3（辻）<br>5・7（役）<br>5・7（絵）<br>5・13（辻） | 早大演博<br>早大演博<br>国立劇場<br>東大総合 | 河原崎 | 絵本自来也説話<br>江戸両国夜店始 | エホンジライヤバナシ<br>エドリョウゴクヨミセノハジマリ | 河竹新七<br>姥尉輔<br>九字薪作<br>豊島大策 | 天理図書 | |

| | | | | | | |
|---|---|---|---|---|---|---|
| | | | | | 勝見てう三<br>勝見てう次<br>音扇助<br>並木宗六<br>豊晴助<br>スケ桜田治助 | |
| 弘化1　7・15（辻）<br>7・15（役）<br>7・15（絵）<br>8月（絵） | 実践女大<br>早大演博<br>国立劇場<br>国立劇場 | 河原崎 | 追福いろは実記<br>宵庚申後段献立<br>千種埜恋の両道 | ツイゼンイロハジッキ<br>ヨイゴウシンゴダンノコンダテ<br>チグサノノベコイノフタミチ | 河竹新七<br>姥尉輔<br>九字薪作<br>豊島大策<br>勝見てう三<br>かつみてう次<br>音扇助<br>並木宗六<br>豊晴助<br>スケ桜田治助 | ※役割に作者連名ナシ<br>（絵本は記載） |
| 弘化1　9・11（辻）<br>9・15（絵）<br>9・16（役） | ボストン美<br>早大演博<br>国立劇場 | 河原崎 | 桜紅葉清水清玄<br>けいせゐ返魂香<br>嫗山姥 | サクラモミジキヨミズセイゲン<br>ケイセイハンゴンコウ<br>コモチヤマンバ | 河竹新七<br>姥尉輔<br>九字薪作<br>豊島大策 | |

| | | | | | | | |
|---|---|---|---|---|---|---|---|
| | | | | | 勝見てう蔵<br>利根文四郎<br>音扇助<br>並木宗六<br>豊晴助<br>スケ桜田治助 | | |
| 弘化2　1・2（辻） | ボストン美 | 河原崎 | 魁源氏曽我手始 | サキガケゲンジソガノテハジメ | 河竹新七<br>本屋半七<br>音扇助<br>豊島大策<br>勝見てう三<br>篠田全治<br>紀文左衛門<br>勝俵蔵<br>本屋春助<br>並木五瓶<br>鶴屋南北 | 早大演博 | ※1：絵本のみ記載 |
| 1・2（役） | 早大演博 | | 扇仝髭の訥子玉 | オウギオウギヒゲノトシダマ | | （1・1） | ・秋葉文庫台帳は「梅…」のみ |
| 1・2（絵） | 国立劇場 | | 正札付根元草摺 | ショウフダツキコンゲンクサズリ | | 秋葉文庫 | |
| | | | 梅柳桂川浪　※1 | ウメヤナギカツラノカワナミ | | | |
| 弘化2　3・3（辻） | ボストン美 | 河原崎 | 鏡山再続俤 | カガミヤマゴニチノオモカゲ | 並木五瓶 | 早大演博 | |
| 3・3（役） | 早大演博 | | 東都名物錦画始 | オエドメイブツニシキエノハジマリ | 本屋春助 | 阪急池田 | |
| 3・3（絵） | 国立劇場 | | 柳桜恋二道 | ヤナギサクラコイノフタミチ | 本屋半七 | （弘化2写1） | |

| | | | | | | | |
|---|---|---|---|---|---|---|---|
| | | | 廓文章 | クルワブンショウ | 音扇助<br>篠田全次<br>河竹新七<br>古田耕作<br>豊島大策<br>勝俵蔵<br>勝見調三<br>鶴屋南北 | | |
| 弘化2　5・5（辻） | 早大演博 | 河原崎 | 菖蒲恋山崎 | ハナアヤメコイノヤマザキ | 並木五瓶<br>本屋春助<br>本屋半七<br>音扇助<br>篠田全次<br>河竹新七<br>古田耕作<br>豊島大策<br>勝俵蔵<br>勝見調蔵<br>鶴屋南北 | | |
| 5・5（役） | 国立劇場 | | 壮訥子色成田屋 | ワカイドシイロニナリタヤ | | | |
| 5・5（絵） | 国立劇場 | | | | | | |
| 弘化2　7・15（辻） | ボストン美 | 河原崎 | 仮名手本忠臣蔵 | カナデホンチュウシングラ | 並木五瓶 | | |

| | | | | | | | |
|---|---|---|---|---|---|---|---|
| 7・15（役）<br>7・15（絵） | 早大演博<br>国立劇場 | | 道行旅路の花聟 | ミチユキタビジノハナムコ | 本屋春助<br>本屋半七<br>音扇助<br>篠田全次<br>河竹新七<br>川口源次<br>豊島大策<br>勝俵蔵<br>勝見調三<br>鶴屋南北 | | |
| 弘化2 9・17（役） | 国立劇場 | 河原崎 | 仮名手本忠臣蔵<br>花川戸身替の段 | カナデホンチュウシングラ<br>ハナカワドミガワリノダン | ナシ | | |
| 弘化2 11・1（辻）<br>11・1（役）<br>11・1（絵） | 早大演博<br>実践女大<br>国立劇場 | 河原崎 | 絵本大当記<br>雲衛士白張 | エホンタイトウキ<br>クモイノハナエジノシラハリ | 篠田瑳助<br>本屋半七<br>本屋大策<br>川口源治<br>勝見調蔵<br>古田耕作<br>紀文左衛門<br>九字薪作 | 早大演博<br>（弘化2写1）<br>秋葉文庫［版］ | ・秋葉文庫台本は「雪…」のみ（角書「林間に酒を喫して顔に紅葉の三人生酔」） |

| | | | | | | | |
|---|---|---|---|---|---|---|---|
| | | | | | 本屋春助<br>鶴屋南北<br>河竹新七 | | |
| 弘化3<br>1・11（辻）<br>1・11（役）<br>1・11（絵） | 早大演博<br>実践女大<br>国立劇場 | 河原崎 | 廓模様比翼稲妻<br>逢見愛井字 | サトモヨウヒヨクノイナヅマ<br>アイタミタサヒヨクイノジ | 篠田瑳助<br>本屋半七<br>本屋大策<br>川口源次<br>勝見調三<br>古田耕作<br>紀文左衛門<br>九字薪作<br>本屋春助<br>鶴屋南北<br>河竹新七 | 秋葉文庫［版］ | ・秋葉文庫台本は「逢…」のみ（角書「梅柳さぞ若衆かな」） |
| 弘化3<br>5・12（辻）<br>5・16（役）<br>5・16（絵） | ボストン美<br>早大演博<br>国立劇場 | 河原崎 | 天満宮緑梅松桜<br>二世盟妬念鮫鞘<br>心中縁短夜 | テンマングウワカバノゴアイジユ<br>ニセカケテウラミノサメザヤ<br>シンジユウエニシノミジカヨ | 篠田瑳助<br>本屋半七<br>本屋大策<br>川口源次<br>勝見調三<br>古田耕作 | | 全：春より名題を書く。 |

| | | | | | | | |
|---|---|---|---|---|---|---|---|
| | | | | | 紀文左衛門<br>九字薪作<br>本屋春助<br>鶴屋南北<br>河竹新七 | | |
| 弘化3 7・1（辻） | 早大演博 | 河原崎 | 御誂亀山染 | ゴチュウモンカメヤマゾメ | 篠田瑳助<br>本屋半七<br>本屋大策<br>川口源次<br>勝見調三<br>古田耕作<br>紀文左衛門<br>九字薪作<br>本屋春助<br>鶴屋南北<br>河竹新七 | 旧安田文[版] | ※役割に作者連名ナシ（絵本は記載）<br>・旧安田文台本は「真…」のみ |
| 7・1（役） | 早大演博 | | 真似三升姿八景 | マネテミマススガタハッケイ | | | |
| 7・1（絵） | 国立劇場 | | | | | | |
| 弘化3 8・13（辻） | 早大演博 | 河原崎 | 誉扇囀騎士 | ナニシオウギウワサノキバムシャ | | | ※辻のみ（役割未見） |
| 弘化3 9・10（辻） | ボストン美 | 河原崎 | 松竹梅彩加賀染 | ショウチクバイイロエノカガゾメ | 篠田瑳助 | | |
| 9・10（役） | 早大演博 | | 新婚雛の世話事 | アラゼタイヒナノセワゴト | 九字薪作 | | |
| 9・10（絵） | 国立劇場 | | 道行手向の露霑 | ミチユキタムケノツユシグレ | 川口源次 | | |

| | | | | | | | | |
|---|---|---|---|---|---|---|---|---|
| | | | | | | 勝見調三<br>古田耕作<br>紀文左衛門<br>本屋春助<br>鶴屋南北<br>河竹新七 | | |
| 弘化3 | 11・2（役） | 早大演博 | 河原崎 | 一谷雪見楼 | イチノタニユキミノタカドノ | 篠田瑳助<br>梅沢紅助<br>川口源次<br>勝見調三<br>勝見てう次<br>松本幸次<br>本屋春助<br>桜田治助<br>河竹新七 | | ※1・2：11・24辻のみ記載 |
| | 11・2（絵） | 国立劇場 | | 新宅廓文章 | シンタククルワブンショウ | | | |
| | 11・24（辻） | 早大演博 | | 妹背山婦女庭訓　※1 | イモセヤマオンナテイキン | | | |
| | | | | 道行恋の苧玉巻　※2 | ミチユキコイノオダマキ | | | |
| 弘化4 | 1・12（辻） | ボストン美 | 河原崎 | 飾駒曽我通双六 | ノリカケソガドウチユウスゴロク | 篠田瑳助<br>梅沢紅助<br>川口源次<br>勝見調三<br>勝見てう次 | 早大演博（1） | |
| | 1・15（役） | 国立劇場 | | 比手葉相槌 | クラベウタテニハノアイヅチ | | | |
| | 1・15（絵） | 国立劇場 | | 笑門俄七福 | ワラウカドニワカノシチフク | | | |
| | 2・24（辻） | ボストン美 | | | | | | |

| | | | | | | |
|---|---|---|---|---|---|---|
| | | | | | 松本幸次<br>本屋春助<br>桜田治助<br>河竹新七 | |
| 弘化4<br>4・24（辻） | ボストン美 | 河原崎 | 福聚海駒量伝記 | フクジュカイムリョウデンキ | 篠田瑳助<br>梅沢紅助<br>川口源次<br>勝見調三<br>勝見てう治<br>松本幸治<br>本屋春助<br>桜田治助<br>河竹新七 | 早大演博（7） |
| 5・3（役） | 国立劇場 | | 時翫雛浅草八景 | シキノヒナアサクサハッケイ | | 国会図書（14） |
| 5・3（絵） | 国立劇場 | | | | | |
| 弘化4<br>7・15（辻） | ボストン美 | 河原崎 | 斉藤太郎左衛門 | サイトウタロウザエモン | 篠田瑳助<br>梅沢紅助<br>川口源治<br>勝見調三<br>勝見てう治<br>松本幸治<br>本屋春助 | |
| 7・15（役） | 国立劇場 | | 一筆書墨田初雁 | ヒトフデガキスダノハツカリ | | |
| 7・15（絵） | 国立劇場 | | 両顔月詠歌 | フタオモテツキノコトノハ | | |

| | | | | | | | |
|---|---|---|---|---|---|---|---|
| | | | | | | 桜田治助<br>河竹新七 | | |
| 弘化4 9・6（辻） | 国会図書 | 河原崎 | 義経千本桜 | ヨシツネセンボンザクラ | ナシ | | |
| 9・9（辻） | ボストン美 | | 新曲魁音鼓 | シンキョクハツネノツヅミ | | | |
| 9・9（絵） | 早大演博 | | 旅雀三芳秋 | タビスズメヨシノノイロドキ | | | |
| 9・10（役） | 国立劇場 | | | | | | |
| 弘化4 11・7（役） | 早大演博 | 河原崎 | 菅原伝授手習鑑 | スガワラデンジュテナリカガミ | ナシ | | |
| 11・7（絵） | 国立劇場 | | 忍夜妬い字 | シノビヨルリンキノツノモジ | | | |
| 11・19（辻） | 早大演博 | | 沢村咲博多花菱 | サワムラサキハカタノハナビシ | | | |
| 嘉永1 1・18（辻） | ボストン美 | 河原崎 | 吉例曽我訥子玉 | キチレイソガノトシダマ | 篠田瑳助<br>九字薪作<br>宝結三<br>勝見てう次<br>勝見調三<br>梅沢紅助<br>山田藤次<br>川口源次<br>松本幸治<br>梅盛春助<br>河竹新七 | 早大演博（2） | |
| 1・24（役） | 実践女大 | | 釣狐罠環菊 | ツキギツネワナノカンギク | | | |
| 1・24（絵） | 国立劇場 | | | | | | |

| | | | | | | | | |
|---|---|---|---|---|---|---|---|---|
| 嘉永1 | 3・3（辻）<br>3・4（役）<br>3・4（絵） | 東大総合<br>早大演博<br>国立劇場 | 河原崎 | 鎌倉山桜御所染<br>夢結胡蝶巻 | カマクラヤマサクラノゴショゾメ<br>ユメムスブコチョウノマキ | 篠田瑳助<br>九字薪作<br>宝結三<br>勝見てう次<br>勝見調三<br>梅沢宗六<br>山田藤次<br>川口源次<br>松本幸治<br>梅盛春助<br>河竹新七 | | ※役割に作者連名ナシ<br>（絵本は記載） |
| 嘉永1 | 4・26（辻）<br>4・26（役）<br>4・26（絵） | ボストン美<br>実践女大<br>国立劇場 | 河原崎 | 音聞殿下茶店聚 | オトニキクテンガヂヤヤムラ | 篠田瑳助<br>九字薪作<br>宝結三<br>勝見てう次<br>勝見調三<br>梅沢宗六<br>山田藤次<br>川口源次<br>松本幸治 | 秋葉文庫（4） | |

| | | | | | | |
|---|---|---|---|---|---|---|
| | | | | | 梅盛春助<br>河竹新七 | |
| 嘉永1 7・28（辻） | ボストン美 | 河原崎 | 増補筑紫車榮 | ゾウホックシノイエヅト | 篠田瑳助<br>九字薪作<br>宝結三<br>勝見てう次<br>勝見調三<br>梅沢宗六<br>山田藤次<br>川口源次<br>松本幸治<br>梅盛春助<br>河竹新七 | |
| 7・29（役） | 早大演博 | | 五大力恋緘 | ゴダイリキコイノフウジメ | | |
| 7・29（絵） | 国立劇場 | | | | | |
| 嘉永1 9・27（辻） | ボストン美 | 河原崎 | 伊賀越読切講釈 | イガゴエヨミキリコウシャク | ナシ | 早大演博（1） |
| 9・29（役） | 早大演博 | | | | | |
| 9・29（絵） | 国立劇場 | | | | | |
| 嘉永1 11・4（辻） | 竹内（写 | 河原崎 | 東都内裡花能門 | アズマダイリハナモヨシカド | 篠田瑳助<br>梅沢紅助<br>篠田全次<br>山田藤次 | 国会図書[版]<br>（安政5写） |
| 11・4（役） | 竹内（写 | | 薪荷雪間の市川 | タキギオウユキマノイチカワ | | |
| 11・4（絵） | 国立劇場 | | | | | |

| | |
|---|---|
| | 嘉永2<br>1・13（辻）<br>1・13（役）<br>1・13（絵） |
| | 東大総合<br>国立劇場<br>国立劇場 |
| | 河原崎 |
| | 初元結曽我鏡台<br>袖浦泪春雨 |
| | ハツモトユイソガノキョウダイ<br>ソデガウラナミダノハルサメ |
| 九字薪作<br>宝結三<br>古田耕作<br>川口源次<br>松本幸治<br>勝見調三<br>三升屋二三治<br>河竹新七 | 篠田瑳助<br>梅沢宗六<br>篠田全次<br>山田藤次<br>九字薪作<br>宝結三<br>古田耕作<br>川口源次<br>松本幸治<br>勝見調三<br>三升屋二三治<br>河竹新七 |
| | 早大演博（12） |
| | ※役割に作者連名ナシ<br>（絵本は記載） |

| | | | | | | | |
|---|---|---|---|---|---|---|---|
| 嘉永2 3・3（辻） | ボストン美 | 河原崎 | 伊達競阿国戯場 | ダテクラベオクニカブキ | ナシ | | |
| 3・7（役） | 国立劇場 | | 勧進帳 | カンジンチョウ | | | |
| 3・7（絵） | 国立劇場 | | | | | | |
| 嘉永2 閏4・20（辻） | ボストン美 | 河原崎 | 仮名手本忠臣蔵 | カナデホンチュウシングラ | 篠田瑳助<br>梅沢宗六<br>篠田全次<br>山田藤次<br>九字薪作<br>宝結三<br>古田耕作<br>川口源次<br>松本幸治<br>勝見調三<br>河竹新七 | | ※役割に作者連名ナシ<br>（絵本は記載） |
| 閏4・23（役） | 国立劇場 | | | | | | |
| 閏4・23（絵） | 国立劇場 | | | | | | |
| 嘉永2 6・13（辻） | ボストン美 | 河原崎 | 天竺徳兵衛韓噺 | テンジクトクベエイコクバナシ | 篠田瑳助<br>梅田宗六<br>篠田全治<br>山田藤次<br>九字しん作<br>川口源次 | | |
| 6・15（役） | 東大総合 | | 色彩間苅豆 | イトモヨウチョットカリマメ | | | |
| 6・15（絵） | 国立劇場 | | | | | | |

| | | | | | | |
|---|---|---|---|---|---|---|
| | | | | | 松本幸治 | |
| | | | | | 勝見調三 | |
| | | | | | 河竹新七 | |
| 嘉永2　8・12（辻） | ボストン美 | 河原崎 | 一谷武者画土産 | イチノタニムシャエノイエヅト | 篠田瑳助 | 早大演博 |
| 8・15（役） | 東大総合 | | 月出村白露玉屋 | ツキモデムラツユノタマヤ | 梅沢宗六 | （1・1） |
| 8・15（役） | 国立劇場 | | 景清 | カゲキヨ | 篠田全次 | |
| | | | 相傘千種いろ〳〵 | アイアイガサチグサノイロイロ | 山田藤次 | |
| | | | | | 九字しん作 | |
| | | | | | 川口源次 | |
| | | | | | 松本幸治 | |
| | | | | | 勝見調三 | |
| | | | | | 河竹新七 | |
| 嘉永2　10・3（辻） | 早大演博 | 河原崎 | 勢洲阿漕浦 | セイシュウアコギガウラ | ナシ | |
| 10・3（役） | 早大演博 | | 敵討繿褸錦 | カタキウチツヅレノニシキ | | |
| 10・3（絵） | 国立劇場 | | けいせい返魂香 | ケイセイハンゴンコウ | | |
| | | | 福在原系図 | サイワイアリワラケイズ | | |
| 嘉永2　11・13（辻） | 早大演博 | 河原崎 | 室楳莩源氏 | ムロノウメミバエゲンジ | ナシ | 早大演博（9） |
| 11・13（役） | 早大演博 | | 霜剣曽根崎心中 | シモノツルギソネザキシンジュウ | | |
| 11・13（絵） | 早大演博 | | 重扇色三升 | フタツモンイロトミマス | | |
| 嘉永3　1・22（辻） | 早大演博 | 河原崎 | 山笑春清水 | ヤマワラウハルノキヨミズ | ナシ | |

| | | | | | | | | |
|---|---|---|---|---|---|---|---|---|
| | 1・25（役） | 早大演博 | | お染久松色読販 | オソメヒサマツウキナノヨミウリ | | | |
| | 1・25（絵） | 早大演博 | | 心中翌の噂 | シンジュウアスノウワサ | | | |
| 嘉永3 | 3・17（辻） | ボストン美 | 河原崎 | 難有御江戸景清 | アリガタヤオエドノカゲキヨ | 篠田瑳助<br>梅沢宗六<br>篠田全次<br>川口源次<br>古田耕作<br>山田藤次<br>松本幸治<br>勝見調三<br>河竹新七 | 東大総合（明治20写1） | |
| | 3・17（役） | 国立劇場 | | ◆手向の◆川戸 | カキツバタタムケノハナカワド | | | |
| | 3・17（絵） | 国立劇場 | | | | | | |
| 嘉永3 | 5・5（辻） | 東大総合 | 河原崎 | 競伊勢物語 | クラベコシイセモノガタリ | 篠田瑳助<br>梅沢宗六<br>篠田全次<br>川口源次<br>古田耕作<br>山田藤次<br>松本幸治<br>勝見調三<br>河竹新七 | | ※1：5・17辻のみ記載 |
| | 5・5（役） | 早大演博 | | 蓮生問答 | レンショウモンドウ | | | |
| | 5・5（絵） | 国立劇場 | | 紫花色吉原 | ユカリノハナイロモヨシワラ | | | |
| | 5・17（辻） | 早大演博 | | 神霊矢口渡　※1 | シンレイヤグチノワタシ | | | |

| | | | | | | | |
|---|---|---|---|---|---|---|---|
| 嘉永3<br>7・7（辻）<br>7・9（役）<br>7・9（絵） | 東大総合<br>早大演博<br>国立劇場 | 河原崎 | 花紅葉一対裲襠 | ハナモジミツイノウチカケ | 篠田瑳助<br>梅沢宗六<br>篠田全治<br>川口源治<br>古田耕作<br>吉住文三<br>山田藤次<br>松本幸治<br>勝見調三<br>河竹新七 | 早大演博（2） | ※役割に作者連名ナシ<br>（絵本は記載） |
| 嘉永3<br>9・7（辻）<br>9・9（役）<br>9・9（絵） | 東大総合<br>早大演博<br>国立劇場 | 河原崎 | 絵本合法衢<br>虎之巻<br>追善兜軍記 | エホンガッポウガツジ<br>トラノマキ<br>ツイゼンカブトグンキ | 篠田瑳助<br>梅沢宗六<br>篠田全治<br>川口源治<br>古田耕作<br>吉住文三<br>山田藤次<br>松本幸治<br>勝見調三<br>河竹新七 | | ※役割に作者連名ナシ<br>（絵本は記載） |

| | | | | | | |
|---|---|---|---|---|---|---|
| 嘉永3<br>11・7（役）<br>11・9（絵） | 国立劇場<br>国立劇場 | 河原崎 | 小田雪貢賜<br>源平布引滝<br>積恋雪関扉 | オダノユキミツギノタマモノ<br>ゲンペイヌノビキノタキ<br>ツモルユキコイノセキノト | 篠田瑳助<br>梅沢宗六<br>篠田全治<br>川口源治<br>古田耕作<br>竹田左市<br>吉住文三<br>山田藤次<br>紀文左衛門<br>勝見調三<br>河竹新七 | 早大演博（3） |
| 嘉永4<br>1・11（辻）<br>1・11（役）<br>1・11（絵） | ボストン美<br>国立劇場<br>国立劇場 | 河原崎 | 伊達競高評鞘当 | ダテクラベウワサノサヤアテ | 篠田瑳助<br>梅沢宗六<br>篠田全治<br>川口源治<br>古田耕作<br>竹田左市<br>吉住文三<br>山田藤次<br>紀文左衛門 | 国会図書<br>（松島6） |

| | | | | | | | |
|---|---|---|---|---|---|---|---|
| | | | | | 勝見調三 | | |
| | | | | | 河竹新七 | | |
| 嘉永4 3・2(辻) | ボストン美 | 河原崎 | 浜真砂長久御摂※1 | ハマノマサゴツキヌゴヒイキ | 篠田瑳助 | | ※1：3・2辻はこの名 |
| 3・3(役) | 早大演博 | | 近江源氏先陣館 | オウミゲンジセンジンヤカタ | 梅沢宗六 | | 題のみ記載 |
| 3・3(絵) | 国立劇場 | | 恋飛脚廓以字文 | コイノタヨリサトノカナブミ | 篠田全次 | | ※2：4・1辻はこの名 |
| 4・1(辻) | ボストン美 | | 戻駕色相肩 ※2 | モドリカゴイロニアイカタ | 川口源次 | | 題のみ記載 |
| | | | | | 古田新助 | | |
| | | | | | 田原豊蔵 | | |
| | | | | | 吉住文三 | | |
| | | | | | 山田藤次 | | |
| | | | | | 紀文左衛門 | | |
| | | | | | 勝見調三 | | |
| | | | | | 河竹新七 | | |
| 嘉永4 4・27(辻) | ボストン美 | 河原崎 | 鶯墳長柄故 | ウグイスヅカナガラノフルゴト | ナシ | | ※6・6辻のみ記載 |
| 5・1(役) | 早大演博 | | 東海道四谷怪談 | トウカイドウヨツヤカイダン | | | |
| 5・1(絵) | 国立劇場 | | ひらがな盛衰記※1 | ヒラガナセイスイキ | | | |
| 6・6(辻) | ボストン美 | | | | | | |
| 嘉永4 7・29(辻) | ボストン美 | 河原崎 | 千種高秋月宮本 | チグサノアキツキノミヤモト | ナシ | | |
| 8・6(役) | 早大演博 | | 六歌仙茲(い) | ロッカセンココニナガキ | | | |
| 8・6(絵) | 国立劇場 | | | | | | |

| | | | | | | | |
|---|---|---|---|---|---|---|---|
| 嘉永4　9・2（辻） | ボストン美 | 河原崎 | 大塔宮曦鎧 | オオトウノミヤアサヒノヨロイ | ナシ | | |
| 9・3（役） | 早大演博 | | 恋女房染分手綱 | コイニョウボウソメワケタヅナ | | | |
| 9・3（絵） | 国立劇場 | | 五大力恋緘 | ゴダイリキコイノフウジメ | | | |
| 嘉永4　11・13（辻） | 早大演博 | 河原崎 | 升鯉滝白旗 | ノボリゴイタキノシラハタ | 篠田瑳 | | ※1・2：役割に記載ナシ |
| 11・13（役） | 国立劇場 | | 周春劇書初 | シュウノハルカブキノカキゾメ | 梅沢宗六 | | |
| 11・13（絵） | 国立劇場 | | 青柳硯　※1 | アオヤギスズリ | 山田藤次 | | |
| | | | 嫗山姥　※2 | コモチヤマンバ | 能晋輔 | | |
| | | | 濡嬉浮寝水鳥 | ヌレテウレシウキネノミズドリ | 島田安次 | | |
| | | | | | 柴進吉 | | |
| | | | | | 川口源治 | | |
| | | | | | 篠田全治 | | |
| | | | | | 勝見調三 | | |
| | | | | | 河竹新七 | | |
| 嘉永5　1・11（辻） | ボストン美 | 河原崎 | 恋衣雁金染 | コイゴロモカリガネゾメ | 篠田瑳助 | 早大演博（3） | ・台帳は「闇…」のみ |
| 1・13（役） | 国立劇場 | | 和田合戦女舞鶴 | ワダガッセンオンナマイヅル | 梅沢宗六 | | |
| 1・13（絵） | 国立劇場 | | 闇梅夢手枕 | ヤミノウメユメノタマクラ | 山田藤次 | | |
| | | | 月柳廓髪梳 | ツキノヤナギサトノカミスキ | 能晋輔 | | |
| | | | | | 古田耕作 | | |
| | | | | | 当葉寛七 | | |
| | | | | | 柴新吉 | | |

| | | | | | | | |
|---|---|---|---|---|---|---|---|
| | | | | | 川口源治<br>篠田全治<br>勝見調三<br>河竹新七 | | |
| 嘉永5 3・3（辻） | 国会図書 | 河原崎 | 妹背山婦女庭訓 | イモセヤマオンナテイキン | ナシ | | ※1・2：辻にこの名題記載ナシ |
| 3・3（役） | 早大演博 | | 蓮生物語 | レンショウモノガタリ | | | |
| 3・3（絵） | 国立劇場 | | 双蝶仝曲輪日記 | フタツチョウチョウクルワニッキ | | | |
| | | | 道行恋苧環 ※1 | ミチユキコイノオダマキ | | | |
| | | | 都名所 ※2 | ミヤコメイショ | | | |
| 嘉永5 4・24（辻） | ボストン美 | 河原崎 | 昔談柄三升太夫 | ムカシバナシサンショウダユウ | ナシ | | |
| 4・28（役） | 早大演博 | | 伊勢音頭恋寝刃 | イセオンドコイノネタバ | | | |
| 4・28（絵） | 国立劇場 | | | | | | |
| 嘉永5 7・19（辻） | ボストン美 | 河原崎 | 児雷也豪傑譚話 | ジライヤゴウケツモノガタリ | 篠田瑳助<br>梅沢宗六<br>能晋輔<br>河野半七<br>柴山次<br>川口源次<br>山田藤次<br>勝見調三 | 東京国博<br>（安政3写5）<br>東大総合<br>（明治23写9、8） | ◆合巻『児雷也豪傑譚』の初編～第10編の脚色。 |
| 7・25（役） | 国立劇場 | | 芦屋道満大内鑑 | アシヤドウマンオオウチカガミ | | | |
| 7・25（絵） | 国立劇場 | | 露古郷狐葛の葉 | ツユノフルスキツネクズノハ | | | |

| | | | | | | | |
|---|---|---|---|---|---|---|---|
| | | | | 河竹新七 | | | |
| 嘉永5　9・23（辻） | 早大演博 | 河原崎 | 一谷嫩軍記 | イチノタニフタバグンキ | ナシ | | |
| 9・23（役） | 早大演博 | | 奥州安達原 | オウシュウアダチガハラ | | | |
| 9・24（絵） | 早大演博 | | 勧進帳 | カンジンチョウ | | | |
| | | | 新よし原雀 | シンヨシワラスズメ | | | |
| 嘉永5　11・10（辻） | 早大演博 | 河原崎 | 忠孝仮名書講釈 | チュウコウカナガキコウシャク | ナシ | 早大演博（2） | |
| 11・10（役） | 早大演博 | | 勧進帳 | カンジンチョウ | | 国会図書 | |
| 11・10（絵） | 早大演博 | | 菊千代兼言 | チギリグサチヨヲカネゴト | | （松島6） | |
| 嘉永6　2・7（辻） | ボストン美 | 河原崎 | しらぬひ譚 | シラヌイモノガタリ | 篠田瑳助 | 国会図書（28） | ・東大総合台帳名題：「四季模様白縫譚」 |
| 2・10（役） | 国立劇場 | | 柳糸引御摂 | ヤナギノイトヒクヤゴヒイキ | 梅沢宗六 | 日大総図（9） | |
| 2・10（絵） | 国立劇場 | | 霞色連一群 | カスミノイロツレテヒトムレ | 能晋輔 | 早大演博 | ◆合巻『白縫譚』の初編～第7編の脚色。 |
| | | | | | 河野半七 | 東大総合 | |
| | | | | | 古田新幸 | （明治29写） | |
| | | | | | 川口源治 | | |
| | | | | | 山田藤次 | | |
| | | | | | 勝見調三 | | |
| | | | | | 河竹新七 | | |
| 嘉永6　4・20（辻） | ボストン美 | 河原崎 | しらぬひ譚 | シラヌイモノガタリ | 篠田瑳助 | 早大演博 | ◆合巻『白縫譚』の第8編後半～第15編を脚色した、2月の上演の後日狂 |
| 4・20（役） | 早大演博 | | 樹闇恋曲者 | コノシタヤミコイノクセモノ | 梅沢宗六 | | |
| 4・20（絵） | 国立劇場 | | 義経千本桜 | ヨシツネセンボンザクラ | 能晋輔 | | |

| | | | | | | | |
|---|---|---|---|---|---|---|---|
| | | | 道行初音旅 | ミチユキハツネノタビ | 河野半七<br>古田新幸<br>川口源治<br>山田藤次<br>勝見調三<br>河竹新七 | | 言。 |
| 嘉永6 | 9・16（辻） | ボストン美 | 河原崎 | 碁太平記白石噺 | | 篠田瑳助<br>梅沢宗六<br>能晋輔<br>柴竹蔵<br>古田新耕<br>川口源治<br>山田藤次<br>勝見調三<br>河竹新七 | |
| | 9・17（役） | 早大演博 | | 怪談木幡小平治 | カイダンコハタコヘイジ | | |
| | 9・17（絵） | 国立劇場 | | 乱菊枕慈童 | ランギクマクラジドウ | | |
| 嘉永6 | 11・7（辻） | ボストン美 | 河原崎 | 鬼一法眼三略巻 | キイチホウゲンサンリャクノマキ | ナシ | |
| | 11・7（役） | 早大演博 | | 容競出入湊 | スガタクラベデイリノミナト | | |
| | 11・7（絵） | 国立劇場 | | 姫小松子日の遊 | ヒメコマツネノヒノアソビ | | |
| 安政1 | 3・1（辻） | ボストン美 | 河原崎 | 都鳥廓白浪 | ミヤコドリナガレノシラナミ | 篠田瑳助 | 全：小団次と真の、最初の、接触をなす。 |
| | 3・1（役） | 国立劇場 | | 初霞女猿廻 | ハツガスミオンナサルヒキ | 梅沢宗六 | |

| | | | | | | | |
|---|---|---|---|---|---|---|---|
| 3・1（絵） | 竹内（写 | | 寄三升花四季画 | ヨセテミマスハナノニシキエ | 能晋輔<br>佳津東八<br>古田新耕<br>川口源治<br>河田籐治<br>勝見調三<br>河竹新七 | | 全：始に在来の作を補綴して小団次納まらず、二度目の訂正を施して尚納まらず、遂に全然新規に書換へて小団次に悦び迎へられ、上演して成功した苦心の作 |
| 安政1<br>6・10（辻）<br>6・14（役）<br>6・14（絵） | 国会図書<br>早大演博<br>国立劇場 | 河原崎 | 会稽殿下茶屋聚<br>雲艶女鳴神 | カイケイテンガヂャヤムラ<br>クモノウワサオンナナルカミ | 篠田瑳助<br>梅沢宗六<br>能晋輔<br>佳津東八<br>古田新耕<br>川口源治<br>河口籐治<br>勝見調三<br>河竹新七 | | |
| 安政1<br>7・26（辻）<br>8・8（役）<br>8・8（絵） | ボストン美<br>国立劇場<br>竹内（写 | 河原崎 | 吾孺下五十三駅<br>桑名浦島浪乙女<br>指手引手月汐汲 | アズマクダリゴジュウサンツギ<br>クワナウラナミノオトヒメ<br>サステヒクテツキノシオクミ | 篠田瑳助<br>梅沢宗六<br>川口源治<br>繁河長治 | 秋葉文庫（10） | ◆講談「天一坊」を脚色 |

| | | | | | | | |
|---|---|---|---|---|---|---|---|
| | | | | | 古田新耕<br>佳津東八<br>河田籐治<br>鶴峰千助<br>河竹新七 | | |
| 安政1 11・1（辻） | ボストン美 | 河原崎 | 仮名手本忠臣蔵 | カナデホンチュウシングラ | ナシ | | |
| 11・1（役） | 早大演博 | | | | | | |
| 11・1（絵） | 早大演博 | | | | | | |
| 安政2 2・28（辻） | 早大演博 | 河原崎 | 鏡模様比翼花鳥<br>逢見思大和 | カガミノウラヒヨクノハナトリ<br>アイタミタサオモイノヤマヤマ | | | ※坂東しうかの病休、死去につき初日を延期、改題・改作の後に上演。 |
| 安政2 3・10（役） | 早大演博 | 河原崎 | 鏡山比翼容姿視<br>花上野誉碑<br>籠鳥色音廓 ※1<br>逢見思山仝 ※2 | カガミヤマヒヨクノスガタミ<br>ハナノウエノホマレノイシブミ<br>カゴノトリイロネノヨシワラ<br>アイタミタサオモイノヤマヤマ | 篠田瑳助<br>梅沢宗六<br>繁河長治<br>竹柴浅吉<br>竹柴豊治<br>川口源治<br>河田籐治<br>鶴峰千助<br>河竹新七 | | ※1：絵本に記載なし<br>※2：絵本にのみ記載 |
| 3・10（絵） | 国立劇場 | | | | | | |
| 3・15（辻） | ボストン美 | | | | | | |

| | | | | | | | | |
|---|---|---|---|---|---|---|---|---|
| 安政2 | 5・2（辻）<br>5・3（役）<br>5・3（絵） | 早大演博<br>早大演博<br>国立劇場 | 河原崎 | 児雷也後編譚話<br>真似三升姿八景 | ジライヤゴニチモノガタリ<br>マネテミマススガタハッケイ | 篠田瑳助<br>梅沢宗六<br>繁河長治<br>竹柴浅吉<br>竹柴豊治<br>川口源治<br>河田籐治<br>鶴峰千助<br>河竹新七 | 早大演博（7）<br>日大総図（11）<br>旧安田文 | ・旧安田文台帳は「真…」のみ<br>◆合巻『児雷也豪傑譚』の第11編～第20編を脚色 |
| 安政2 | 7・20（辻）<br>7・25（役）<br>7・25（絵）<br>9・16（辻） | ボストン美<br>早大演博<br>国立劇場<br>保科（写 | 河原崎 | 蝶衛亀山染<br>袖浦故郷錦 | ソガモヨウカメヤマゾメ<br>ソデガウラコキョウノニシキ | 篠田瑳助<br>梅沢宗六<br>繁河長治<br>竹柴浅吉<br>竹柴豊蔵<br>中河弥吉<br>川口源次<br>河田籐治<br>銀杏麗助<br>河竹新七 | | |
| 安政3 | 3・3（辻） | ボストン美 | 市村 | 鶴松扇曽我 | ツルハチトセスエヒロソガ | 篠田瑳助 | 早大演博（6） | 全：河原崎座廃座と決し |

| | | | | | | | | |
|---|---|---|---|---|---|---|---|---|
| | 3・7（役） | 早大演博 | | 夢結蝶鳥追 | ユメムスブチョウニトリオイ | 梅沢宗六 | 秋葉文庫［版］ | 守田座再興と決す。市村座よりの交渉ありて其方へ出勤すること、なる。<br>◆講談「おこよ源三郎」を脚色 |
| | 3・7（絵） | 国立劇場 | | 姿替霞借宅 | ヒキヌイデカスミノニドミセ | 繁河長治 | 東大総合（3） | |
| | | | | 梅柳恋道連 | ウメヤナギコイノミチヅレ | 中河弥吉 | | |
| | | | | | | 奈河晴助 | | |
| | | | | | | 竹柴豊蔵 | | |
| | | | | | | 竹柴浅吉 | | |
| | | | | | | 河田籐治 | | |
| | | | | | | 銀杏麗助 | | |
| | | | | | | 河竹新七 | | |
| 安政3 | 4・28（辻） | 舟橋記念 | 市村 | 苅萱道心筑紫車榮 | カルカヤドウシンツクシノイエヅト | | 早大演博 | ※5・15辻のみ記載<br>・慶応大学台帳は「梅…」のみ<br>◆講談「花闇佃漁火」を脚色 |
| | 5・15（辻） | 早大演博 | | 花菖蒲裾野討入 | ハナショウブスソノウチイリ | | 慶応大学 | |
| | | | | 梅雨濡仲町　※1 | サツキアメヌレタナカチョウ | | 明治大学 | |
| | | | | | | | 大阪府図 | |
| 安政3 | 7・14（辻） | 国会図書 | 市村 | 義経千本桜 | ヨシツネセンボンザクラ | ナシ | | |
| | 7・15（役） | 早大演博 | | 花市座初音の旅 | ハナイチザハツネノタビ | | | |
| | 7・15（絵） | 国立劇場 | | | | | | |
| 安政3 | 9・17（辻） | 早大演博 | 市村 | 蔦紅葉宇都谷峠 | ツタモミジウツノヤトウゲ | 篠田瑳助 | 早大演博（4） | ◆「文弥殺し」の脚色 |
| | 9・18（役） | 早大演博 | | 芦屋道満大内鑑 | アシヤドウマンオオウチカガミ | 梅沢宗六 | 関西松竹 | |
| | 9・18（絵） | 国立劇場 | | 心中玉露白小梅 | シンジュウツユノシロムク | 繁河長治 | | |

| | | | | | | | |
|---|---|---|---|---|---|---|---|
| | | | | | 中河弥吉 | | |
| | | | | | 竹柴豊蔵 | | |
| | | | | | 竹柴浅吉 | | |
| | | | | | 河田籐治 | | |
| | | | | | 奈河晴助 | | |
| | | | | | 河竹新七 | | |
| 安政3 11・7（辻） | 国立劇場 | 市村 | 倡女誠長田忠孝 | ジョロノマコトオサダノチュウコウ | 篠田瑳助 | 国会図書 | |
| 11・10（役） | 早大演博 | | 松竹梅雪曙 | ショウチクバイユキノアケボノ | 梅沢宗六 | （松島7） | |
| 11・10（絵） | 国立劇場 | | 恩愛晴関守 | オンアイヒトメノセキモリ | 繁河長治 | | |
| | | | 封文恋書置 | フウジブミコイノカキオキ | 中河弥吉 | | |
| | | | | | 竹柴豊蔵 | | |
| | | | | | 竹柴浅吉 | | |
| | | | | | 河田籐治 | | |
| | | | | | 奈河晴助 | | |
| | | | | | 河竹新七 | | |
| 安政4 1・11（辻） | ボストン美 | 市村 | 鼠小紋東君新形 | ネズミコモンハルノシンガタ | 篠田瑳助 | 早大演博（7） | ◆講談「天保怪鼠伝」の脚色 |
| 1・14（役） | 国立劇場 | | 修緑笑遠山 | マネテミドリワラウトヤマ | 竹柴濤治 | 国会（40） | |
| 1・14（絵） | 国立劇場 | | | | 竹柴浅吉 | 日大総図（3） | |
| | | | | | 竹柴豊蔵 | 秋葉文庫[版] | |
| | | | | | 梅沢宗六 | | |

| | | | | | | | |
|---|---|---|---|---|---|---|---|
| | | | | | 竹柴弥吉 | | |
| | | | | | 竹柴諺蔵 | | |
| | | | | | 奈河晴助 | | |
| | | | | | 河竹新七 | | |
| 安政4　5・9（辻） | ボストン美 | 市村 | 敵討噂古市 | カタキウチウワサノフルイチ | 篠田瑳助 | 東大総合（9） | ◆講談「夢と寝言の仇討」の脚色 |
| 5・16（役） | 早大演博 | | 時鳥酒杉本 | ホトトギスササモスギモト | 竹柴濤治 | 早大演博 | |
| 5・16（絵） | 国立劇場 | | | | 竹柴浅吉 | 日大総図 | |
| | | | | | 竹柴喜三次 | | |
| | | | | | 竹柴豊蔵 | | |
| | | | | | 梅沢宗六 | | |
| | | | | | 竹柴金作 | | |
| | | | | | 竹柴弥吉 | | |
| | | | | | 竹柴諺蔵 | | |
| | | | | | 奈河晴助 | | |
| | | | | | 河竹新七 | | |
| 安政4　7・7（辻） | ボストン美 | 市村 | 網模様燈籠菊桐 | アミモヨウトウロノキクキリ | 篠田瑳助 | 日大総図 | ◆講談「佃の白浪」「玉菊燈籠」の脚色 |
| 7・15（役） | 早大演博 | | 星逢瀬恋柵 | ホシノオウセコイノシガラミ | 竹柴濤治 | （7・7） | |
| 7・15（絵） | 国立劇場 | | | | 竹柴浅吉 | 関西松竹 | |
| | | | | | 竹柴喜三次 | 秋葉文庫（8） | |
| | | | | | 竹柴豊蔵 | | |

| | | | | | | | |
|---|---|---|---|---|---|---|---|
| | | | | | 梅沢宗六<br>竹柴金作<br>竹柴弥吉<br>竹柴諺蔵<br>奈河晴助<br>河竹新七 | | |
| 安政4　9・13（辻） | 早大演博 | 市村 | 菅原伝授手習鑑 | スガワラデンジュテナライカガミ | ナシ | | |
| 9・18（役） | 早大演博 | | 命懸色の二番目 | イノチガケイロノニバンメ | | | |
| 9・18（絵） | 早大演博 | | | | | | |
| 安政4　10・16（辻） | ボストン美 | 市村 | 伊達競阿国戯場 | ダテクラベオクニカブキ | 篠田瑳助<br>竹柴濤治<br>竹柴浅吉<br>竹柴金作<br>竹柴豊蔵<br>梅沢宗六<br>竹柴百太郎<br>竹柴喜三次<br>竹柴諺蔵<br>奈河晴助<br>河竹新七 | 早大演博（1） | ・早大演博台帳は「伊達…」のみ |
| 10・21（役） | 早大演博 | | 糸時雨越路一諷 | イトノシグレコシジノヒトフシ | | | |
| 10・21（絵） | 国立劇場 | | 寥素顔霜夜道行 | ゾットスガオシモヨノミチユキ | | | |

| | | | | | | | |
|---|---|---|---|---|---|---|---|
| 安政4<br>12・4（辻）<br>12・4（役）<br>12・4（絵） | ボストン美<br>早大演博<br>早大演博 | 市村 | 寒稽古五行寄本<br>忠臣講釈<br>大功記<br>膝栗毛<br>新宅廓文章<br>歌祭文 | カンゲイコゴギョウノヨセホン<br>チュウシンコウシャク<br>タイコウキ<br>ヒザクリゲ<br>シンタククルワブンショウ<br>ウタザイモン | ナシ | | |
| 安政5<br>3・17（辻）<br>3・21（役）<br>3・21（絵） | ボストン美<br>国立劇場<br>国立劇場 | 市村 | 江戸桜清水清玄<br>解帯綾瀬河<br>忍岡恋曲者 | エドザクラキヨミズセイゲン<br>トケシオビアヤセノカワミズ<br>シノブガオカコイノクセモノ | 篠田瑳助<br>竹柴濤治<br>竹柴浅吉<br>竹柴金作<br>竹柴豊蔵<br>梅沢宗六<br>竹柴百太郎<br>竹柴喜三次<br>竹柴諺蔵<br>奈河晴助<br>河竹新七 | 早大演博<br>（4・3） | ◆講談「花川戸助六」を脚色 |
| 安政5<br>5・5（辻）<br>5・11（役）<br>5・11（絵） | ボストン美<br>早大演博<br>国立劇場 | 市村 | 仮名手本硯高島<br>廓雀差君名 | カナデホンスズリノタカシマ<br>サトスズメサスヤキミガナ | 篠田瑳助<br>竹柴濤治<br>竹柴浅吉 | 早大演博<br>日大総図<br>関西松竹 | ◆講談「義士銘々伝」を脚色<br>◆人情本『いろは文庫』 |

| | | | | | | | |
|---|---|---|---|---|---|---|---|
| | | | | | 竹柴金作<br>竹柴豊蔵<br>梅沢宗六<br>竹柴百太郎<br>竹柴喜三次<br>竹柴諺蔵<br>奈河晴助<br>河竹新七 | | （春水）の脚色 |
| 安政5　7・15（辻）<br>7・15（役）<br>7・15（絵） | ボストン美<br>早大演博<br>国立劇場 | 市村 | 絵本太功記　※1<br>けいせゐ返魂香<br>関取千両幟<br>鬢縺風穂芒 | エホンタイコウキ<br>ケイセイハンゴンコウ<br>セキトリセンリョウノボリ<br>ビンノホツレカゼニホススキ | 篠田瑳助<br>竹柴濤治<br>竹柴浅吉<br>竹柴金作<br>竹柴豊蔵<br>梅沢宗六<br>竹柴百太郎<br>竹柴喜三次<br>竹柴諺蔵<br>奈河晴助<br>河竹新七 | | ※1：絵本はこの名題のみ記載<br>※役割に作者連名ナシ（絵本は記載） |
| 安政5　10・2（辻） | 国会図書 | 市村 | 小春宴三組杯觴 | コハルノエンミツグミサカヅキ | 篠田瑳助 | | ◆講談「鉢の木」「馬子 |

| | | | | | | | | |
|---|---|---|---|---|---|---|---|---|
| | 10・7（役） | 国立劇場 | | 柳島噂錦絵 | ヤナギシマウワサノニシキエ | 竹柴濤治<br>竹柴浅吉<br>竹柴金作<br>竹柴豊蔵<br>梅沢宗六<br>竹柴百太郎<br>竹柴喜三次<br>竹柴諺蔵<br>奈河晴助<br>河竹新七 | | 問答」を脚色 |
| | 10・8（絵） | 国立劇場 | | 積恋雪関扉 | ツモルコイユキノセキノト | | | |
| | 11・11（辻） | 舟橋記念 | | | | | | |
| 安政6 | 2・1（辻） | 国会図書 | 市村 | 小袖曽我薊色縫 | コソデソガアザミノイロヌイ | 篠田瑳助<br>竹柴諺蔵<br>竹柴喜三次<br>竹柴百三<br>梅沢宗六<br>竹柴瓢助<br>竹柴豊蔵<br>竹柴金作<br>竹柴浅吉<br>竹柴濤治 | 日大総図<br>（8・2）<br>早大演博<br>天理図書 | ◆講談「鬼薊清吉」を脚色 |
| | 2・5（役） | 国立劇場 | | 梅柳中宵月 | ウメヤナギナカモヨイヅキ | | | |
| | 2・5（絵） | 国立劇場 | | 蝶々翼軽業 | チョウチョウツバサノカルワザ | | | |

| | | | | | | | |
|---|---|---|---|---|---|---|---|
| | | | | | 河竹新七 | | |
| 安政6 4・18（辻） | ボストン美 | 市村 | 世界袷蝶仝小紋 | セカイモアワセチョウチョウコモン | 篠田瑳助 | 日比谷加 | ・大阪府図台帳は「牡丹…」のみ |
| 4・22（役） | 早大演博 | | 乱咲垣根の卯花 | ミダレザキカキネノウノハナ | 竹柴諺蔵 | 大阪府図（2） | |
| 4・22（絵） | 国立劇場 | | 牡丹記念海老胴 | ヨロイグサカキネノエビドウ | 竹柴喜三次 | | |
| | | | 種仝薩埵誓掛額 | シュジュサッタチカイノカケガク | 竹柴百三 | | |
| | | | | | 梅沢宗六 | | |
| | | | | | 竹柴瓢助 | | |
| | | | | | 竹柴豊蔵 | | |
| | | | | | 竹柴金作 | | |
| | | | | | 竹柴浅吉 | | |
| | | | | | 竹柴濤治 | | |
| | | | | | 河竹新七 | | |
| 安政6 6・3（辻） | 早大演博 | 市村 | 綯合戯場画草紙 | トジアワセカブキノエゾウシ | ナシ | 秋葉文庫［版］ | ・秋葉文庫台本は「影…」のみ |
| 6・3（役） | 早大演博 | | 三千両黄金夏菊 | サンゼンリョウコガネノナツギク | | | |
| 6・3（絵） | 国立劇場 | | 影祭俄俳優 | カゲマツリニワカノワザオギ | | | |
| 安政 7・11（辻） | ボストン美 | 市村 | 小幡怪異雨古沼 | コハタノカイイアメモフルヌマ | 篠田瑳助 | 東大総合（7） | ・秋葉文庫台本は「由…」のみ |
| 7・15（役） | 国立劇場 | | 由縁色萩紫 | ユカリノイロハギノムラサキ | 竹柴諺蔵 | 天理図書（5） | |
| 7・15（絵） | 国立劇場 | | 勧進帳 | カンジンチョウ | 竹柴喜三次 | 秋葉文庫［版］ | |
| | | | | | 竹柴百三 | 早大演博 | |
| | | | | | 梅沢宗六 | | |

| | | | | | | | |
|---|---|---|---|---|---|---|---|
| | | | | | 竹柴瓢助<br>竹柴豊蔵<br>竹柴金作<br>竹柴浅吉<br>竹柴濤治<br>河竹新七 | | |
| 安政6 9・18（辻） | ボストン美 | 市村 | 仮名手本忠臣蔵 | カナデホンチュウシングラ | ナシ | 東大総合 | |
| 9・23（役） | 国立劇場 | | 道行旅路の花聟 | ミチユキタビジノハナムコ | | （明治16写） | |
| 9・23（絵） | 国立劇場 | | 日月星昼夜織分 | ジツゲツセイチュウヤノオリワケ | | | |
| 万延1 1・11（辻） | ボストン美 | 市村 | 三人吉三廓初買 | サンニンキチサクルワノハツカイ | 河竹新七 | 早大演博（4） | ・早大演博台帳名題：「三人吉三巴白浪」・版本角書：「吉三〳〵の三人は太鼓にめぐる三つ巴」全：黙阿弥が自ら会心の作として許してゐたもの（略）人物、事件の間へ非常に複雑な関係を持たした因果譚の白浪狂言 |
| 1・14（役） | 国立劇場 | | 浄土双六振斎日 | ジョウドスゴロクフルヤサイニチ | 竹柴浅吉 | 早大演博[版] | |
| 1・14（絵） | 国立劇場 | | 夜鶴姿泡雪 | ヨルノツルスガタノアワユキ | 竹柴金作 | | |
| | | | 初櫓噂高島 | ハツヤグラウワサノタカシマ | 竹柴瓶蔵<br>竹柴諺蔵<br>梅沢宗六<br>竹柴瓢助<br>竹柴豊蔵<br>竹柴百三<br>竹柴喜三次<br>竹柴濤治 | | |

| | | | | | | | |
|---|---|---|---|---|---|---|---|
| 万延1 | 3・3（辻） | ボストン美 | 市村 | 加賀見山再岩藤 | カガミヤマゴニチノイワフジ | 河竹新七 | 早大演博 |
| | 3・12（役） | 国立劇場 | | 拙腕左彫物 | オヨバヌウデヒダリノホリモノ | 竹柴浅吉 | 秋葉文庫［版］ |
| | 3・12（絵） | 国立劇場 | | | | 竹柴金作 | |
| | | | | | | 竹柴瓶蔵 | |
| | | | | | | 竹柴諺蔵 | |
| | | | | | | 梅沢宗六 | |
| | | | | | | 竹柴瓢助 | |
| | | | | | | 竹柴豊蔵 | |
| | | | | | | 竹柴百三 | |
| | | | | | | 竹柴喜三次 | |
| | | | | | | 竹柴濤治 | |
| 万延1 | 4・17（辻） | 舟橋記念 | 市村 | 名高殿下茶店聚 | ナモタカキテンガヂヤヤムラ | 河竹新七 | |
| | 4・18（役） | 早大演博 | | 恋闇忍常夏 | コイノヤミシノブトコナツ | 竹柴浅吉 | |
| | 4・18（絵） | 国立劇場 | | | | 竹柴金作 | |
| | | | | | | 竹柴瓶蔵 | |
| | | | | | | 竹柴諺蔵 | |
| | | | | | | 梅沢宗六 | |
| | | | | | | 竹柴瓢助 | |
| | | | | | | 竹柴豊蔵 | |
| | | | | | | 竹柴百三 | |

| | | | | | | | |
|---|---|---|---|---|---|---|---|
| | | | | | 竹柴喜三次<br>竹柴濤治 | | |
| 万延1 7・13（辻） | ボストン美 | 市村 | 八幡祭小望月賑 | ハチマンマツリヨミヤノニギワイ | 河竹新七<br>竹柴浅吉<br>竹柴金作<br>竹柴瓶蔵<br>竹柴諺蔵<br>梅沢宗六<br>竹柴瓢助<br>竹柴豊蔵<br>竹柴百三<br>竹柴喜三次<br>竹柴濤治 | 早大演博（4） | ◆講談「恋闇佃漁火」「お富与三郎」続々：座頭小団次いつも福助の人気に押されて捗々しき大入を取らざるを残念に思ひ居り（略）座付作者河竹新七に此趣きをかたり難なりとも妙趣向を工夫して我が恥辱をすくひくれよと余儀なき依頼に新七もいたく気の毒に思ひ種々に苦心して文化四年に永代橋の落ちたることあればこれを書込み八幡まつりを呼びものとして |
| 7・13（絵） | 国立劇場 | | 三五月須磨写絵 | サンゴノツキスマノウツシエ | | 日大総図（4） | |
| 7・15（役） | 国立劇場 | | | | | 関西松竹 | |
| 文久1 2・20（辻） | 早大演博 | 守田 | 相生源氏高砂松 | アイオイゲンジタカサゴノマツ | 木村園治 | 東大総合（4） | 全：二月より小団次守田座出勤に付兼勤す。 |
| 2・20（役） | 早大演博 | | 花安達恋の夜嵐 | ハナニアダチコイノヨアラシ | 篠田金次 | 早大演博 | |

| 年・月日 | 所蔵 | 劇場 | 外題 | 読み | 作者 | 所蔵 | 備考 |
|---|---|---|---|---|---|---|---|
| 2・20（絵） | 早大演博 | | 打明心割床 | ウチアケテココロノワリドコ | 松島粂助<br>松島松作<br>清水文児<br>狂言堂<br>松沢五郎平<br>松島喜惣二<br>松島冷二<br>梅沢万二<br>河竹新七 | （1・4）<br>国会図書（1）<br>関西松竹（1） | ◆読本『頼豪阿闍梨怪鼠伝』（馬琴）の脚色 |
| 文久1<br>2・20（辻）<br>2・27（役）<br>2・27（絵） | ボストン美<br>竹内（写<br>国立劇場 | 市村 | 鶴春土佐画鞘当<br>魁若木対面<br>契恋春粟餅 | チヨノハルトサエノサヤアテ<br>サキガケテワカキノタイメン<br>チギルコイハルノアワモチ | 河竹新七<br>竹柴喜三次<br>竹柴百三<br>竹柴重三<br>梅沢宗六<br>竹柴豊蔵<br>竹柴諺蔵<br>竹柴瓶三<br>柳屋梅彦<br>竹柴浅七<br>竹柴弥吉 | 早大演博（1） | |

| | | | | | | | |
|---|---|---|---|---|---|---|---|
| | | | | | 竹柴金作 | | |
| | | | | | 竹柴濤治 | | |
| | | | | | スケ梅阿弥 | | |
| 文久1　5・1（辻） | ボストン美 | 市村 | 轡音纏染分 | クツワノオトタヅナノソメワケ | 河竹新七 | 早大演博 | |
| 5・3（役） | 早大演博 | | 時鳥夏朧夜 | ホトトギスナツモオボロヨ | 竹柴喜三次 | | |
| 5・3（絵） | 国立劇場 | | 操菖蒲人形 | アヤツリアヤメニンギョウ | 竹柴百三 | | |
| | | | 湯布露玉川 | サラシヌノツユノタマガワ | 竹柴重三 | | |
| | | | | | 梅沢宗六 | | |
| | | | | | 竹柴豊蔵 | | |
| | | | | | 竹柴諺蔵 | | |
| | | | | | 竹柴瓶三 | | |
| | | | | | 柳屋梅彦 | | |
| | | | | | 竹柴浅七 | | |
| | | | | | 竹柴弥吉 | | |
| | | | | | 竹柴金作 | | |
| | | | | | 竹柴濤治 | | |
| | | | | | スケ梅阿弥 | | |
| 文久1　5・3（辻） | 早大演博 | 守田 | 龍三升高根雲霧 | リョウトミマスタカネノクモキリ | 木村園治 | | ◆講談「雲霧五人男」を脚色 |
| 5・3（絵） | 国立劇場 | | 私雨横相傘 | ミヲシルメヨコニアイガサ | 篠田金次 | | |
| | | | 忍逢夜新樹月影 | シノビアウヨシンジュノツキカゲ | 松島粂助 | | |

| | | | | | | | |
|---|---|---|---|---|---|---|---|
| | | | | | 松島松作<br>清水文児<br>狂言堂<br>梅沢五郎平<br>松島喜惣二<br>松島冷二<br>梅沢万二<br>スケ河竹新七 | | |
| 文久1<br>6・6（辻）<br>6・6（絵）<br>6・8（役） | 早大演博<br>早大演博<br>早大演博 | 守田 | 操歌舞妓扇<br>明烏手向の一節<br>ぞうほ彦山権現<br>契情筑紫州爪琴　※1<br>宿無団七時雨傘　※2 | アヤツリカブキオウギ<br>アケガラスタムケノヒトフシ<br>ゾウホヒコサンゴンゲン<br>ケイセイツクシノツマゴト<br>ヤドナシダンシチシグレノカラクサ | ナシ | | ※1・2：役割にこの名題記載ナシ |
| 文久1<br>7・13（辻）<br>7・13（役）<br>7・13（絵） | 舟橋記念<br>国立劇場<br>国立劇場 | 市村 | 東駅いろは日記<br>夢結露転寝<br>廓俄色実秋 | トウカイドウイロハニッキ<br>ユメムスブツユノコロビネ<br>サトノニワカイロノデキアキ | 河竹新七<br>竹柴喜三次<br>竹柴百三<br>竹柴重三<br>梅沢宗六<br>竹柴豊蔵<br>竹柴諺蔵 | | ◆講談「義士銘々伝」を脚色 |

| | | | | | | | |
|---|---|---|---|---|---|---|---|
| | | | | | 竹柴瓶三<br>柳屋梅彦<br>竹柴浅七<br>竹柴弥吉<br>竹柴金作<br>竹柴濤治<br>スケ梅阿弥 | | |
| 文久1　7・15（辻）<br>8・1（役）<br>8・1（絵） | ボストン美<br>国立劇場<br>国立劇場 | 守田 | 桜荘子後日文談<br>新曲夢張良　※1<br>打揃米振袖　※2<br>何張良夢の浮橋　※3<br>星今宵逢夜睦語　※4<br>駒迎野路の村雨　※5 | サクラソウシゴニチブンダン<br>シンキョクユメニチョウリョウ<br>ウチソロウヨネガフリソデ<br>イカニモチョウリョウユメノウキハシ<br>ホシコヨイアウヨノムツゴト<br>コマクカエノジノムラサメ | 木村園治<br>篠田金次<br>松島粂助<br>松島喜惣次<br>松島紀作<br>狂言堂<br>梅沢豊作<br>松島文児<br>松島松作<br>梅沢万二<br>スケ河竹新七 | 東大総合(12)<br>国会図書<br>関西松竹<br>早大演博 | ※1・2：辻に記載ナシ<br>※3・4・5：辻のみ記載<br>◆講談「佐倉宗五郎」を脚色<br>続々：此狂言は瀬川如皐の筆になりしが小団次のあつらへに依り光然法印仏光寺より入水の件んを河竹新七書き入れ市中の評判高く大暑にもめげず大当り |
| 文久1　9・13（辻） | 早大演博 | 市村 | 本朝廿四孝 | ホンチョウニジュウシコウ | 河竹新七 | 早大演博 | ※役割に作者連名ナシ |

| | | | | | | | |
|---|---|---|---|---|---|---|---|
| 9・17（役） | 早大演博 | | 鬼一法眼三略巻 | キイチホウゲンサンリャクノマキ | 竹柴喜三次<br>竹柴百三<br>竹柴重三<br>梅沢宗六<br>竹柴豊蔵<br>竹柴諺蔵<br>竹柴瓶三<br>柳屋梅彦<br>竹柴浅七<br>竹柴弥吉<br>竹柴金作<br>竹柴濤治<br>スケ梅阿弥 | | （絵本は記載） |
| 9・17（絵） | 国立劇場 | | 名相続信田嫁入 | ナヲツイデシノダノヨメイリ | | | |
| | | | 吾住森野辺乱菊 | ワガスムモリノベノランギク | | | |
| 文久1 10・17（絵） | 早大演博 | 市村 | 鬼一法眼三略巻※1 | キイチホウゲンサンリャクノマキ | ナシ | | ※1：11・3役割に記載 |
| 11・3（役） | 早大演博 | | 菅原伝授手習鑑 | スガワラデンジュテナライカガミ | | | ナシ |
| | | | 戻駕色相肩 | モドリカゴイロニアイカタ | | | |
| 文久1 10・21（辻） | 早大演博 | 守田 | 増補双級巴 | ゾウホフタツドモエ | ナシ | | ※1：辻に記載ナシ |
| 10・26（役） | 早大演博 | | 物思菘の彩　※1 | モノオモウシノブノイロザシ | | | ※2・3：辻のみ記載 |
| 10・26（絵） | 早大演博 | | 来宵蜘蛛線　※2 | クベキヨイクモノイトスジ | | | |
| | | | 両顔菘色彩　※3 | フタオモテシノブノイロザシ | | | |

| | | | | | | | | |
|---|---|---|---|---|---|---|---|---|
| 文久2 | 1・11（辻） | 早大演博 | 市村 | 恋取組団伊達紐 ※1 | コイムスブウチワノダテヒモ | ナシ | | ※1：辻のみ「春相撲団伊達紐（ハルズモウウチワノダテヒモ）」と記載 |
| | 1・14（役） | 早大演博 | | 六歌仙容彩 | ロッカセンスガタノイロザシ | | | |
| | 1・14（絵） | 国立劇場 | | | | | | |
| 文久2 | 1・13（辻） | ボストン美 | 守田 | 繰返米升賛 | クリカエシミマスノタマモノ | 園治改 | 早大演博（5） | |
| | 1・13（絵） | 国立劇場 | | 再廻廓色凧 | マタメグリクルワノイロダコ | 桜田治助 | 阪急池田（1） | |
| | 1・19（役） | 国立劇場 | | | | 篠田金次 | | |
| | | | | | | 松島粂助 | | |
| | | | | | | 松島喜惣次 | | |
| | | | | | | 松島豊作 | | |
| | | | | | | 狂言堂 | | |
| | | | | | | 梅沢五郎平 | | |
| | | | | | | 梅沢紀作 | | |
| | | | | | | 松島松作 | | |
| | | | | | | 梅沢万二 | | |
| | | | | | | スケ河竹新七 | | |
| 文久2 | 2・25（辻） | ボストン美 | 市村 | 青砥稿花紅彩画 | アオトゾウシハナノニシキエ | 竹柴濤治 | | ※1：絵本のみ記載ナシ<br>全：又の名題は『弁天娘女男白浪』<br>続々：此狂言は前年豊国が白浪揃ひと号し錦画と |
| | 3・1（役） | 国立劇場 | | 春宵色夕闇 | ハルノヨイイロトユウヤミ | 竹柴喜惣次 | | |
| | 3・1（絵） | 国立劇場 | | 魁源平躑躅 ※1 | サキガケゲンペイツツジ | 竹柴百三 | | |
| | | | | 助六所縁江戸桜 | スケロクユカリノエドザクラ | 梅沢宗六 | | |
| | | | | | | 竹柴豊蔵 | | |

| | | | | | | | |
|---|---|---|---|---|---|---|---|
| | | | | | 柳屋梅彦<br>竹柴弥吉<br>竹柴金作<br>竹柴諺蔵<br>河竹新七 | | して売出せしに市中の評判いたつて宜しく画双紙屋の見世先を賑はせたりしを作者河竹新七特に注目して筆を取つて脚色したるなり然れば名題にも青砥ざうし花の錦画と題したるなりと云へど一説には河竹新七豊国にたのみ見立絵として出させ置きたるならんとも云へり当時には斯様な策略を用ひし事もありしといへば此説或ひは真ならんか |
| 文久2<br>3・6（辻）<br>3・6（絵）<br>3・9（役） | ボストン美<br>国立劇場<br>国立劇場 | 守田 | 蝶小蝶団鏡写絵<br>樹毎濡色花春雨 | チョウコチョウカガミノニガオエ<br>サギノイロハナニフルアメ | 園治改<br>桜田治助<br>篠田金次<br>松島粂助<br>松島喜惣次<br>松島豊作 | | |

| | | | | | | | |
|---|---|---|---|---|---|---|---|
| | | | | | 狂言堂<br>梅沢五郎平<br>梅沢紀作<br>松島松作<br>梅沢万二<br>スケ河竹新七 | | |
| 文久2　4・17（辻）<br>5・1（役）<br>5・1（絵） | ボストン美<br>国立劇場<br>国立劇場 | 守田 | 三升蒔画共恵巵<br>濡党夢相傘<br>準碁盤人形　※1<br>太功記　※2 | ミツグミマキエノサカヅキ<br>ヌレタドシユメニアイガサ<br>ナゾラエテゴバンニンギョウ<br>タイコウキ | 園治改<br>桜田治助<br>篠田金次<br>松島粂助<br>松島喜惣次<br>松島豊作<br>狂言堂<br>梅沢五郎平<br>梅沢紀作<br>松島松作<br>梅沢万二<br>スケ河竹黙阿弥 | 早大演博<br>（3・1） | ※1：辻のみ記載<br>※2：絵本のみ記載 |
| 文久2　5・4（辻）<br>5・9（役） | 早大演博<br>早大演博 | 市村 | 菖蒲合仇討講談<br>猿廻門途の一諷 | ショウブアワセアダウチコウダン<br>サルマワシカドデノヒトフシ | ナシ | | |

| | | | | | | | |
|---|---|---|---|---|---|---|---|
| 5・9（絵） | 早大演博 | | | | | | |
| 文久2<br>閏8・1（辻）<br>閏8・4（役）<br>閏8・4（絵） | ボストン美<br>国立劇場<br>国立劇場 | 守田 | 勧善懲悪覗機関<br>恨葛露濡衣 | カンゼンチョウアクノゾキカラクリ<br>ウラミクズツユニヌレギヌ | 桜田治助<br>篠田金次<br>松島粂助<br>松島喜惣次<br>松島豊作<br>狂言堂<br>梅沢五郎平<br>梅沢紀作<br>松島松作<br>梅沢万二<br>スケ河竹新七 | 東大総合（10）<br>国会図書<br>日大総図（7）<br>関西松竹 | ◆講談「村井長庵」の脚色 |
| 文久2<br>8・10（辻）<br>8・24（役）<br>8・24（絵） | 早大演博<br>国立劇場<br>国立劇場 | 市村 | 月見瞻名画一軸<br>法四季紙家橘拙 | ツキミノハレメイガノイチジク<br>タムケノシキシカキツノフツツカ | 竹柴濤治<br>竹柴金作<br>竹柴重三<br>竹柴半七<br>竹柴船蔵<br>梅沢宗六<br>柳屋梅彦<br>竹柴豊蔵 | | |

| | | | | | | |
|---|---|---|---|---|---|---|
| | | | | | 竹柴左吉<br>竹柴新三<br>竹柴百三<br>竹柴諺蔵<br>河竹新七 | |
| 文久2 9・9（辻） | 早大演博 | 市村 | ひらかな盛衰記 | ヒラガナセイスイキ | ナシ | |
| 9・11（役） | 早大演博 | | 花川戸未熟者中 | ハナカワドワカイモノジュウ | | |
| 9・13（絵） | 早大演博 | | 江戸鹿子二人道成寺 | エドカノコフタリドウジョウジ | | |
| 文久2 10・17（辻） | ボストン美 | 守田 | 倣吾妻八景 | タクラベテアヅマハッケイ | 園治改<br>桜田治助<br>篠田金次<br>松島粂助<br>松島喜惣次<br>松島豊作<br>狂言堂<br>梅沢五郎平<br>梅沢紀作<br>松島松作<br>梅沢万二<br>スケ河竹新七 | 国会図書<br>（松島10） |
| 10・26（役） | 国立劇場 | | 奥州安達原 | ショウブアワセアダチコウダン | | |
| 10・26（絵） | 国立劇場 | | 神有月色世話事 | カミアリヅキイロノセワゴト | | |

| | | | | | | | |
|---|---|---|---|---|---|---|---|
| 文久2 | 11・1（辻） | 早大演博 | 市村 | 碁太平記白石噺 | ゴタイヘイキシライシバナシ | ナシ | |
| | 11・1（役） | 早大演博 | | 熊野霊験車街道 | クマノレイゲンクルマカイドウ | | |
| | 11・1（絵） | 早大演博 | | 銘々伝読切講釈 | メイメイデンヨミキリコウシャク | | |
| | | | | 積恋雪関扉 | ツモルコイユキノセキノト | | |
| 文久3 | 1・14（辻） | ボストン美 | 市村 | 蝶千鳥須磨組討 | チョウチドリスマノクミウチ | 竹柴濤治<br>竹柴金作<br>竹柴重三<br>竹柴半七<br>村柑子<br>梅沢宗六<br>柳屋梅彦<br>竹柴豊蔵<br>竹柴左吉<br>竹柴新三<br>竹柴百三<br>竹柴諺蔵<br>河竹新七 | 全：『新年対面盃』（「蝶千鳥」の名題）<br>続々：二番目は其頃の文人墨客が打寄専ぱら流行したる三題ばなしのうち河竹新七が和藤内乳もらひかけとりの三題を得て講座において口演し大喝采を得たりしかば是をさらに脚色して舞台にのぼせた世に云ふ和国橋の藤次なり<br>全：二月自作の三題噺を脚色して『髪結藤次』を上演す。三題噺の粋狂、興笑両連より此挙を祝し |
| | 2・2（役） | 国立劇場 | | 三題噺高座新作 | サンダイバナシコウザノシンサク | | |
| | 2・2（絵） | 国立劇場 | | 梅八重色香深川 | ウメモヤエイロカノフカガワ | | |

| | | | | | | | |
|---|---|---|---|---|---|---|---|
| | | | | | | | て黙阿弥へ引幕を贈る。 |
| 文久3 4・20（辻） | ボストン美 | 市村 | 花卯木伊賀両刀 | ハナウツギイガノリョウトウ | ナシ | 早大演博 | ・早大演博台帳名題：「講談伊賀両刀」 |
| 4・26（役） | 早大演博 | | 恋計文殊智恵輪 | コイノテクダモンジュノチエノワ | | 関西松竹 | ◆講談「伊賀越仇討」を脚色 |
| 4・26（絵） | 早大演博 | | | | | | |
| 文久3 6・21（辻） | 早大演博 | 市村 | 皿屋鋪化粧姿視 | サラヤシキケショウノスガタミ | ナシ | 早大演博 | |
| 6・24（役） | 国立劇場 | | 傘轆轤浮名濡衣 | カサノロクロウキナノヌレギヌ | | 国会図書 | |
| 6・24（絵） | 早大演博 | | 身辻占菊株 | ミノツジウラキクノヒトモト | | （勝能進13） | |
| 文久3 8・19（辻） | ボストン美 | 市村 | 竹春比虎渓三笑 | タケノハルコケイノサンショウ | 竹柴濤治 | 東大総合 | ・早大演博台帳の4冊本 |
| 8・24（役） | 国立劇場 | | 茲江戸小腕達引 | ココガエドコウデノタテヒキ | 竹柴金作 | （文久3写3・3、 | のみ「竹…」、他は「茲 |
| 8・24（絵） | 国立劇場 | | 露尾花野辺濡事 | ツユトオバナノベノヌレゴト | 竹柴重三 | 明治26写4） | 江戸…」 |
| | | | 女夫団子月能中 | メオトダンゴツキモヨイナカ | 村柑子 | 早大演博（3） | ◆講談「腕の喜三郎」を |
| | | | | | 竹柴豊蔵 | 関西松竹 | 脚色 |
| | | | | | 梅沢宗六 | 早大演博（4） | |
| | | | | | 竹柴六太郎 | | |
| | | | | | 竹柴左吉 | | |
| | | | | | 竹柴百三 | | |
| | | | | | 竹柴諺蔵 | | |
| | | | | | 河竹新七 | | |
| 文久3 11・1（辻） | 早大演博 | 市村 | 仮名手本忠臣蔵 | カナデホンチュウシングラ | ナシ | 東大総合 | ・台帳は「蔵…」のみ |

| | | | | | | | | |
|---|---|---|---|---|---|---|---|---|
| | 11・3（役） | 早大演博 | | 道行旅路の花聟 | ミチユキタビジノハナムコ | | | ・東大総合台帳名題： |
| | 11・3（絵） | 早大演博 | | 歳市廓討入 | トシノイチサトノウチイリ | | | 「年市廓討入」 |
| 元治1 | 2・12（辻） | 早大演博 | 守田 | 甲子曽我大国柱 | キノエネソガダイコクバシラ | 桜田治助 | 早大演博（10） | |
| | 2・14（役） | 早大演博 | | 男哉女白浪 | オトコナリケンオンナシラナミ | 篠田金次 | | |
| | 2・14（絵） | 国立劇場 | | 優曲三人小鍛冶 | ユウキョクサンニンコカジ | 梅沢万二 | | |
| | | | | 花櫨偖拳酒 | ハナニタルサテハケンザケ | 松島文助 | | |
| | | | | | | 松島陽助 | | |
| | | | | | | 狂言堂 | | |
| | | | | | | 松島てう二 | | |
| | | | | | | 梅沢紀作 | | |
| | | | | | | 松島松作 | | |
| | | | | | | 松島粂助 | | |
| | | | | | | 村岡幸治 | | |
| 元治1 | 2・14（絵） | 国立劇場 | 市村 | 曽我綉侠御所染 | ソガモヨウタテシノゴショゾメ | 竹柴濤治 | 京都大学 | ◆合巻『浅間嶽面影草紙』 |
| | 2・15（辻） | ボストン美 | | 柳風吹矢の糸条 | ヤナギニカゼフキヤノイトスジ | 竹柴金作 | （8・5） | を脚色 |
| | 2・16（役） | 国立劇場 | | | | 竹柴耕作 | 関西松竹 | 続々：河竹と小団次とは |
| | | | | | | 竹柴豊蔵 | 早大演博 | 常に意気投合して翁が小 |
| | | | | | | 竹柴左吉 | | 団次のため種々の世話物 |
| | | | | | | 梅沢宗六 | | を書きおろしたるは沢山 |
| | | | | | | 竹柴半七 | | なるが或る時小団次河竹 |

| | | | | | | | |
|---|---|---|---|---|---|---|---|
| | | | | | 竹柴其蔵<br>村柑子<br>竹柴百三<br>竹柴諺蔵<br>河竹新七 | | に向ひ何か私が困るやうな皮肉な新案を立てくれよと頼みしかば新七も頗る意匠を尽くし腹を切て尺八を吹くと云ふ珍らしい此の狂言を書いて同人に示したるに小団次当惑のけしきもなく一番やつて見ませふとて是を舞台へ掛けたるが非常なる高評にて芝居は大当りなりき。 |
| 元治1　4・18（辻） | 早大演博 | 守田 | 楼門五山桐 | サンモンゴサンノキリ | ナシ | 国会図書 | ※火災のため7月まで延期された |
| | | | 妹背山婦女庭訓 | イモセヤマオンナテイキン | | （松島14） | |
| | | | 道行言葉小田巻 | ミチユキコトバノオダマキ | | 早大演博 | ・秋葉文庫版本は「女…」 |
| | | | 若葉梅浮名横櫛 | ワカバノウメウキナノヨコグシ | | 秋葉文庫［版］ | の浄瑠璃本 |
| | | | 女貞於富与三郎 | イヌツバキオトミヨサブロウ | | | |
| | | | 五月幟紅曙 | ゴガツノボリベニノアケボノ | | | |
| 元治1　7・7（辻） | ボストン美 | 守田 | 千草花砂新舞台 | チグサノハナマサゴノシマダイ | 桜田治助 | 国会図書 | ・秋葉文庫版本は「秋…」 |
| 7・14（役） | 国立劇場 | | 妹背山婦女庭訓 | イモセヤマオンナテイキン | 篠田金次 | 早大演博 | のみで、「女貞於富与三 |

| | | | | | | | | |
|---|---|---|---|---|---|---|---|---|
| | 7・14（絵） | 国立劇場 | | 道行言葉小田巻 | ミチユキコトバノオダマキ | 梅沢万二 | 関西松竹 | 郎」の改題本 |
| | | | | 処女翫浮名横櫛 | ムスメゴノミウキナノヨコグシ | 松島文助 | 秋葉文庫［版］ | ◆講談「お富与三郎」を |
| | | | | 秋色於富与三郎 | アキノイロオトミヨサブロウ | 松島陽助 | | 脚色 |
| | | | | 艶紅曙接拙 | イロモミジツギキノフツカ | 狂言堂 | | 全：瀬川如皐の傑作『切 |
| | | | | | | 松島てう二 | | られ与三』に対して作っ |
| | | | | | | 梅沢紀作 | | たもの。然し殆んど面目 |
| | | | | | | 松島松作 | | を異にしてゐて創作と称 |
| | | | | | | 松島粂助 | | して差し支へない。田之 |
| | | | | | | スケ河竹新 | | 助を中心にした作の最初 |
| | | | | | | | | で成功したものである。 |
| 元治1 | 8・15（辻） | ボストン美 | 市村 | 一谷凱歌小謡曲 | イチノタニガイカノコウタイ | 竹柴濤治 | 早大演博 | ・早大演博台帳名題： |
| | 8・22（役） | 国立劇場 | | 月出村廿六夜諷 | ツキノデムラロクヤノヒトフシ | 竹柴金作 | 国会図書 | 「一谷六弥太物語」 |
| | 8・22（絵） | 国立劇場 | | 其噂吹川風 | ソノウワサフケヨカワカゼ | 竹柴重三 | （勝能進17） | ・早大演博台帳の5冊本 |
| | | | | 浅縁義理柵 | アサキエンギリノシガラミ | 村柑子 | 早大演博（5） | は「月…」 |
| | | | | | | 竹柴権七 | | |
| | | | | | | 梅沢宗六 | | |
| | | | | | | 竹柴豊蔵 | | |
| | | | | | | 竹柴半七 | | |
| | | | | | | 竹柴左吉 | | |
| | | | | | | 竹柴百三 | | |

| | | | | | | | |
|---|---|---|---|---|---|---|---|
| | | | | | 竹柴諺蔵<br>河竹新七 | | |
| 元治1 | 10・1（辻） | 保科（写 | 守田 | 双蝶色成曙 | 桜田治助<br>篠田金次<br>梅沢万二<br>松島文助<br>松島陽助<br>狂言堂<br>松島てう二<br>梅沢紀作<br>松島松作<br>松島粂助<br>スケ河竹新七 | 早大演博（3） | |
| | 10・7（役） | 早大演博 | | 来宵蜘蛛線 | | 日大総図（3） | |
| | 10・7（絵） | 国立劇場 | | | | | |
| | | | | フタツチョウイロノデキアキ<br>クベキヨイクモノイトスジ | | | |
| 元治1 | 10・29（辻） | ボストン美 | 市村 | 小春穏沖津白浪 | 竹柴濤治<br>竹柴金作<br>竹柴重三<br>村柑子<br>竹柴其治<br>梅沢宗六<br>竹柴豊蔵 | 早大演博 | ◆講談（日本駄右衛門・小狐礼三の盗賊譚）を脚色 |
| | 11・1（役） | 国立劇場 | | 其儘姿写絵 | | | |
| | 11・1（絵） | 国立劇場 | | | | | |
| | | | | コハルナギオキツシラナミ<br>ソノママニスガタノウツシエ | | | |

| | | | | | | | | |
|---|---|---|---|---|---|---|---|---|
| | | | | | | 竹柴半七<br>竹柴左吉<br>竹柴百三<br>竹柴諺蔵<br>河竹新七 | | |
| 慶応1 | 1・11（辻）<br>1・15（役）<br>1・15（絵） | ボストン美<br>国立劇場<br>国立劇場 | 守田 | 百囀魁曽我<br>四十八手恋所訳<br>神楽諷雲井曲毬<br>百雀魁曽我　※1<br>恋相撲閨の手扱　※2<br>色上戸梅の曙白　※3 | モモチドリサキガケソガ<br>シジュウハッテコイノショワケ<br>カグラウタクモイノキョクマリ<br>モモチドリサキガケソガ<br>コイズモウネヤノテサバキ<br>イロジョウゴウメノアケボノ | 桜田治助<br>篠田金次<br>梅沢万二<br>松島文助<br>松島陽助<br>狂言堂<br>松島盛二<br>梅沢紀作<br>松島松作<br>松島粂助<br>村岡幸治 | 秋葉文庫［版］ | ・秋葉文庫版本は「神楽…」のみ |
| 慶応1 | 1・13（辻）<br>1・25（役）<br>1・25（絵） | ボストン美<br>国立劇場<br>国立劇場 | 中村 | 鶴寿亀曽我島台<br>真帆十分福神風<br>衆覚恵方の入船 | チヨバンダイソガノシマダイ<br>マホジュウブンフクノカミカゼ<br>ミナメザメエホウノイリフネ | 桜田左交<br>松島鶴二<br>柴浜次<br>浜彦助 | 早大演博（7） | |

| | | | | | | | |
|---|---|---|---|---|---|---|---|
| | | | | | 鶴棟吉造<br>松島仙助<br>浜亦男<br>浜雄男<br>九字薪作<br>中村山左衛門<br>瀬川如皐 | | |
| 慶応1 1・25（辻）<br>1・29（役）<br>1・29（絵） | ボストン美<br>国立劇場<br>国立劇場 | 市村 | 鶴千歳曽我門松<br>一休地獄噺 | ツルノチトセソガノカドマツ<br>イッキュウジゴクバナシ | 竹柴濤治<br>竹柴金作<br>竹柴重三<br>村柑子<br>竹柴豊蔵<br>梅沢宗六<br>九字薪作<br>竹柴其次<br>竹柴左吉<br>竹柴百三<br>勝諺蔵<br>河竹新七 | 早大演博 | 全：『粹菩提悟道野晒』<br>全：『野晒』は鶴千歳曽我門松の中の二番目であった<br>全：京伝の『稲妻表紙』に拠ったもの。 |
| 慶応1 3・13（辻） | ボストン美 | 守田 | 魁駒松梅桜曙微 | イチバンノリメイキノサシモノ | 桜田治助 | 国会図書 | ※役割に作者連名ナシ |

| | | | | | | | | |
|---|---|---|---|---|---|---|---|---|
| | 3・18（絵） | 国立劇場 | | 十二段夢の浮橋<br>月雪花名歌姿画 | ジュウニダンユメノウキハシ<br>ツキユキハナメイカノスガタエ | 篠田金次<br>梅沢万二<br>松島文助<br>松島陽助<br>狂言堂<br>松島盛二<br>梅沢紀作<br>松島松作<br>松島粂助<br>村岡幸治 | （演劇台帳4）<br>東大総合（4）<br>早大演博（1）<br>阪急池田<br>（明治27写） | （絵本は記載）・早大演博・阪急池田台帳名題：「月欠皿恋路宵闇」<br>◆講談「隅田川乗切」を脚色<br>◆読本『皿々郷談』（馬琴）を脚色 |
| 慶応1 | 4・7（辻）<br>4・13（役）<br>4・14（絵） | 保科（写<br>早大演博<br>国立劇場 | 中村 | 義高島千摂網手<br>艶雨胸割床 | ヨシタカシマチビキノアミノテ<br>ウキナノアメムネノワリドコ | 桜田左交<br>松島音助<br>柴浜次<br>浜彦助<br>梅沢五郎平<br>鶴棟吉造<br>松島鶴次<br>中村山左<br>瀬川如皐<br>スケ河竹新七 | 早大演博（6） | |

| | | | | | | | |
|---|---|---|---|---|---|---|---|
| 慶応1<br>4・29（辻）<br>5・7（役）<br>5・7（絵） | 早大演博<br>国立劇場<br>竹内（写 | 市村 | 菖蒲太刀対侠客<br>忠臣蔵形容画合 | ショウブダチツイノキョウカク<br>チュウシングラスガタノエアワセ | 竹柴濤治<br>竹柴金作<br>竹柴重三<br>村柑子<br>竹柴伊三郎<br>梅沢宗六<br>九字薪作<br>竹柴豊蔵<br>竹柴左吉<br>竹柴百三<br>勝諺蔵<br>河竹新七 | 早大演博<br>（8×2） | ◆読本『開巻驚奇侠客伝』（馬琴）を脚色 |
| 慶応1<br>5・10（役）<br>5・11（辻）<br>閏5・11（絵） | 国立劇場<br>早大文演<br>国立劇場 | 中村 | 忠臣蔵後日建前<br>邯鄲枕物語 | チュウシングラゴニチノタテマエ<br>カンタンマクラモノガタリ | 桜田左交<br>松島音助<br>柴浜次<br>浜彦助<br>梅沢五郎平<br>鶴棟吉造<br>松島専助<br>浜雄輔 | 国会図書<br>（勝能進28）<br>早大演博（6） | |

| | | | | | | | |
|---|---|---|---|---|---|---|---|
| | | | | | 松島鶴次<br>中村山左<br>瀬川如皐<br>スケ河竹新七 | | |
| 慶応1　閏5・23（辻）<br>閏5・29（役）<br>閏5・29（絵） | 保科（写<br>国立劇場<br>早大演博 | 守田 | 敵討合法衢<br>極彩色娘扇<br>増補浪花鑑<br>丹州爺打栗　※1<br>頭雪男山姥 | カタキウチガッポウガツジ<br>ゴクサイシキムスメオウギ<br>ゾウホナニワカガミ<br>タンシュウテテウチグリ<br>カシラノユキオトコヤマンバ | ナシ | 国会図書<br>（松島22） | ※1：辻のみ記載ナシ |
| 慶応1　7・27（辻）<br>8・1（役）<br>8・1（絵） | 早大演博<br>国立劇場<br>国立劇場 | 市村 | 処女評判善悪鏡<br>絵本太功記<br>貸浴衣汗雷<br>荻薄露道行 | ムスメヒョウバンゼンアクカガミ<br>エホンタイコウキ<br>カシユカタアセニナルカミ<br>オギススキツユノミチユキ | 竹柴濤治<br>竹柴金作<br>竹柴重三<br>村柑子<br>梅沢宗六<br>九字薪作<br>竹柴豊蔵<br>竹柴左吉<br>竹柴百三<br>勝諺蔵<br>河竹新七 | 早大演博（5）<br>秋葉文庫［版］ | ・秋葉文庫版本は「荻…」のみ<br>◆講談「雲霧五人男」を脚色 |

| | | | | | | | |
|---|---|---|---|---|---|---|---|
| 慶応1<br>7・27(辻)<br>8・4(役)<br>8・4(絵)<br>9・10(辻) | ボストン美<br>国立劇場<br>国立劇場<br>ボストン美 | 中村 | 上総棉小紋単地<br>群三升団扇絵合<br>門松 ※1<br>新発意 ※2<br>猿若 ※3<br>釣狐 ※4 | カズサモメンコモンノヒトエヂ<br>ヨセテミマスウチワノエアワセ | 桜田左交<br>松島音助<br>柴浜次<br>浜彦助<br>梅沢五郎平<br>鶴棟吉造<br>松島専助<br>浜雄助<br>松島鶴次<br>中村山左<br>瀬川如皐<br>スケ河竹新七 | 早大演博<br>(7×3) | ※1・2・3・4・9・10辻(寿)のみ記載<br>全:「市兵衛記」を骨子として創作(略)此の中幕へ『俊寛』を挿んで暗に島の生活を彷彿させてあるが、これは『平家物語』の蟻王島下りを脚色したもの |
| 慶応1<br>7・28(辻)<br>8・3(役)<br>8・3(絵) | 東大総合<br>早大演博<br>国立劇場 | 守田 | 季既秋成駒摂屓<br>奥州安達原<br>怪談月笠森 | トキモヤヤミノリノコマヒキ<br>オウシュウアダチガハラ<br>カイダンツキノカサモリ | 桜田治助<br>松島粂助<br>松島松作<br>梅沢盛二<br>梅沢五郎平<br>狂言堂左交<br>梅沢鶯二<br>松島陽助 | 国会図書<br>(松島12) | ◆人情噺「三人姉妹因果譚」を脚色 |

| | | | | | | | |
|---|---|---|---|---|---|---|---|
| | | | | | 松島文助<br>梅沢万二<br>スケ河竹新七 | | |
| 慶応1 10・9（辻）<br>10・14（役）<br>10・14（絵） | 東大総合<br>国立劇場<br>国立劇場 | 守田 | 花飾駒道中双六<br>神霊矢口渡<br>鵜飼石御法川船<br>会式桜花江戸講 | ノリカケドウチュウスゴロク<br>シンレイヤグチノワタシ<br>ウカイセキミノリノカワフネ<br>エシキザクラハナノエドコウ | 桜田治助<br>松島粂助<br>松島松作<br>梅沢盛二<br>狂言堂左交<br>梅沢鶯二<br>松島文助<br>梅沢万二<br>スケ河竹新七 | 秋葉文庫［版］ | ・秋葉文庫版本は「会式…」のみ |
| 慶応1 10・15（辻）<br>10・16（役）<br>10・16（絵） | 伊藤（写<br>早大演博<br>国立劇場 | 市村 | 芦屋道満大内鑑<br>思入月弓張<br>滑稽俄安宅新関 | アシヤドウマンオオウチカガミ<br>オモイイルツキモユミハリ<br>オドケニワカアタカノシンセキ | 竹柴濤治<br>竹柴金作<br>竹柴重三<br>村柑子<br>梅沢宗六<br>九字薪作<br>竹柴豊蔵<br>竹柴左吉 | | |

| | | | | | | | | |
|---|---|---|---|---|---|---|---|---|
| | | | | | | 竹柴百三 | | |
| | | | | | | 勝諺蔵 | | |
| | | | | | | 河竹新七 | | |
| 慶応1 | 10・23（辻） | 竹内（写 | 中村 | 綬三升小春採物 | クミテミマスコハルノトリモノ | 桜田左交 | 早大演博（1） | |
| | 10・25（絵） | 国立劇場 | | 志賀山流菘種蒔 | シガヤマリュウスズナノタネマキ | 松島音助 | | |
| | 10・28（役） | 早大演博 | | 廂の春酒宴島台 | カブキノハルシュエンノシマダイ | 柴浜次 | | |
| | | | | 視仇雪濡事 | ヨソメヲアダユニニヌレゴト | 浜彦助 | | |
| | | | | | | 梅沢五郎平 | | |
| | | | | | | 鶴棟吉造 | | |
| | | | | | | 松島専助 | | |
| | | | | | | 浜雄助 | | |
| | | | | | | 松島鶴次 | | |
| | | | | | | 中村山左 | | |
| | | | | | | 瀬川如皐 | | |
| | | | | | | スケ河竹新七 | | |
| 慶応2 | 2・9（辻） | ボストン美 | 守田 | 富治三升扇曽我 | フジトミマススエヒロソガ | 桜田治助 | 東大総合 | ・秋葉文庫台本は「梅柳 |
| | 2・12（役） | 国立劇場 | | 柳梅軒朧夜 | ウメヤナギノキノオボロヨ | 梅沢万二 | （4・3） | …」のみ |
| | 2・12（絵） | 国立劇場 | | 小菊交艶乗合船 | コキマゼテイロノノリアイ | 松本喜三次 | 早大演博（1） | 続々：小団次の鋳かけ松 |
| | | | | | | 梅沢盛二 | 秋葉文庫[版] | は河竹の作にて非常の好 |
| | | | | | | 狂言堂左交 | | 評なれば出幕にならざり |

| | | | | | | | |
|---|---|---|---|---|---|---|---|
| | | | | | 梅沢鶯二<br>松島専助<br>松島文助<br>竹柴濤治<br>スケ河竹新七 | | し当狂言の見世場鋳懸松の立腹と大切りの浄瑠璃とを付幕として三月七日より出せしに評判ます〳〵能く近年稀なる大入大当りなりしがわづか二日をすぎ同月十日より小団次病気に罷り押して勤めしも終に叶はず引込みしかばいかんともなしがたく同日かぎり舞ひをさめたり<br>◆講談「鋳掛松」を脚色 |
| 慶応2<br>2・11（辻） | ボストン美 | 市村 | 櫓太鼓鳴音吉原 | ヤグラダイコオトモヨシワラ | 河竹新七<br>竹柴金作<br>竹柴重三<br>村柑子<br>鶴棟吉造<br>竹柴豊蔵 | 秋葉文庫［版］ | ・秋葉文庫版本は「有…」のみ<br>◆〔明石仁王相撲達引〕と「薄雲の猫」 |
| 2・14（役） | 早大演博 | | 有姿夢湖水 | アリシスガタユメニミズウミ | | | |
| 2・14（絵） | 国立劇場 | | 鼠鳴色逢夜 | ネズミナキマブニアウヨ | | | |

| | | | | | | | |
|---|---|---|---|---|---|---|---|
| | | | | | 竹柴左吉<br>竹柴百三<br>勝諺蔵 | | |
| 慶応2 4・17（辻） | 舟橋記念 | 市村 | 伊達競阿国戯場 | ダテクラベオクニカブキ | ナシ | | |
| 4・20（役） | 早大演博 | | 時鳥月三股 | ホトトギスツキノミツマタ | | | |
| 4・20（絵） | 国立劇場 | | 蝶蝶孖梅菊 | チョウチョウフタゴノキョウダイ | | | |
| 慶応2 5・5（辻） | 東大総合 | 守田 | 新形武津の玉川 | シンバンムツノタマガワ | 桜田治助<br>梅沢万二<br>松本喜三次<br>梅沢盛二<br>狂言堂左交<br>梅沢鶯二<br>松島専助<br>松島文助<br>竹柴濤治<br>スケ河竹新七 | | |
| 5・14（役） | 早大演博 | | 其俤丸い左衛門 | ソノナノミマルニイザエモン | | | |
| 5・14（絵） | 国立劇場 | | | | | | |
| 慶応2 6・19（辻） | 早大演博 | 守田 | 蔦紅葉宇都谷峠 | ツタモミジウツノヤトウゲ | ナシ | | |
| 6・24（役） | 早大演博 | | 大塔宮曦鎧 | オオトウノミヤアシノヨロイ | | | |
| 6・24（絵） | 国立劇場 | | けいせゐ返魂香 | ケイセイハンゴンコウ | | | |
| | | | 伊勢音頭恋寝剣 | イセオンドコイノネタバ | | | |

| | | | | | | | | |
|---|---|---|---|---|---|---|---|---|
| 慶応2 | 7・20（辻）<br>7・24（役）<br>7・24（役） | 舟橋記念<br>国立劇場<br>国立劇場 | 市村 | 仮名手本忠臣蔵 | カナデホンチュウシングラ | ナシ | | |
| 慶応2 | 8・19（辻）<br>8・24（役）<br>8・24（絵） | 東大総合<br>早大演博<br>国立劇場 | 守田 | 孝悌?六十余集<br>長生殿枕の兼言<br>誉大尽金の豆蒔 | コウテイキダンロクジュウヨシュウ<br>チョウセイデンマクラノカネゴト<br>ホホダイジンコガネノマメマキ | 桜田治助<br>梅沢万二<br>松本喜三次<br>梅沢盛二<br>狂言堂左交<br>梅沢鶯二<br>松島専助<br>松島文助<br>竹柴濤治<br>スケ河竹新七 | | ◆講談「紀伊国屋文左衛門」の脚色 |
| 慶応2 | 10・25（辻）<br>11・1（役）<br>11・3（絵） | 早大演博<br>早大演博<br>国立劇場 | 市村 | 雪武智一座初役<br>ひらかな盛衰記 | ユキノタケチイチザノハツモノ<br>ヒラガナセイスイキ | ナシ | | |
| 慶応3 | 2・26（役）<br>2・26（絵）<br>3・1（辻） | 小宮（写<br>国立劇場<br>東大総合 | 守田 | 当九字万成曽我<br>魁梅㲲友鶯　※1<br>忍岡恋曲者<br>艶競娘丹前　※2 | アタリクジアンバイソガ<br>サクヤコノハナアソブトモドリ<br>シノブガオカコイノクセモノ<br>イロクラベフリソデタンゼン | 桜田治助<br>梅沢万二<br>竹柴喜三次<br>梅沢盛二 | 秋葉文庫［版］ | ※1：辻には記載ナシ<br>※2：絵本・辻に記載ナシ<br>※3：辻のみ記載 |

| | | | | | | | |
|---|---|---|---|---|---|---|---|
| | | | 引抜て春の道草<br>四十八手閨取組　※3<br>姿花娘丹前　※4 | ヒキヌイテハルノミチクサ<br>シジュウハッテネヤノトリクミ<br>スガタノハナフリソデタンゼン | 狂言堂左交<br>梅沢鶯二<br>松島専助<br>松島文助<br>竹柴濤治<br>スケ河竹新七 | | ※4：絵本のみ記載 |
| 慶応3　明日より（辻）<br>2・27（役）<br>2・27（絵） | 舟橋記念<br>小宮（写<br>国立劇場 | 市村 | 契情曽我廓亀鑑<br>藪鶯畦別路<br>質庫魂入替 | ケイセイソガクルワカガミ<br>ヤブウグイスアゼノワカレジ<br>シチヤノクラココロノイレカエ | 勝諺蔵<br>竹柴百三<br>竹柴左吉<br>竹柴米蔵<br>鶴棟吉造<br>竹柴重三<br>竹柴亀蔵<br>村柑子<br>竹柴栄次<br>竹柴金作<br>河竹新七 | 東大総合<br>（3・1）<br>早大演博 | 全：噺家の柳橋の実見談に暗示を得て新作せるもの（「契情」）<br>◆読本『昔語質屋庫』（馬琴）を脚色 |
| 慶応3　4・19（辻）<br>4・19（役）<br>4・19（絵） | 東大総合<br>国立劇場<br>早大演博 | 守田 | 九字成帯錦新撲<br>一谷嫩軍記<br>嫗山姥 | クジラオビニシキノシンガタ<br>イチノタニフタバグンキ<br>コモチヤマンバ | 桜田治助<br>梅沢万二<br>竹柴喜三次 | | ※役割に作者連名ナシ（絵本は記載） |

| | | | | | | | |
|---|---|---|---|---|---|---|---|
| | | | 競獅子富貴摂物 | キオイジシボタンノヒキモノ | 梅沢盛二<br>狂言堂左交<br>梅沢鶯二<br>松島専助<br>松島文助<br>竹柴濤治<br>スケ河竹新七 | | |
| 慶応3<br>5・1（辻）<br>5・5（役）<br>5・5（絵） | 早大文演<br>国立劇場<br>早大演博 | 市村 | 善悪両面児手柏<br>時鳥二世契 | ゼンアクリョウメンコノテガシワ<br>ホトトギスニセヲカケタカ | 勝諺蔵<br>竹柴百三<br>竹柴左吉<br>竹柴米造<br>鶴棟吉造<br>竹柴重三<br>竹柴豊蔵<br>村柑子<br>竹柴栄次<br>竹柴金作<br>河竹新七 | 早大演博 | ◆講談「妲己のお百」を脚色<br>続々：此狂言は初代春風亭柳枝の和尚次郎と桃川燕玉の妲妃のお百とを綴り合せた河竹の作にて最初お百を田之助に演じせしむる筈なりしに此時生憎田之助の持病足痛おこり何分に出勤出来がたく一ト狂言だけ休みたき由申し出たる際図らずも河原崎国太郎病死なしたる |

| | | | | | | | |
|---|---|---|---|---|---|---|---|
| | | | | | | | より俄かにお百を家橘お花を竹松が勤める事に変更なし |
| 慶応3 7・11（辻） | 東大総合 | 守田 | 一守九字成大漁 | イチノモリクジラノオオヨセ | ナシ | | |
| 7・13（役） | 国立劇場 | | 魁音旅恋大和仝 | ハツネノタビコイノヤマヤマ | | | |
| 7・13（絵） | 国立劇場 | | 花川戸身替の段 | ハナカワドミガワリノダン | | | |
| | | | 和漢竺組上燈籠 | サンゴクミアゲドウロウ | | | |
| 慶応3 7・11（辻） | 早大文演 | 市村 | 新累女千種花嫁 | シンカサネチグサノハナヨメ | 勝諺蔵 | | ◆読本『新累解脱物語』（馬琴）を脚色 |
| 7・14（絵） | 早大演博 | | 夢結露濡事 | ユメムスブツユニヌレゴト | 竹柴百三 | | ◆人情噺『真景累ケ淵』（円朝）を脚色 |
| | | | 音響藤戸濤 | オトニヒビクフジトノアラナミ | 竹柴左吉 | | |
| | | | 諷仝法燈籠 | ウタエウタエノリノトウロウ | 竹柴米造 | | |
| | | | 登仝色大山 | ノボレノボレイロニオオヤマ | 鶴棟吉造 | | |
| | | | | | 竹柴重三 | | |
| | | | | | 竹柴豊蔵 | | |
| | | | | | 村柑子 | | |
| | | | | | 竹柴栄次 | | |
| | | | | | 竹柴金作 | | |
| | | | | | 河竹新七 | | |
| 慶応3 8・12（辻） | 早大文演 | 市村 | 稽古筆七いろは | ケイコフデナナツイロハ | 勝諺蔵 | | ◆講談「義士銘々伝」を脚色 |
| 8・12（役） | 早大演博 | | 諷仝法燈籠 | ウタエウタエノリノトウロウ | 竹柴百三 | | |

| | | | | | | | |
|---|---|---|---|---|---|---|---|
| | 8・19（絵） 早大演博 | | 登仝色大山 | ノボレノボレイロニオオヤマ | 竹柴左吉<br>竹柴銀蔵<br>鶴棟吉造<br>竹柴重三<br>竹柴米造<br>村柑子<br>竹柴栄次<br>竹柴金作<br>河竹新七 | | |
| 慶応3 | 10・5（辻） 東大総合<br>10・6（役） 早大演博<br>10・6（絵） 国立劇場 | 守田 | 喜九字当機成台<br>恋暮時雨袖旧寺 | キクジドウカラクリブタイ<br>コイシグレソデニフルデラ | 桜田治助<br>梅沢万二<br>竹柴喜三次<br>梅沢盛二<br>狂言堂左交<br>梅沢鶯二<br>松島専助<br>松島文助<br>竹柴濤治<br>スケ河竹新七 | 東大総合（2） | ・東大総合台帳名題：「巌石砕瀑布贔屓勢力」<br>◆講談「天保水滸伝」を脚色 |
| 慶応3 | 10・25（辻） 早大文演 | 市村 | 大江政談雪墨付 | オオエセイダンユキトスミツキ | 勝諺蔵 | | |

| | | | | | | | |
|---|---|---|---|---|---|---|---|
| | 10・28（役） | 早大演博 | | 源平布引滝 | ゲンペイヌノビキノタキ | 竹柴百三<br>竹柴左吉<br>竹柴銀蔵<br>鶴棟吉造<br>竹柴重三<br>竹柴米造<br>村柑子<br>竹柴栄次<br>竹柴金作<br>河竹新七 | | |
| | 10・28（絵） | 早大演博 | | 嫗山姥 | コモチヤマンバ | | | |
| 明治1 | 2・1（辻） | 国立劇場 | 守田 | 富貴自在魁曽我 | フウキジザイサキガケソガ | 桜田治助<br>梅沢万二<br>松島文助<br>今北真三<br>狂言堂<br>松島久二<br>梅沢盛二<br>松島松作<br>金井由輔<br>竹柴濤治 | | ※1：辻のみ記載ナシ |
| | 2・8（役） | 早大演博 | | 染分千鳥江戸褄 | ソメワケテチドリノエドヅマ | | | ※2：辻・絵本に記載ナシ |
| | 2・8（絵） | 国立劇場 | | 潔二度見曙 | イサギヨシフタミノアケボノ | | | |
| | | | | 田字梅後着重縫 | タノジウメアトギノシゲヌイ | | | |
| | | | | 今やう高野物狂 ※1 | イマヨウコウヤモノグルイ | | | |
| | | | | 関取千両幟 ※2 | セキトリセンリョウノボリ | | | |

| | | | | | |
|---|---|---|---|---|---|
| | | | | | 竹柴喜三次<br>竹柴豊蔵<br>河竹新七 |
| 明治1 2・10（辻） | 早大演博 | 中村 | 千歳鶴東入双六 | チトセノツルエドイリスゴロク | 中村山三<br>九字薪作<br>松島左助<br>松島鶴治<br>桜田左交<br>田島章作<br>浜邑助<br>浜彦助<br>篠田金治<br>瀬川如皐<br>スケ河竹新七 |
| 2・10（役） | 早大演博 | | 紫井訥升睦 | ユカリノイロイトシカネゴト | |
| 2・10（絵） | 早大演博 | | 来見日本橋朝込 | キテモミヨカシノアサゴミ | |
| 明治1 2・22（辻） | 東大総合 | 市村 | 隅田川鶯音曽我 | スミダガワハルツゲソガ | 勝諺蔵<br>竹柴百三<br>竹柴左吉<br>竹柴銀蔵<br>村柑子<br>鶴棟吉造 |
| 3・2（役） | 国立劇場 | | 魁源平躑躅 | サキガケゲンペイツツジ | |
| 3・2（絵） | 国立劇場 | | 梅薫いろは田家 | ウメカオルイロハタンカ | |

| | | |
|---|---|---|
| | 明治14・1（辻）<br>4・3（絵） | 明治15・1（辻） |
| | 国立劇場<br>国立劇場 | 東大総合 |
| | 守田 | 市村 |
| | 小田館静浪双紙<br>田舎源氏東錦絵<br>郭公晴間の雲色<br>軍法富士見西行　※1<br>卯花月雪の古寺　※2 | 里見八犬伝 |
| | オダヤカタシズナミゾウシ<br>イナカゲンジアズマニシキエ<br>ホトトギスハレマノクモイロ<br>ブンポウフジミサイギョウ<br>ウノハナツキユキノフルデラ | サトミハッケンデン |
| 竹柴米造<br>竹柴繁蔵<br>竹柴重三<br>竹柴栄次<br>竹柴金作<br>河竹新七 | 桜田治助<br>梅沢万二<br>松島文助<br>今北真三<br>狂言堂<br>松島久二<br>梅沢盛二<br>松島松作<br>金井由輔<br>竹柴濤治<br>竹柴喜三次<br>竹柴豊蔵<br>河竹新七 | 勝諺蔵 |
| | | |
| | ※役割に作者連名ナシ<br>（絵本は記載）<br>※1：辻のみ記載<br>※2：絵本のみ記載 | ※役割に作者連名ナシ |

| | | | | | | | |
|---|---|---|---|---|---|---|---|
| | 5・4（役） | 国立劇場 | | 偽織檻褸錦 | マガイオリツヅレノニシキ | 竹柴百三<br>竹柴左吉<br>竹柴銀蔵<br>村柑子<br>鶴棟吉造<br>竹柴米造<br>竹柴繁蔵<br>竹柴重三<br>竹柴栄次<br>竹柴金作<br>河竹新七 | |
| | 5・4（絵） | 国立劇場 | | 伊勢音頭恋寝刃 | イセオンドコイノネタバ | | |
| 明治1 | 5・1（辻） | 東大総合 | 守田 | 意筑芝白縫物語 | ココロヅクシシラヌイモノガタリ | 桜田治助<br>梅沢万二<br>松島文助<br>今北真三<br>狂言堂<br>松島久二<br>梅沢盛二<br>松島松作<br>金井由輔 | ※役割に作者連名ナシ |
| | 5・5（絵） | 国立劇場 | | 田長鳥浮名仇夢 | ホトトギスウキナノアダユメ | | |
| | | | | 二世契縁の短夜 | ニセカケタエニシノミジカヨ | | |
| | | | | 綾芝紫紀織業道 | アヤニシキオリテノフツツカ | | |

| | | | | | | | |
|---|---|---|---|---|---|---|---|
| | | | | | 竹柴濤治<br>竹柴喜三次<br>竹柴豊蔵<br>河竹新七 | | |
| 明治1　8・19（辻） | 国立劇場 | 市村座 | 梅照葉錦伊達織 | ウメモミジニシキノダテオリ | ナシ | | 全：此の興行に際し『葛の葉』の與勘平を左団次に振当て、容れられず、黙阿弥も共に退座す。 |
| 8・28（役） | 国立劇場 | | 芦屋道満大内鑑 | アシヤドウマンオオウチカガミ | | | |
| 8・28（絵） | 国立劇場 | | 小袖もの狂 | コソデモノグルイ | | | |
| | | | 執集月雪花詠草 | トリマゼテミツノナガメ | | | |
| 明治1　8・21（辻） | 国立劇場 | 中村 | 音揃成両勘大寄 | コエモソロウリョウギノオオヨセ | ナシ | | |
| 9・2（役） | 国立劇場 | 守田 | 吉野山雪の振事 | ヨシノヤマユキノフルゴト | | | |
| 9・21（絵） | 国立劇場 | （合併） | | | | | |
| 明治1　8・21（辻） | 保科（写 | 中村 | 端紅葉染井鉢木 | ハジモミジソメイノハチノキ | ナシ | | ※1：絵本のみ記載 |
| 8・晦（絵） | 国立劇場 | 守田 | 夫思縁橋本 | ツマオモイエンノハシモト | | | |
| 9・30（役） | 小宮（写 | （合併） | 積恋雪関扉 | ツモルコイユキノセキノト | | | |
| | | | 近江源氏　※1 | オウミゲンジ | | | |
| 明治1　10・26（役） | 国立劇場 | 市村 | 仮名手本忠臣蔵 | カナデホンチュウシングラ | ナシ | | |
| 10・26（絵） | 国立劇場 | | 壇浦兜軍記 | ダンノウラカブトグンキ | | | |
| 10・27（辻） | 東大総合 | | 猿友門途の一諷 | ヒトマネニカドデノヒトフシ | | | |
| | | | 其俤花鞘当 | ソノナノミハナノサヤアテ | | | |
| 明治1　10・28（辻） | 国立劇場 | 中村 | 東京忠臣由良意 | アズマノミヤコチュウシンノユライ | ナシ | | |

| | | | | | | | |
|---|---|---|---|---|---|---|---|
| 10・28（役） | 早大演博 | 守田 | | | | | |
| 10・28（絵） | 国立劇場 | （合併） | | | | | |
| 明治2 1・23（辻） | 国立劇場 | 守田 | 当訥芝福徳曽我 | アタリドシフクトクソガ | 桜田治助 | 東大総合（6） | ※1：絵本に記載ナシ |
| 1・28（役） | 国立劇場 | | 恋紀の路日高曙 | コイシキノジヒダカノアケボノ | 梅沢万二 | 早大演博 | 全：種彦の『遠山鹿子』に拠つた作 |
| 1・28（絵） | 国立劇場 | | 真正在姿画　※1 | トントショウアリシスガタエ | 竹柴喜三次 | | |
| | | | 花浪現在道成寺 | ハナノナミゲンザイドウジョウジ | 梅沢盛二 | | |
| | | | | | 狂言堂左交 | | |
| | | | | | 熨斗進造 | | |
| | | | | | 松島文助 | | |
| | | | | | 松島松作 | | |
| | | | | | 金井由輔 | | |
| | | | | | 竹柴濤治 | | |
| | | | | | 竹柴豊蔵 | | |
| | | | | | 河竹新七 | | |
| 明治2 1・21（辻） | 国立劇場 | 中村 | 鼠小紋菊重扇染 | ネズミコモンキクノイロアゲ | 中村山左衛門 | | ※1：絵本に記載ナシ |
| 1・29（役） | 早大演博 | | 月梅恵景清　※1 | ツキノウメメグミノカゲキヨ | 篠田金治 | | ※2：絵本のみ記載 |
| 2・1（絵） | 国立劇場 | | 釣狐春の曽我菊※2 | | 松島松作 | | ※3：辻のみ記載 |
| | | | 釣狐春乱菊 | ツリギツネハルノランギク | 松島新幸 | | ※4：辻に記載ナシ |
| | | | 増補娘景清　※3 | | 桜田左交 | | |
| | | | 魁梅幸色秀姿絵　※4 | ウメフタキウキヨノスガタエ | 松島亀勝 | | |

| | | | | | | | |
|---|---|---|---|---|---|---|---|
| | | | | | 浜彦助 | | |
| | | | | | 松島鶴二 | | |
| | | | | | 松井幸三 | | |
| | | | | | 瀬川如皐 | | |
| | | | | | 河竹新七 | | |
| 明治2 2・22（辻） | 東大総合 | 市村 | 蝶三升扇加賀製 | チョウトミマスオウギノカガボネ | 勝諺蔵 | | |
| 3・3（役） | 国立劇場 | | 勧進帳 | カンジンチョウ | 竹柴百三 | | |
| 3・3（絵） | 国立劇場 | | 鶯地獄画襖 | キョウヨミドリジゴクノエブスマ | 竹柴左吉 | | |
| | | | 友千鳥隅田名所 | トモチドリスダノナドコロ | 竹柴銀蔵 | | |
| | | | 両面水紫峰 | フタオモテミズニツクバネ | 竹柴米造 | | |
| | | | | | 松島専助 | | |
| | | | | | 竹柴繁造 | | |
| | | | | | 村柑子 | | |
| | | | | | 竹柴栄治 | | |
| | | | | | 竹柴金作 | | |
| | | | | | スケ河竹新七 | | |
| 明治2 3・11（辻） | 国立劇場 | 守田 | 好色芝紀島物語 | コウショクシキシマモノガタリ | 桜田治助 | | ◆講談「敷島物語」「水戸黄門記」を脚色 |
| 3・19（役） | 国立劇場 | | 御所桜堀河夜討 | ゴショザクラホリカワヨウチ | 梅沢万二 | | |
| 3・19（絵） | 国立劇場 | | 花紅葉寄五節駒 ※1 | ハナモミジヨセテゴセック | 松島文助 | | |
| | | | 桜花雨契雲 | ユメミグサアメトナルクモ | 熨斗進造 | | |

| | | | | | | | |
|---|---|---|---|---|---|---|---|
| | | | 須磨都源平躑躅<br>三幅対歌の姿絵 | スマノミヤコゲンペイツツジ<br>サンプクツイウタノスガタエ | 狂言堂左交<br>清水宗二<br>梅沢盛二<br>松島松作<br>金井由輔<br>竹柴濤治<br>竹柴喜三次<br>竹柴豊蔵<br>河竹新七 | | |
| 明治2<br>4・10（辻）<br>4・17（役）<br>4・17（絵） | 国立劇場<br>竹内（写<br>国立劇場 | 中村 | 百音鳥雨夜蓑笠<br>忠孝武蔵鎧<br>花筐紫十徳 | ホトトギスアマヨノミノカサ<br>チュウコウムサシアブミ<br>ハナガタミユカリノジュトク | 中村山左衛門<br>篠田金治<br>松島松作<br>松島新幸<br>桜田左交<br>松島亀勝<br>浜彦助<br>松島鶴二<br>松井幸三<br>瀬川如皐<br>河竹新七 | | |

| | | | | | | | |
|---|---|---|---|---|---|---|---|
| 明治2<br>5・17（辻）<br>5・17（役）<br>5・17（絵） | 東大総合<br>国立劇場<br>国立劇場 | 市村 | 名大星国字書筆<br>袖浦泪濡事<br>小野道風青柳硯<br>是評判伊吾仝餅 | ナニオオボシカナガキフデ<br>ソデガウラナミダノヌレゴト<br>オオノトウフウアオヤギスズリ<br>コレハヒョウバンイゴヨイゴモチ | 勝諺蔵<br>竹柴百三<br>竹柴左吉<br>竹柴銀蔵<br>竹柴米造<br>松島専助<br>竹柴当蔵<br>竹柴繁造<br>村柑子<br>竹柴栄治<br>竹柴金作<br>スケ河竹新七 | | |
| 明治2<br>5・11（辻）<br>5・19（役）<br>5・19（絵） | 国立劇場<br>国立劇場<br>国立劇場 | 守田 | 時代世話操見台<br>苅萱桑門筑紫車榮<br>南蛮鉄後藤目貫<br>染模様妹背門松 | ジダイセワアヤツリケンダイ<br>カルカヤドウシンツクシノイエヅト<br>ナンバンテツゴトウメヌキ<br>ソメモヨウイモセノカドマツ | 桜田治助<br>梅沢万二<br>松島文助<br>熨斗進造<br>狂言堂左交<br>清水宗二<br>梅沢盛二<br>松島松作 | | ※役割に役者連名ナシ<br>（絵本は記載） |

| | | | | | | | |
|---|---|---|---|---|---|---|---|
| | | | | | 金井由輔<br>竹柴濤治<br>竹柴喜三二<br>河竹新七 | | |
| 明治2<br>7・5（辻）<br>7・6（役）<br>7・6（絵） | 国立劇場<br>国立劇場<br>国立劇場 | 守田 | 東山殿花王彩帷<br>群入田鶴紅葉曙<br>星今宵逢夜睦言<br>ぞうほ曦鎧 | ヒガシヤマドノサクラノイロマク<br>ムレイルタヅモミジノアケボノ<br>ホシコヨイアウヨノムツゴト<br>ゾウホアサヒノヨロイ | ナシ | | |
| 明治2<br>7・11（辻）<br>7・15（役）<br>7・15（絵） | 国立劇場<br>早大演博<br>国立劇場 | 中村 | 吉さま参由縁音信<br>大都会成扇絵合　※1 | キチサママイルユカリノオトヅレ<br>サンガノツオウギノエアワセ | 松井幸三<br>松島松作<br>浜彦作<br>松島仙蔵<br>松島久二<br>桜田左交<br>松島てう二<br>松島亀勝<br>松島新幸<br>松島鶴治<br>篠田金治<br>瀬川如皐 | | ※1：辻は記載ナシ<br>◆講談「小堀騒動」を脚色<br>続々…一番目は河竹が小堀政談をお家と世話に書きたる新物にて八百屋お七の実録なり菊五郎のゆかんば小僧吉三郎仲太郎の弁秀殺しの場分けて評よし又丸本には「八百屋お七袂の白絞」と題し宝永八年紀の海音が書きた |

| | | | | | | | |
|---|---|---|---|---|---|---|---|
| | | | | | 河竹新七 | | るを始めとすれど実録としては是れが初めてなり |
| 明治2 8・26（辻） | 国立劇場 | 市村 | 駒迎三升入盃觴 | コマムカイミツグミサカヅキ | 勝諺蔵<br>竹柴百三<br>竹柴左吉<br>竹柴銀蔵<br>竹柴米蔵<br>松島専助<br>竹柴当蔵<br>竹柴繁造<br>村柑子<br>竹柴栄治<br>竹柴金作<br>スケ河竹新七 | | |
| 8・26（役） | 国立劇場 | | 桃山譚 | モモヤマモノガタリ | | | |
| 8・26（絵） | 国立劇場 | | 能仲富清御神楽 | ヨイナカトミキヨメノサカヅキ | | | |
| 10・18（辻） | 早大演博 | | | | | | |
| 明治2 8・27（辻） | 東大総合 | 守田 | 早晩稲守田当秋 | ワセオクテモリタノデキアキ | 桜田治助<br>松島粂助<br>松島漣造<br>狂言堂左交<br>松島久助<br>熨斗進造 | | |
| 8・29（役） | 国立劇場 | | 東西毛氈諸鳥囀 | キギノモミジショチヨウノサエズリ | | | |
| 8・29（絵） | 国立劇場 | | 六歌仙名詠面影 | ロッカセンメイガノオモカゲ | | | |

| | | | | | | |
|---|---|---|---|---|---|---|
| | | | | | 松島松作<br>金井由輔<br>竹柴濤治<br>竹柴喜三治<br>河竹新七 | |
| 明治2 10・13（辻） | 国立劇場 | 中村 | 相馬礼音幾久月 | ソウママツリオトモキクツキ | 松井幸三 | 早大演博 |
| 10・13（役） | 国立劇場 | | 契情返魂香 | ケイセイハンゴンコウ | 松島松作 | |
| 10・13（絵） | 国立劇場 | | 名画揃俄の番付 | メイガソロイニワカノバンヅケ | 浜彦助 | |
| | | | | | 松島仙蔵 | |
| | | | | | 松島久二 | |
| | | | | | 桜田左交 | |
| | | | | | 松島てう二 | |
| | | | | | 松島亀勝 | |
| | | | | | 松島新幸 | |
| | | | | | 松島鶴治 | |
| | | | | | 篠田金治 | |
| | | | | | 瀬川如皐 | |
| | | | | | 河竹新七 | |
| 明治2 11・1（辻） | 東大総合 | 守田 | 手向山楓幣 | タムケヤマモミジノミテグラ | 桜田治助 | |
| 11・4（役） | 国立劇場 | | 三国三朝良薬噺 | サンゴクサンチョウリョウヤクバナシ | 松島粂助 | |

| | | | | | | | |
|---|---|---|---|---|---|---|---|
| | 11・4（絵） | 国立劇場 | | | | 梅沢盛二<br>松島漣造<br>狂言堂左交<br>松島久助<br>熨斗進造<br>松島松作<br>金井由輔<br>竹柴濤治<br>竹柴喜三治<br>河竹新七 | |
| 明治3 | 1・11（辻） | 国立劇場 | 守田 | 館扇曽我訥芝玉 | ゴショオウギソガノトシダマ | 桜田治助<br>松島松作<br>梅沢盛二<br>松島久助<br>狂言堂左交<br>松島漣三<br>熨斗進造<br>三星堂助<br>金井由輔<br>竹柴濤治 | 早大演博 |
| | 1・15（役） | 都立中央 | | 和歌三鳥恵清元 | ワカサンチョウメグミノキヨモト | | |
| | 1・15（絵） | 国立劇場 | | | | | |

| | | | | | | | | |
|---|---|---|---|---|---|---|---|---|
| | | | | | | 竹柴喜三次<br>竹柴豊蔵<br>河竹新七 | | |
| 明治3 | 1・11（辻）<br>1・17（役）<br>1・17（絵） | 東大総合<br>国立劇場<br>国立劇場 | 中村 | 秀水仙梅幸曽我<br>春色弓張月<br>体松山帰洛初夢 ※1<br>崇徳院帰洛初夢 ※2 | ハナキョウダイサイワイソガ<br>シュンショクユミハリヅキ<br>ミハマツヤマキラクノハツユメ<br>シュトクインキラクノハツユメ | 松井幸三<br>浜彦助<br>松島久次<br>松島鶴治<br>桜田左交<br>松島文助<br>松島亀勝<br>竹柴幸次<br>篠田金治<br>瀬川如皐<br>河竹新七 | | ※1：役割は記載ナシ<br>※2：役割のみ記載 |
| 明治3 | 2・7（辻）<br>2・14（役）<br>2・14（絵） | 国立劇場<br>国立劇場<br>国立劇場 | 市村 | 宝来曽我島物語<br>魁写真鏡俳優画 | ホウライソガシマモノガタリ<br>サキガケシャシンノヤクシャエ | 勝諺蔵<br>竹柴百三<br>竹柴左吉<br>竹柴繁造<br>竹柴米造<br>松島松作 | 早大演博 | |

| | | | | | | | |
|---|---|---|---|---|---|---|---|
| | | | | | 竹柴豊蔵 | | |
| | | | | | 竹柴銀蔵 | | |
| | | | | | 竹柴耕作 | | |
| | | | | | 竹柴栄治 | | |
| | | | | | 竹柴金作 | | |
| | | | | | 河竹新七 | | |
| 明治3 2・28（辻） | 東大総合 | 中村 | 往古模様扇重縫※1 | コダイモヨウオウギノシゲヌイ | 松井幸三 | 早大演博 | ※1：辻は記載ナシ |
| 3・4（役） | 国立劇場 | | 御所模様扇重縫※2 | ゴショモヨウオウギノシゲヌイ | 浜彦助 | | ※2：辻のみ記載 |
| 3・4（絵） | 国立劇場 | | 大和谷滝音羽湯 | ヤマトダニタキノオトワユ | 松島久次 | | ◆人情本「梅暦」「辰己 |
| | | | 梅暦辰巳園 | ウメゴヨミタツミノソノ | 松島鶴治 | | 園」（春水）を脚色 |
| | | | | | 桜田左交 | | |
| | | | | | 松島文助 | | |
| | | | | | 松島亀勝 | | |
| | | | | | 竹柴幸治 | | |
| | | | | | 篠田金治 | | |
| | | | | | 瀬川如皐 | | |
| | | | | | 河竹新七 | | |
| 明治3 3・5（辻） | 国立劇場 | 守田 | 樟紀流花見幕張 | クスノキリュウハナミノマクバリ | 桜田治助 | 東大総合 | ・東大総合台帳名題： |
| 3・13（役） | 国立劇場 | | 濡衫松藤浪 | ヌレユカタマツニフジナミ | 松島松作 | （明治16写） | 「名高島慶安実記」 |
| 3・13（絵） | 東大総合 | | 家桜廓掛額 | イエザクラクルワノカケガク | 松島文助 | 早大演博 | ◆講談「慶安太平記」を |

| | |
|---|---|
| | 明治3<br>4・29（辻）<br>5・2（役）<br>5・2（絵） |
| | 国立劇場<br>竹内（写）<br>早大演博 |
| | 守田 |
| | 花菖紀念画双紙<br>道行醜振袖<br>時鳥水響音<br>沢紫菖蒲艶 |
| | ハナアヤメカタミエゾウシ<br>ミチユキオニモジュウシチ<br>ホトトギスミズニヒビクネ<br>サワムラサキアヤメノヌレイロ |
| 熨斗進三<br>狂言堂左交<br>梅沢久助<br>梅沢盛二<br>三星才助<br>金井由輔<br>竹柴濤治<br>竹柴喜三次<br>竹柴豊蔵<br>河竹新七<br>梅森かうい | 桜田治助<br>松島松作<br>松島文助<br>熨斗進三<br>狂言堂左交<br>梅沢久助<br>梅沢盛二<br>三星才助<br>金井由輔 |
| | |
| 脚色 | |

| | | | | | | | |
|---|---|---|---|---|---|---|---|
| | | | | | 竹柴濤治<br>竹柴喜三次<br>竹柴豊蔵<br>河竹新七<br>梅森うかい | | |
| 明治3<br>5・1（辻） | 国立劇場 | 市村 | 一谷嫩軍記 | イチノタニフタバグンキ | 勝諺蔵 | | ※役割に作者連名ナシ |
| 5・7（絵） | 国立劇場 | | 真田打糸綬 | サナダウチイトノカケヒキ | 竹柴百三 | | （絵本は記載） |
| | | | 請祝湊黒船 | ウケイワウミナトノクロフネ | 竹柴左吉 | | |
| | | | 意駒奴物狂 | ココロノコマヤッコモノグルイ | 竹柴繁造 | | |
| | | | 若楓色生娘 | ワカカエデイロノキムスメ | 竹柴米造 | | |
| | | | | | 松島松作<br>竹柴豊蔵<br>竹柴銀蔵<br>竹柴耕作<br>竹柴栄治<br>竹柴金作<br>河竹新七 | | |
| 明治3<br>5・3（辻） | 国立劇場 | 中村 | 鬼薊達染絺 | オニアザミダテゾメカタビラ | 松井幸三 | | |
| 5・5（絵） | 国立劇場 | | 碁太平記白石噺 | ゴタイヘイキシライシバナシ | 浜彦助 | | |
| 5・8（役） | 国立劇場 | | 潤色入梅恋 | シッポリトツユニヌレゴト | 松島亀勝 | | |

| | | | | | | | |
|---|---|---|---|---|---|---|---|
| | | | | | 梅沢万治 | | |
| | | | | | 桜田左交 | | |
| | | | | | 松島鶴治 | | |
| | | | | | 松島文児 | | |
| | | | | | 竹柴幸治 | | |
| | | | | | 松島専助 | | |
| | | | | | 篠田金治 | | |
| | | | | | 瀬川如皐 | | |
| | | | | | 清水賞七 | | |
| | | | | | 河竹新七 | | |
| 明治3 6・25（辻） | 国立劇場 | 守田 | 好音魁紫紀花車當 | ヨイコエカケヤレシキノハナダシ | ナシ | | |
| 6・25（役） | 早大演博 | | 釣しのぶ復鐘入 | ツリシノブマタモカネイリ | | | |
| 6・25（絵） | 早大演博 | | 時朗雪浦里 | ホノボノトユキノウラザト | | | |
| 明治3 8・4（絵） | 国立劇場 | 中村 | 仮名手本忠臣蔵 | カナデホンチュウシングラ | 松井幸三 | | ※役割に作者連名ナシ |
| 8・5（役） | 国立劇場 | 市村 | 昔熱田土佐画姿 | ムカシアツタトサエフウゾク | 浜彦助 | | （絵本は記載） |
| 8・13（辻） | 国立劇場 | （合併） | | | 松島久次 | | |
| | | | | | 梅沢万二 | | |
| | | | | | 桜田左交 | | |
| | | | | | 松島鶴治 | | |
| | | | | | 松島文児 | | |

| | | | | | | |
|---|---|---|---|---|---|---|
| | | | | | 竹柴幸治 松島専助 篠田金治 瀬川如皐 清水賞七 河竹新七 | |
| 明治3 8・11（辻） | 国立劇場 | 守田 | 狭間軍紀成海録 | ハザマグンキナルミノキキガキ | 桜田治助 松島松作 梅沢盛二 松島久介 梅沢万二 狂言堂左交 木村紅助 松島漣造 熨斗進三 松島文助 金井由輔 竹柴濤治 竹柴栄治 竹柴豊蔵 | ◆講談「鳴門軍記」の脚色 |
| 8・15（役） | 早大演博 | | 雑魚寝祭縁異物 | ザコネマツリエンハイナモノ | | |
| 8・15（絵） | 早大演博 | | 寿うつぼ猿 | コトブキウツボザル | | |

河竹新七

| | | | | | | | |
|---|---|---|---|---|---|---|---|
| 明治3 10・1（辻） | 東大総合 | 守田 | 群見成恋情紀譚 | ヨセテミツレンジョウキダン | ナシ | | ※1：辻のみ記載 |
| 10・3（役） | 早大演博 | | 近頃河原の達引 | チカゴロカワラノタテヒキ | | | ※2：役割のみ記載 |
| 10・4（絵） | 国立劇場 | | 菊訥鈷博多新織 | キクドッコハカタノシンオリ | | | |
| | | | 盟世話筐の玉取※1 | ジダイセワカタミノタマトリ | | | |
| | | | 春秋花都錦　※2 | ハナモミジミヤコノニシキ | | | |
| 明治3 10・19（辻） | 東大総合 | 中村 | 義経千本桜 | ヨシツネセンボンザクラ | ナシ | | |
| 10・25（役） | 国立劇場 | 市村 | 壇浦兜軍記 | ダンノウラカブトグンキ | | | |
| 10・25（絵） | 国立劇場 | （合併） | 手向山艳幣 | タムケヤマモミジノミテグラ | | | |
| | | | 男達六初雪 | オトコダテムツノハツユキ | | | |
| 明治3 11・1（辻） | 早大演博 | 守田 | 高麗陣帰朝入舟當 | コウライジンキチョウノイリフネ | ナシ | | |
| 11・3（役） | 早大演博 | | 是筐丸伊左衛門 | コレモカタミマルニイザエモン | | | |
| 11・3（絵） | 国立劇場 | | 鐘音雨古墳 | カネノオトアメモフルヅカ | | | |
| | | | 縁結姿八景 | エンムスビスガタハッケイ | | | |
| 明治3 11・15（辻） | 東大総合 | 中村 | 双蝶仝曲輪日記 | フタツチョウチョウクルワニッキ | ナシ | | ※1：市村座出版の絵本に記載ナシ |
| 11・17（絵） | 早大演博 | 市村 | 神免流自在鐺蓋 | シンメンリョウジザイノナベブタ | | | ※2：中村座出版の絵本に記載ナシ |
| | （合併） | | 月雪花蒔画土産※1 | ツキユキハナマキエノサカヅキ | | | |
| | | | 年徳神恵の福富※2 | トシトクジンメグミノフクフク | | | |
| 明治4 1・11（辻） | 国立劇場 | 守田 | 三国一山曽我鏡 | ホウライサンソガノカオミセ | 桜田治助 | | |
| 1・12（役） | 国立劇場 | | 鎌倉三代記 | カマクラサンダイキ | 松島松作 | | |

| | | | | | | | | |
|---|---|---|---|---|---|---|---|---|
| | 1・12（絵） | 東大総合 | | 碁風土記魁升目 | ゴフドウキセンテノジョウセキ | 熨斗進三<br>篠田金治<br>狂言堂左交<br>梅沢万二<br>松島漣三<br>松島文助<br>金井由輔<br>竹柴濤治<br>竹柴栄治<br>竹柴豊造<br>河竹新七 | | |
| 明治4 | 1・11（辻）<br>1・13（役）<br>1・13（絵） | 国立劇場<br>国立劇場<br>東大総合 | 市村 | 名古屋帯雲稲妻<br>碁風土記魁升形<br>神楽諷雲井曲毬<br>濡燕月葛城　※1 | マゴヤオビクモニイナヅマ<br>ゴフドウキセンテノジョウセキ<br>カグラウタクモイノキョクマリ<br>ヌレツバメツキノカヅラキ | 勝諺蔵<br>竹柴百三<br>竹柴繁造<br>竹柴彦太郎<br>松島松作<br>竹柴米造<br>竹柴銀蔵<br>竹柴左吉<br>竹柴金作 | | ※1：辻のみ記載 |

| | | | | | | | |
|---|---|---|---|---|---|---|---|
| | | | | | 河竹新七 | | |
| 明治4　1・18（辻） | 国立劇場 | 中村 | 薪曲輪七種紋日 | シンクルワナナクサモンピ | 清水賞七 | 早大演博 | |
| 1・25（役） | 竹内（写 | | 本調糸音色 | ホンチョウシイトノハジメ | 浜彦助 | | |
| 1・25（絵） | 東大総合 | | 画音音春錦 | エキョウダイハルノニシキ | 松島専助 | | |
| | | | | | 清水文次 | | |
| | | | | | 桜田左交 | | |
| | | | | | 河竹新七 | | |
| | | | | | 松島鬼市 | | |
| | | | | | 竹柴寿作 | | |
| | | | | | 松島鶴治 | | |
| | | | | | 竹柴喜三二 | | |
| | | | | | 瀬川如皐 | | |
| 明治4　2・1（辻） | 国立劇場 | 市村 | 奴仝清水桜 | ヤッコヤッコキヨミズザクラ | 勝諺蔵 | | ※1：絵本のみ記載ナシ |
| 2・3（役） | 国立劇場 | | 三芝訥続錦画初 | サンマイツヅキニシキエノハジメ | 竹柴百三 | | ※2：辻のみ記載 |
| 2・3（絵） | 国立劇場 | | 祇園祭礼信仰記　※1 | ギオンサイレイシンコウキ | 竹柴繁造 | | ※3：役割のみ記載 |
| | | | 廻車四季甀　※2 | メグリグルマシキノワザオギ | 竹柴彦三郎 | | ※4：絵本のみ記載 |
| | | | 夢見草胡蝶手　※3 | ユメミグサコチョウノタマクラ | 松島松作 | | ※5：役割のみ記載 |
| | | | 闇梅夢手枕　※4 | ヤミノウメユメノタマクラ | 竹柴米造 | | |
| | | | 梅花王戯場番組　※5 | ウメサクラカブキノバングミ | 竹柴銀蔵 | | |
| | | | | | 竹柴左吉 | | |

| | | | | | | | |
|---|---|---|---|---|---|---|---|
| | | | | | 竹柴金作<br>河竹新七 | | |
| 明治4 3・15（辻） | 国立劇場 | 中村 | 鶴亀曙模様初筐 | メデタモヨウハツガフミバコ | 清水瀟七<br>浜彦助<br>松島専助<br>清水文次<br>桜田左交<br>河竹新七<br>松島鬼市<br>竹柴寿作<br>松島鶴治<br>竹柴喜三二<br>瀬川如皐 | | |
| 3・15（絵） | 東大総合 | | 寿名残島台 | コトブキナゴリノシマダイ | | | |
| 3・15（役） | 早大演博 | | | | | | |
| 明治4 3・9（辻） | 国立劇場 | 市村 | 時弥生神梅松桜 | トキモヤヨイカミノゴアイジュ | ナシ | | |
| 3・18（役） | 国立劇場 | 守田 | 狐静化粧鏡 | キツネシズカケショウカガミ | | | |
| 3・18（絵） | 国立劇場 | （合併） | 嫗山姥 | コモチヤマンバ | | | |
| | | | 名大津画劇交張 | ナニオオツエリョウザノマゼバリ | | | |
| 明治4 5・5（辻） | 国立劇場 | 守田 | 連歌花二見文台 | コトバノハナフタミブンダイ | ナシ | | |
| 5・11（役） | 国立劇場 | | 其面影河原撫子 | ソノオモカゲカワラナデシコ | | | |
| 5・11（絵） | 東大総合 | | | | | | |

| | | | | | | | |
|---|---|---|---|---|---|---|---|
| 明治4 5・7（辻） | 国立劇場 | 市村 | 初幟双級巴 | ハツノボリフタツドモエ | ナシ | | |
| 5・15（役） | 国立劇場 | 守田 | 伊勢音頭恋寝刃 | イセオンドコイノネタバ | | | |
| 5・15（絵） | 東大総合 | （合併） | | | | | |
| 明治4 6・23（辻） | 国立劇場 | 守田 | 元禄曽我金瓶山 | ゲンロクソガコガネノカメヤマ | ナシ | | |
| 7・1（役） | 国立劇場 | | 蓮生物語 | レンショウモノガタリ | | | |
| 7・1（絵） | 東大総合 | | 絵本大当記 | エホンタイトウキ | | | |
| | | | 恋情美談月御崎 | レンショウモノガタリ | | | |
| 明治4 6・29（絵） | 東大総合 | 中村 | 義士外伝復讐鑑 | ギシガイデンアダウチカガミ | 清水?七 | | ※役割に作者連名ナシ |
| 7・1（役） | 国立劇場 | | 生木偶花洛名所 | イキニンギョウハナノナドコロ | 浜彦助 | | （絵本は記載） |
| 7・6（辻） | 国立劇場 | | | | 松島専助 | | |
| | | | | | 清水文次 | | |
| | | | | | 桜田左交 | | |
| | | | | | 河竹新七 | | |
| | | | | | 松島鬼市 | | |
| | | | | | 竹柴寿作 | | |
| | | | | | 松島鶴治 | | |
| | | | | | 竹柴喜三二 | | |
| | | | | | 瀬川如皐 | | |
| 明治4 8・5（辻） | 国立劇場 | 守田 | 出来秋月花雪聚 | イデソヨツキハナノユキムラ | 竹柴濤治 | 早大演博 | ※1：役割のみ記載 |
| 8・10（役） | 国立劇場 | | 初雁金芸者評判 | ハツカリガネゲイシャヒョウバン | 竹柴栄二 | | ※2：役割のみ記載ナシ |

| | | | | | | | |
|---|---|---|---|---|---|---|---|
| 8・10（絵） | 小宮（写 | | 比浮名退文　※1 | ナズラエウタウキナノキレブミ | 竹柴繁造 | | |
| | | | 風曲秋七種　※2 | フウキョクアキノナナクサ | 竹柴豊蔵 | | |
| | | | | | 河竹新七 | | |
| | | | | | 桜田治助 | | |
| | | | | | 竹柴百造 | | |
| | | | | | 松島陸二 | | |
| | | | | | 松島文助 | | |
| | | | | | 狂言堂左交 | | |
| | | | | | 梅沢万二 | | |
| | | | | | 松島漣三 | | |
| | | | | | 熨斗進三 | | |
| | | | | | 竹柴金作 | | |
| 明治4 9・5（辻） | 国立劇場 | 市村 | 妹背山婦女庭訓 | イモセヤマオンナテイキン | ナシ | | |
| 9・9（役） | 国立劇場 | | 道行恋の苧玉巻 | ミチユキコイノオダマキ | | | |
| 9・9（絵） | 国立劇場 | | 関取千両幟 | セキトリセンリョウノボリ | | | |
| | | | 道成寺一対振袖 | ドウジョウジツイノフリソデ | | | |
| 明治4 9・9（辻） | 日大総図 | 中村 | 東海寄談音児館 | トウカイキダンネコマタヤシキ | 清水賞七改 | | |
| 9・17（役） | 早大演博 | | 競天三保羽衣 | クラベテミホマツニハゴロモ | 堀越二三次 | | |
| 9・17（絵） | 国立劇場 | | 当常磐津妓羽衣 | コノトキワズケイセイハゴロモ | 松島鶴治 | | |
| | | | 恋手向千入紅葉 | コイノタムケチシオノモミジバ | 藤基助 | | |

| | | | | | | | |
|---|---|---|---|---|---|---|---|
| | | | | | 桜田左交<br>河竹新七<br>松島孝次<br>竹柴喜三二<br>瀬川如皐 | | |
| 明治4　10・11（辻）<br>10・16（役）<br>10・16（絵） | 国立劇場<br>早大演博<br>早大演博 | 守田 | 四十七石忠箭計<br>夢結恋山崎大和 | シジュウシチコクチュウヤドケイ<br>ユメムスブコイノヤマヤマ | 竹柴濤治<br>竹柴栄治<br>竹柴繁造<br>竹柴豊蔵<br>河竹新七<br>桜田治助<br>竹柴百造<br>松島直二<br>松島文助<br>狂言堂左交<br>梅沢万二<br>松島漣三<br>熨斗進三<br>竹柴金作 | 早大演博 | ◆講談「義士銘々伝」を脚色 |
| 明治4　11・3（辻） | ボストン美 | 中村 | 義経千本桜 | ヨシツネセンボンザクラ | ナシ | | |

| | | | | | | | |
|---|---|---|---|---|---|---|---|
| 11・7（絵） | 国立劇場 | 市村 | 神有月色世話事 | カミアリヅキイロノセワゴト | | | |
| 明治5 1・9（辻） | 国立劇場 | 中村 | 梅⿰女兄娣浪花扇記 | ウメキョウダイナニワセンキ | 清水賞七 | 早大演博 | |
| 1・9（役） | 早大演博 | | 六歌仙姿拙 | ロッカセンスガタノフツツカ | 松島松作 | | |
| 1・9（絵） | 国立劇場 | | 恋慕相撲春顔触 | コイズモウハルノカオブレ | 竹柴寿作 | | |
| | | | | | 松島孝次 | | |
| | | | | | 桜田左交 | | |
| | | | | | 河竹新七 | | |
| | | | | | 藤基助 | | |
| | | | | | 松島鶴治 | | |
| | | | | | 竹柴喜三二 | | |
| | | | | | 瀬川如皐 | | |
| 明治5 1・11（辻） | 国立劇場 | 守田 | 猿若三鳥名歌鬨 | サルワカサンチョウメイガノカチドキ | 桜田治助 | 早大演博 | |
| 1・16（役） | 早大演博 | | 霞色三筋の苧環 | カスミノイロミスジノオダマキ | 松島文助改 | | |
| 1・16（絵） | 国立劇場 | | 夢結春手枕 | ユメムスブハルノタマクラ | 木村園治 | | |
| | | | 調度亥子徳浅草 | チョウドイイネエホウハアサクサ | 松島直二 | | |
| | | | | | 篠田金治 | | |
| | | | | | 狂言堂左交 | | |
| | | | | | 松島音助 | | |
| | | | | | 梅沢鶯二 | | |
| | | | | | 熨斗進三 | | |

| | | | | | |
|---|---|---|---|---|---|
| | | | | | 松井由助<br>竹柴濤治<br>竹柴繁造<br>河竹新七<br>竹柴金作<br>竹柴豊蔵<br>竹柴栄治 |
| 明治5<br>2・25（辻） | 国立劇場 | 守田 | 会稽山咲分源氏 | ユキトミルヤマサキガケゲンジ | 桜田治助<br>木村園治<br>松島直二<br>篠田金治<br>狂言堂左交<br>松島音助<br>梅沢鶯二<br>熨斗進三<br>松井由助<br>竹柴濤治<br>竹柴繁造<br>河竹新七<br>竹柴金作 |
| 2・30（役） | 早大演博 | | 勧進帳 | カンジンチョウ | |
| 2・30（絵） | 東大総合 | | 助六由縁八重桜 | スケロクユカリノヤエザクラ | |

| | | | | | | | | |
|---|---|---|---|---|---|---|---|---|
| | | | | | | 竹柴豊蔵 | | |
| | | | | | | 竹柴栄治 | | |
| 明治5 | 2・28（辻） | 早大文演 | 中村 | 宿桜しらぬひ譚 | ヤヨイザクラシラヌイモノガタリ | 清水賞七 | | |
| | 3・2（役） | 竹内（写 | | 花宿艶春雨 | ハナノヤドエニシノハルサメ | 松島松作 | | |
| | 3・2（絵） | 国立劇場 | | 白柄黒手廓達引 | ユキトスミクルワノタテヒキ | 竹柴寿作 | | |
| | | | | 忍岡恋曲者 | シノブガオカコイノクセモノ | 河竹新七 | | |
| | | | | 花雲命捨鐘 | ハナノクモイノチノステガネ | 桜田左交 | | |
| | | | | | | 藤基助 | | |
| | | | | | | 松島鶴治 | | |
| | | | | | | 竹柴喜三二 | | |
| | | | | | | 瀬川如皐 | | |
| 明治5 | 3・11（辻） | 東大総合 | 村山 | 伊達全盛花街鏡 | ダテゼンセイクルワカガミ | 竹柴金作 | | |
| | 3・13（役） | 国立劇場 | | 国性爺姿写真鏡 | コクセンヤスガタノウツシエ | 竹柴左吉 | | |
| | 3・13（絵） | 東大総合 | | 絵本太閤記 | エホンタイコウキ | 竹柴銀蔵 | | |
| | | | | | | 竹柴彦太郎 | | |
| | | | | | | 竹柴瓢助 | | |
| | | | | | | 竹柴亀吉 | | |
| | | | | | | 竹柴昇三 | | |
| | | | | | | 竹柴繁造 | | |
| | | | | | | 竹柴百三 | | |

| | | | | | | | |
|---|---|---|---|---|---|---|---|
| | | | | | 河竹新七 | | |
| 明治5<br>4・28（辻）<br>5・2（役）<br>5・2（絵） | 国立劇場<br>早大演博<br>国立劇場 | 中村 | 濃染菖蒲帷<br>今様望月<br>実説菊夜話<br>増補浪花鑑<br>浮廓意義悪 | コイソメテショウブカタビラ<br>イマヨウモチヅキ<br>ジッセツキクノヨバナシ<br>ゾウホナニワカガミ<br>ウカレクルワココロノゼンアク | 清水賞七改<br>松島松作<br>竹柴寿作<br>河竹新七<br>桜田左交<br>藤基助<br>松島鶴二<br>竹柴喜三二<br>瀬川如皐 | | ※役割に作者連名ナシ<br>（絵本は記載） |
| 明治5<br>5・1（辻）<br>5・4（役）<br>5・4（絵） | 国立劇場<br>国立劇場<br>早大演博 | 守田 | 仮名手本忠臣蔵<br>御存幡随長兵衛 | カナデホンチュウシングラ<br>ゴゾンジバンズイチョウベエ | ナシ | | |
| 明治5<br>7・1（辻）<br>7・5（絵）<br>7・6（役） | 国立劇場<br>小宮（写<br>国立劇場 | 中村 | 源平魁荘士<br>於岩稲荷験玉櫛<br>極彩土佐画掛額※1<br>夕納涼見立錦絵※2<br>御土産東二色画※3 | ゲンペイサキガケソウシ<br>オイワイナリリショウノタマグシ<br>ゴクサイシキトサエノカケガク<br>ユウスズミタテニシキエ<br>オンミヤゲアズマニシキエ | 清水賞七<br>松島松作<br>竹柴寿作<br>河竹新七<br>桜田左交<br>藤基助<br>松島鶴治 | | ※1：辻のみ記載<br>※2：役割のみ記載<br>※3：絵本のみ記載 |

| | | | | | | | | |
|---|---|---|---|---|---|---|---|---|
| | | | | | | 竹柴喜三二 | | |
| | | | | | | 瀬川如皐 | | |
| 明治5 | 7・5（辻） | 国立劇場 | 村山 | 浪花潟入江大塩 | ナニワガタイリエノオオシオ | 竹柴金作 | | ※役割に作者連名ナシ |
| | 7・10（絵） | 東大総合 | | 新曲連獅子 | シンキョクレンジシ | 竹柴左吉 | | （絵本は記載） |
| | | | | 西洋道中膝栗毛 | セイヨウドウチュウヒザクリゲ | 竹柴銀蔵 | | |
| | | | | | | 竹柴彦太郎 | | |
| | | | | | | 竹柴瓢助 | | |
| | | | | | | 竹柴亀吉 | | |
| | | | | | | 竹柴昇三 | | |
| | | | | | | 竹柴繁造 | | |
| | | | | | | 竹柴百三 | | |
| | | | | | | 河竹新七 | | |
| 明治5 | 7・28（辻） | 国立劇場 | 村山 | 再紀伊国筑紫車榮 | マタキノクニツクシノイエヅト | ナシ | | |
| | 8・3（役） | 国立劇場 | | 奥州安達原 | オウシュウアダチガハラ | | | |
| | 8・3（絵） | 東大総合 | | 隅田川坂東名所 | スミダガワアズマノナドコロ | | | |
| | | | | 二面水移気 | フタオモテミズニウツリギ | | | |
| 明治5 | 9・3（辻） | ボストン美 | 中村 | 鷲渕山鬼若物語 | ワシブチザンオニワカモノガタリ | 清水正七 | | |
| | 9・7（役） | 小宮（写 | | 幸后月松影 | サイワイノチノツキニマツカゲ | 松島松作 | | |
| | 9・7（絵） | 国立劇場 | | 晨六花浦里 | アケガラスユキノウラザト | 竹柴寿作 | | |
| | | | | 積恋雪関扉 | ツモルコイユキノセキノト | 松島章二 | | |

| | | | | | | | |
|---|---|---|---|---|---|---|---|
| | | | | | 河竹新七<br>桜田左交<br>藤基助<br>松島鶴治<br>竹柴喜三二<br>瀬川如皐 | | |
| 明治5　9・25（辻） | 東大総合 | 村山 | 音紀久小倉色紙 | オトニキクオグラノシキシ | ナシ | | |
| 10・8（役） | 国立劇場 | | 造花魁躑躅 | ツクリバナサキガケツツジ | | | |
| 10・8（絵） | 東大総合 | | 流行玉兎合 | リュウコウウサギアワセ | | | |
| 明治5　10・11（辻） | 東大総合 | 守田 | 三国無双瓢箪扇 | サンゴクブソウヒサゴノグンバイ | 桜田治助<br>篠田金治<br>熨斗進三<br>狂言堂左交<br>松島陸二<br>木村園鳧<br>竹柴金作<br>竹柴濤治<br>竹柴栄治<br>竹柴豊蔵<br>河竹新七 | | ◆講談「太閤記」を脚色 |
| 10・13（役） | 早大演博 | | 国性爺合戦 | コクセンヤガッセン | | | ◆講談「お富与三郎」を脚色 |
| 10・13（絵） | 国立劇場 | | 月宴升毬栗 | ツキノエンマスノイガグリ | | | |
| | | | 黄色露濡衣 | イワヌイロツユニヌレギヌ | | | |
| | | | 身曇晴秋風 | ミノウキグモハレシアキカゼ | | | |

| | | | | | |
|---|---|---|---|---|---|
| 明治6　2・3（辻）<br>2・3（役）<br>2・3（絵） | 東大総合<br>国立劇場<br>小宮（写 | 守田 | 群入鶴曽我大寄<br>都鳥流白浪<br>戻駕色相肩<br>新年対面盃 | ムレイルツルソガノオオヨセ<br>ミヤコドリナガレノシラナミ<br>モドリカゴイロニアイカタ<br>シンネンタイメンサカヅキ | 桜田治助<br>木村園鬼<br>松島直二<br>松島松作<br>狂言堂左交<br>篠田金治<br>梅沢鶯二<br>熨斗進三<br>竹柴金作<br>竹柴濤治<br>竹柴寿作<br>竹柴豊蔵<br>竹柴栄二<br>河竹新七 | | |
| 明治6　2・14（辻）<br>2・19（役）<br>2・19（絵） | 国立劇場<br>国立劇場<br>早大演博 | 中村 | 御代春陽暦曽我<br>岸姫松轡鑑<br>侠客姿錦絵<br>花対俄曲搗 | ミヨノハルアラタマソガ<br>キシノヒメマツクツワカガミ<br>キオイクラベスガタノニシキエ<br>ハナノホカニワカノキョクヅマ | 清水賞七<br>竹柴繁造<br>藤基助<br>松島松次<br>桜田左交<br>河竹新七 | | |

| | | | | | | | |
|---|---|---|---|---|---|---|---|
| | | | | | 竹柴左吉<br>浜邑助<br>松島鶴治<br>竹柴喜三二<br>瀬川如皐 | | |
| 明治6<br>2・26（辻）<br>3・7（役）<br>3・7（絵） | 東大総合<br>国立劇場<br>東大総合 | 村山 | 太鼓音智勇三略<br>若緑笠松峠<br>身辻占聞鶯<br>柳風吹矢線 | タイコノオトチユウノサンリヤク<br>ワカミドリカサマツトウゲ<br>ミノツジウラキクヤウグイス<br>ヤナギニカゼフキヤノイトスジ | 竹柴金作<br>竹柴繁造<br>竹柴銀蔵<br>竹柴為吉<br>竹柴瓢助<br>竹柴彦太郎<br>竹柴昇三<br>竹柴耕作<br>竹柴百三<br>河竹新七 | 東大総合<br>（謄写版2・2） | ・東大総合台帳名題：<br>「四方響智勇三略」 |
| 明治6<br>3・27（辻）<br>4・3（役）<br>4・3（絵） | 国立劇場<br>竹内（写<br>東大総合 | 守田 | 関東銘物男達鑑<br>祇園祭礼信仰記<br>其姿花図絵<br>艶所覗機関<br>花雪積練言 | カントウメイブツオトコダテカガミ<br>ギオンサイレイシンコウキ<br>ソノスガタハナノウツシエ<br>イロメイショノゾキガラクリ<br>ハナノユキツモルリゴト | 桜田治助<br>木村園鳧<br>松島直二<br>松島松作<br>狂言堂左交 | 早大演博 | |

| | | | | | | | |
|---|---|---|---|---|---|---|---|
| | | | | | 篠田金治<br>梅沢鶯二<br>竹柴進三<br>竹柴金作<br>竹柴濤治<br>竹柴寿作<br>竹柴豊蔵<br>竹柴栄治<br>河竹新七 | | |
| 明治6 4・7（辻）<br>4・14（役）<br>4・14（絵） | 国立劇場<br>国立劇場<br>国立劇場 | 中村 | 梅柳桜幸染<br>月雪花色の容絵 | ウメヤナギサクラノカガゾメ<br>ツキユキハナイロノスガタエ | 清水賞七<br>竹柴繁造<br>藤基助<br>桜田左交<br>河竹新七<br>竹柴左吉<br>浜邑助<br>松島鶴治<br>竹柴喜三二<br>瀬川如皐 | 早大演博 | |
| 明治6 4・28（辻） | 日大総図 | 村山 | 梅浪花真田軍配 | ウメノナニワサナダノグンバイ | 竹柴金作 | | 全：大坂軍記の脚色 |

| | | | | | | | |
|---|---|---|---|---|---|---|---|
| 5・13（役） | 国立劇場 | | 御伽草紙百物語 | オトギゾウシヒャクモノガタリ | 竹柴繁造<br>竹柴銀蔵<br>竹柴為吉<br>竹柴瓢助<br>竹柴彦太郎<br>竹柴昇三<br>竹柴耕作<br>竹柴百三<br>河竹新七 | | ◆講談「妲妃のお百」を脚色 |
| 5・13（絵） | 東大総合 | | | | | | |
| 明治6 | | | | | | | |
| 6・1（辻） | 国立劇場 | 守田 | 隅田河乗切講談<br>近江源氏先陣館<br>本望宮夜討曽我 | スミダガワノッキリコウダン<br>オウミゲンジセンジンヤカタ<br>ホンモウノミヤヨウチソガ | 桜田治助<br>木村園凫<br>松島直二<br>松島松作<br>狂言堂左交<br>篠田金治<br>梅沢鶯二<br>竹柴進三<br>竹柴金作<br>竹柴濤治<br>竹柴寿作 | | ◆講談「隅田川乗切」を脚色<br>◆前に『紅皿欠皿』と綯ひ交ぜにして修正したもの |
| 6・6（役） | 早大演博 | | | | | | |
| 6・6（絵） | 国立劇場 | | | | | | |

| | | | | | | | |
|---|---|---|---|---|---|---|---|
| | | | | | 竹柴豊蔵<br>竹柴栄治<br>河竹新七 | | |
| 明治6 6・21（辻）<br>6・24（絵） | 東大総合<br>国立劇場 | 中村 | 花軍扇絵合<br>梅雨小袖昔八丈<br>造得娼木偶 | ハナイクサオウギノエアワセ<br>ツユコソデムカシハチジョウ<br>ツクリエタリオヤマニンギョウ | 清水賞七<br>竹柴繁造<br>藤基助<br>桜田左交<br>河竹新七<br>竹柴左吉<br>浜邑助<br>松島鶴治<br>竹柴喜三二<br>瀬川如皐 | 早大演博 | ◆講談「白子屋政談」を脚色<br>◆人情噺『仇娘好八丈』（柳桜）を脚色 |
| 明治6 7・7（辻）<br>7・12（絵） | 日大総図<br>東大総合 | 村山 | 顔紅葉三津組盃<br>夏雨濡御輿<br>願糸七夕祭 | カオニモミジミツグミサカヅキ<br>ナツノアメヌレテオミコシ<br>ネガイノイトタナバタマツリ | ナシ | | |
| 明治6 8・1（辻）<br>8・9（役）<br>8・9（絵） | 東大総合<br>日大総図<br>東大総合 | 沢村 | 真中橋劇場廓開<br>義経腰越状<br>伊勢音頭恋寝刃<br>酔醒吹涼風 ※1 | マンナカバナシカブキノミセダシ<br>ヨシツネコシゴエジョウ<br>イセオンドコイノネタバ<br>ヨイザマシフケヨスズカゼ | 桜田治助<br>篠田金治<br>松島直二<br>狂言堂左交 | | ※1：辻に記載ナシ<br>※2・3：辻のみ記載<br>全：沢村屋へ補作者に出る。 |

| | | | | | | | |
|---|---|---|---|---|---|---|---|
| | | | 其誉湖水駒　※2 | ソノホマレコスイノコマ | 松島松作 | | |
| | | | 墨江舟姿抽　※3 | スミダガハカネノスガタエ | 河竹新七 | | |
| | | | | | 竹柴栄治 | | |
| 明治6　9・3（辻） | 東大総合 | 守田 | 清正公荒木立像 | セイショウダイジンアラキノリユウゾウ | 桜田治助 | | ※1：役割のみ記載 |
| 9・6（役） | 早大演博 | | 復讐誓彦山 | カタキウチチカイノヒコサン | 木村園鳧 | | |
| 9・6（絵） | 日大総図 | | 寿福法川水 | ジュフクノリノカワミズ | 松島直二 | | |
| | | | 狂乱蝶花態 | キョウランチョウハナガタ | 松島松作 | | |
| | | | 源平布引滝　※1 | ゲンペイヌノビキノタキ | 狂言堂左交 | | |
| | | | | | 篠田金治 | | |
| | | | | | 梅沢鶯二 | | |
| | | | | | 竹柴進三 | | |
| | | | | | 竹柴金作 | | |
| | | | | | 竹柴濤治 | | |
| | | | | | 竹柴寿作 | | |
| | | | | | 竹柴豊蔵 | | |
| | | | | | 竹柴栄治 | | |
| | | | | | 河竹新七 | | |
| 明治6　9・18（辻） | 東大総合 | 村山 | 増補桃山譚 | ゾウホモモヤマモノガタリ | 竹柴金作 | 東大総合 | |
| 9・27（役） | 国立劇場 | | 奥州安達原 | オウシュウアダチガハラ | 竹柴繁造 | | |
| 9・27（絵） | 国立劇場 | | 尾花比翼碑 | ハナスキヒヨクノイシブミ | 竹柴昇三 | | |

| | | | | | | | |
|---|---|---|---|---|---|---|---|
| | | | 籠鳥廓小唄 | カゴノトリサトノコウタ | 竹柴亀治 | | |
| | | | 花?.法音楽 | ハナモミジノリノオンガク | 竹柴夜具平 | | |
| | | | | | 竹柴瓢助 | | |
| | | | | | 竹柴彦太郎 | | |
| | | | | | 竹柴為吉 | | |
| | | | | | 竹柴銀蔵 | | |
| | | | | | 竹柴百三 | | |
| | | | | | 河竹新七 | | |
| 明治6 10・13（辻） | 早大文演 | 沢村 | 幼稚裁彩描蝶衝 | オサナダチイロエノチョウトリ | 桜田治助 | | ※作者連名は絵本 |
| 10・16（絵） | 東大総合 | | 明烏紅閨暁 | アケガラスネヤノアカツキ | 篠田金治 | | |
| | | | 松竹梅雪曙 | ショウチクバイユキノアケボノ | 松島直二 | | |
| | | | 月隈秋埜花 | ツキノクマアキノノハナ | 狂言堂左交 | | |
| | | | 石橋寿獅子 | シャッキョウコトブキジシ | 松島松作 | | |
| | | | | | 河竹新七 | | |
| | | | | | 竹柴栄治 | | |
| 明治6 10・16（辻） | 東大総合 | 中村 | 讐亀山新聞 | カタキウチカメヤマシンブン | 清水賞七 | 早大演博 | ◆講談「太閤記」を脚色 |
| 10・24（役） | 早大演博 | | 仇艶恨鮫鞘 | アダナエニシウラミノサメザヤ | 竹柴繁造 | | |
| 10・24（絵） | 早大演博 | | 艶山錦木下 | イロマスヤマニシキノコノシタ | 藤基助 | | |
| | | | 来宵蜘蛛線 | クベキヨイクモノイトスジ | 竹柴金三 | | |
| | | | | | 桜田左交 | | |

| | | | | | | | |
|---|---|---|---|---|---|---|---|
| | | | | | 河竹新七<br>竹柴左吉<br>竹柴吉蔵<br>松島鶴治<br>竹柴喜三二<br>瀬川如皐 | | |
| 明治6　10・30（辻）<br>11・3（役）<br>11・3（絵） | 国立劇場<br>国立劇場<br>小宮（写 | 守田 | 音駒山守護源氏<br>東京日新聞<br>濡露花袖褄 | オトコヤマモリタテゲンジ<br>トウキョウニチニチゲンジ<br>ヌルルツユハナノソデヅマ | 桜田治助<br>木村園鳧<br>松島直二<br>松島松作<br>狂言堂左交<br>篠田金治<br>梅沢鶯二<br>竹柴進三<br>竹柴金作<br>竹柴濤治<br>竹柴寿作<br>竹柴豊蔵<br>竹柴栄治<br>河竹新七 | 早大演博 | 続々‥二番目は東京日々新聞と題したる書き物にて新聞ものを舞臺にかけたるは是れが嚆矢なるべし作者河竹新七の友人條野傳平落合芳幾など孰れも同社に在って執筆なし居りし故新聞のため芝居のため所謂廣告的に演じたるものならん |

| | | | | | | |
|---|---|---|---|---|---|---|
| 明治6 11・13（辻） | 東大総合 | 村山 | 忠臣いろは実記 | チュウシンイロハジッキ | 竹柴金作 竹柴繁造 竹柴昇三 竹柴亀治 竹柴夜具平 竹柴瓢助 竹柴彦太郎 竹柴為蔵 竹柴銀蔵 竹柴百三 河竹新七 | ◆講談「義士銘々伝」を脚色 |
| 11・19（役） | 国立劇場 | | 虎の巻 | トラノマキ | | |
| 11・19（絵） | 国立劇場 | | 廓文章 | クルワブンショウ | | |
| 明治6 12・1（辻） | 国立劇場 | 中村 | 二刀伝譲祇園守 | ニトウデンユヅリノマキモノ | ナシ | |
| 12・6（絵） | 日大総図 | | 恋女房廓伊達染 | コイニョウボウクルワノダテソメ | | |
| | | | 滑稽ひざくり毛 | コッケイヒザクリゲ | | |
| 明治7 1・3（辻） | 国立劇場 | 沢村 | 伊賀越読切講譚 | イガゴエヨミキリコウダン | 桜田治助 木村園鳧 松島陸二 松島松作 篠田金治 松島漣造 | ※作者連名は絵本 |
| 1・6（絵） | 東大総合 | | 其昔浮名の読販 | ソノムカシウキナノヨミウリ | | |
| | | | 心中翌の噂 | シンジュウアスノウワサ | | |

| | | | | | | | |
|---|---|---|---|---|---|---|---|
| | | | | | 松島直二<br>狂言堂左交<br>竹柴栄治<br>竹柴寿作<br>竹柴進三<br>河竹新七 | | |
| 明治7<br>1・5（辻）<br>1・10（絵） | 国立劇場<br>日大総図 | 中村 | 戊歳里見八熟海<br>義経腰越状<br>契情虎の巻<br>藪椿誰転寝　※1<br>浅緑露玉川　※2 | アタリドシサトミノヤツブサ<br>ヨシツネコシゴエジョウ<br>ケイセイトラノマキ<br>ヤブツバキタレトマロビネ<br>アサミドリツユノタマガワ | ナシ | | ※1・2：絵本は記載ナシ |
| 明治7<br>1・17（辻）<br>2・20（役）<br>2・20（絵） | 国立劇場<br>小宮（写<br>東大総合 | 沢村 | 河内国名所鶯墳<br>壇浦兜軍記<br>嬢景清八島日記<br>讐怨解雪赤穂記 | カワチメイショウグイスヅカ<br>ダンノウラカブトグンキ<br>ムスメカゲキヨヤシマハッケイ<br>カタキウチユキノアコウキ | ナシ | | |
| 明治7<br>3・9（辻）<br>3・17（役）<br>3・17（絵） | 早大文演<br>国立劇場<br>東大総合 | 村山 | 蝶千鳥曽我実伝<br>春色霞網島<br>真似三升劇番組 | チョウチドリソガノジツデン<br>シュンショクカスミノアミジマ<br>マネテミマスカブキノバングミ | 竹柴金作<br>竹柴繁造<br>竹柴昇三<br>竹柴亀治<br>竹柴瓢助 | 東大総合 | |

| | |
|---|---|
| | 明治7<br>3・13（辻）<br>3・21（役）<br>3・21（絵） |
| | 国立劇場<br>早大演博<br>東大総合 |
| | 守田 |
| | 群入田鶴宿魁菊<br>連歌花二見文台<br>廿三回筐絵双紙<br>梅東春開花新談　※1 |
| | ムレイルタヅヤヨイノソガギク<br>コトバノハナフタミブンダイ<br>フミメグルカタミエゾウシ<br>ウメノハルカイカシンダン |
| 竹柴夜具平<br>竹柴為三<br>竹柴銀蔵<br>竹柴百三<br>河竹新七<br>清水賞七 | 桜田治助<br>木村園鳧<br>松島直二<br>松島陸二<br>松島松作<br>篠田金治<br>松島漣造<br>梅沢鶯二<br>狂言堂左交<br>竹柴栄治<br>竹柴寿作<br>竹柴豊蔵<br>竹柴進三<br>河竹新七 |
| | |
| | ※1：辻のみ記載 |

| | | | | | | |
|---|---|---|---|---|---|---|
| | | | | | 竹柴金作 | |
| 明治7　4・19（辻） | 国立劇場 | 中村 | 時恵花平氏世盛 | トキメクハナヘイジノヨザカリ | 瀬川如皐 | 早大演博 |
| 4・25（役） | 小宮（写 | | 其往昔恋江戸染 | ソノムカシコイノエドゾメ | 竹柴繁造 | |
| 4・25（絵） | 東大総合 | | 新曲妹が宿 | シンキョクイモガヤド | 藤基助 | |
| | | | 道行手向の花曇 | ミチユキタムケノハナグモリ | 竹柴吉蔵 | |
| | | | 群来釵花道 | ムレキツツカザシノハナミチ | 松島鶴次 | |
| | | | | | 桜田治助 | |
| | | | | | 河竹新七 | |
| | | | | | 松島亀次 | |
| | | | | | 竹柴金三 | |
| | | | | | 竹柴左吉 | |
| | | | | | 竹柴喜三二 | |
| 明治7　5・5（辻） | 早大文演 | 沢村 | 彩糸模様桜白縫 | イロモヨウサクラノシラヌイ | ナシ | |
| 5・10（絵） | 日大総図 | | 三国妙薬噺 | サンゴクミョウヤクバナシ | | |
| 明治7　5・11（辻） | 東大総合 | 守田 | 入間館劇場絵本 | イルマノゴショカブキエゾウシ | 桜田治助 | |
| 5・16（役） | 竹内（写 | | 新板色読販 | シンバンウキナノヨミウリ | 木村園鼂 | |
| 5・16（絵） | 国立劇場 | | | | 松島直二 | |
| | | | | | 松島陸二 | |
| | | | | | 松島松作 | |
| | | | | | 篠田金治 | |

| | | | | | | | |
|---|---|---|---|---|---|---|---|
| | | | | | 松島漣造<br>梅沢鶯二<br>狂言堂左交<br>竹柴栄治<br>竹柴寿作<br>竹柴豊蔵<br>竹柴進三<br>河竹新七<br>竹柴金作 | | |
| 明治7<br>6・2（辻）<br>6・6（役）<br>6・7（絵） | 国立劇場<br>早大演博<br>早大演博 | 中村 | 扇広秀伊賀昇旭<br>恋飛脚操仮名文<br>道行氷室桜吹雪※1<br>道行梅雨　※2 | カゼカオルイガノアケボノ<br>コイノタヨリミサオノカナブミ<br>ミチユキヒムロノハナフブキ<br>ミチユキツユニヌレゴト | ナシ | | ※1：役割のみ記載<br>※2：役割のみ記載ナシ |
| 明治7<br>7・1（辻）<br>7・3（役）<br>7・3（絵） | 東大総合<br>国立劇場<br>早大演博 | 守田 | 里見八犬士勇伝<br>義経腰越状<br>繰返開花婦見月<br>蔭踊熊月輪　※1 | サトミハッケンシユウデン<br>ヨシツネコシゴエジヨウ<br>クリカエスカイカノフミヅキ<br>カゲボシオドリクマノツキノワ | 桜田治助<br>木村園鳧<br>松島直二<br>松島陸二<br>松島松作<br>篠田金治<br>松島漣造 | 早大演博 | ※1：絵本は記載ナシ |

| | | | | | | | |
|---|---|---|---|---|---|---|---|
| | | | | | 梅沢鶯二<br>狂言堂左交<br>竹柴栄治<br>竹柴寿作<br>竹柴豊蔵<br>竹柴進三<br>河竹新七<br>竹柴金作 | | |
| 明治7<br>7・10（辻）<br>7・15（役）<br>7・15（絵） | 日大総図<br>国立劇場<br>早大演博 | 河原崎 | 新舞台巌楠<br>袖浦恋紀行<br>寿二人猩々<br>滑稽指南石　※1<br>一谷嫩軍記　※2 | シンブタイイワオノクスノキ<br>ソデガウラコイノミチユキ<br>ニニンショウジョウ<br>コッケイジシャクイシ<br>イチノタニフタバグンキ | 竹柴金作<br>竹柴繁造<br>竹柴為三<br>木村園鳧<br>竹柴瓢助<br>竹柴栄治<br>竹柴幸治<br>竹柴彦太郎<br>竹柴昇三<br>竹柴百三<br>河竹新七 | | ※1：辻のみ記載<br>※2：役割のみ記載 |
| 明治7<br>10・1（辻） | 国立劇場 | 中村 | 花埜錦桔梗旗上 | ハナノニシキキキョウノハタアゲ | ナシ | | |

| | | | | | | | | |
|---|---|---|---|---|---|---|---|---|
| | 10・9（絵） | 早大演博 | | 御註文薩摩上布 | ゴチュウモンサツマジョウフ | | | |
| | | | | 四季眺栄花玉枕 | シキトリドリエイガノタマクラ | | | |
| 明治7 | 10・3（辻） | 早大演博 | 河原崎 | 雲上野三衣策前 | クモノウエノサンエノサクマエ | 竹柴金作 | | ※1：絵本は記載ナシ |
| | 10・11（役） | 東文財研 | | 升独鈷博多新織 ※1 | マスドッコハカタノシンオリ | 竹柴繁造 | | ◆講談「天保六花撰」の脚色 |
| | 10・11（絵） | 早大演博 | | 日高川紀国名所 | ヒダカガワキノクニメイショ | 竹柴為三 | | |
| | | | | 道行妬仇波 | ミチユキシットノアダナミ | 木村園鳧 | | 続々：壱番目の河内山は其頃講談社会の利き者と言れたる松林伯圓が得意の読物天保六歌仙の河内山を仕組みたるもの |
| | | | | | | 竹柴瓢助 | | |
| | | | | | | 竹柴栄治 | | |
| | | | | | | 竹柴幸治 | | |
| | | | | | | 竹柴彦太郎 | | |
| | | | | | | 竹柴昇三 | | |
| | | | | | | 竹柴百三 | | |
| | | | | | | 河竹新七 | | |
| 明治7 | 10・7（辻） | 早大文演 | 沢村 | 寄群来軍記会莚 | ヨセテクルグンキノカイエン | ナシ | | |
| | 10・13（絵） | 早大演博 | | 昔江戸小腕達引 | ムカシノエドコウデノタテヒキ | | | |
| 明治7 | 10・13（辻） | 国立劇場 | 守田 | 宇都宮紅葉釣衾 | ウツノミヤニシキノツリヨギ | 桜田治助 | 早大演博 | ※1・2：11・21辻（追加）のみ記載 |
| | 10・18（役） | 東文財研 | | 一谷凱歌小謡曲 | イチノタニガイカノコウタイ | 木村園鳧 | | |
| | 10・18（絵） | 国立劇場 | | 壇浦兜軍記 | ダンノウラカブトグンキ | 松島直二 | | ◆講談「宇都宮釣天井」を脚色 |
| | 11・21（辻） | 国立劇場 | | 寿うつぼ猿 | コトブキウツボザル | 松島陸二 | | |
| | | | | 福在原系図 ※1 | フクアリワラケイズ | 松島松作 | | 続々：一番目の宇都宮は |

| | | | | | | | |
|---|---|---|---|---|---|---|---|
| | | | 白浪五人男　※2 | シラナミゴニンオトコ | 篠田金治 松島漣造 梅沢鶯二 狂言堂左交 竹柴栄治 竹柴寿作 竹柴豊蔵 竹柴進三 河竹新七 竹柴金作 | | 河竹の作にて |
| 明治7　11・21（辻） | 日大総図 | 中村 | 赤穂城義一夕話 | アコウセイギイッセキモノガタリ | ナシ | | ※1：絵本は記載ナシ |
| 11・23（絵） | 国立劇場 | | 道行旅路の花聟 | ミチユキタビジノハナムコ | | | |
| | | | 祇園巷俄妓戯譚 | ギオンマチニワカノバンヅケ | | | |
| | | | 世話料理八百屋献立 | セワリョウリヤオヤノコンダテ | | | |
| | | | ※1 宵庚申操ばなし | ヨイゴウシンミサオバナシ | | | |
| 明治7　11・21（辻） | 国立劇場 | 河原崎 | 仮名手本忠臣蔵 | カナデホンチュウシングラ | ナシ | | |
| 11・25（絵） | 国立劇場 | | 積恋雪関扉 | ツモルコイユキノセキノト | | | |
| 明治8　1・25（辻） | 国立劇場 | 新富 | 扇音音大岡政談 | オウギビョウシオオオカセイダン | 桜田治助 | 東大総合 | ・東大総合台帳名題：「大岡政談天一坊」 |
| 1・28（役） | 早大演博 | | 梅鎌田大力巷説 | ウメガカマダダイリキバナシ | 松島松作 | 早大演博 | |

| | | | | | | | |
|---|---|---|---|---|---|---|---|
| 1・28（絵） | 国立劇場 | | 四民姿錦絵 | ヨツノタミスガタノニシキエ | 藤本基輔<br>松島陸二<br>篠田金治<br>梅沢鶯二<br>梅沢皎二<br>狂言堂左交<br>竹柴栄治<br>竹柴寿作<br>竹柴半蔵<br>竹柴進三<br>河竹新七<br>竹柴金作 | | ◆講談「天一坊」を脚色<br>続々：神田伯山が得意の読物天一坊寶澤を河竹新七が筆を把り実録体に書きおろしたる近来の好狂言 |
| 明治8<br>3・19（辻）<br>3・19（役）<br>3・19（絵） | 国立劇場<br>竹内（写<br>国立劇場 | 新富 | 天満宮国字掛額<br>日待遊月夜芝居 | テンマングウイロハノカケガク<br>ヒマチアソビツキノヨシバイ | 桜田治助<br>松島松作<br>藤本基輔<br>松島陸二<br>篠田金治<br>梅沢馨輔<br>梅沢皎二<br>狂言堂左交 | | |

| | | | | | | | |
|---|---|---|---|---|---|---|---|
| | | | | | 竹柴栄治 | | |
| | | | | | 竹柴寿作 | | |
| | | | | | 竹柴半蔵 | | |
| | | | | | 竹柴進三 | | |
| | | | | | 河竹新七 | | |
| | | | | | 竹柴金作 | | |
| 明治8 4・24（辻） | 東大総合 | 河原崎 | 花見時由井幕張 | ハナミドキユイノマクバリ | 竹柴金作 | | ◆講談「慶安太平記」を脚色 |
| 5・1（役） | 早大演博 | | 吉備大臣支那譚 | キビダイジンシナモノガタリ | 竹柴幸治 | | 全：此の当時大久保公が支那へ談判に行つたのを当てた際物。新歌舞伎十八番として成功したものである。（「吉備」） |
| 5・1（絵） | 早大演博 | | 意中闇照瓦斯灯 | ココロノヤミテラスガストウ | 竹柴為三 | | 全：瓦斯燈が行はれ始めたので狂言浄瑠璃として取入れたものである。（「意中」） |
| | | | | | 木村園鳧 | | |
| | | | | | 竹柴瓢助 | | |
| | | | | | 竹柴栄治 | | |
| | | | | | 竹柴清吉 | | |
| | | | | | 竹柴昇三 | | |
| | | | | | 竹柴繁造 | | |
| | | | | | 河竹新七 | | |
| 明治8 5・27（辻） | 日大総図 | 新富 | 明治年間東日記 | メイジネンカンアズマニッキ | 桜田治助 | | 全：上野戦争に敗れて根岸飛鳥山などを通つて脱走した彰義隊が函館に立 |
| 6・3（役） | 日大総図 | | けいせい阿波の鳴戸 | ケイセイアワノナルト | 松島松作 | | |
| 6・3（絵） | 日大総図 | | 花菖蒲団扇絵合※1 | ハナショウブウチワノエアワセ | 藤本基輔 | | |

| | |
|---|---|
| | 明治8<br>7・9（辻）<br>7・11（役）<br>7・11（絵） |
| | 日大総図<br>早大演博<br>東大総合 |
| | 新富 |
| 花台蝶狂舞　※2<br>商法開化姿　※3 | 復讐殿下茶屋聚<br>太平記曦鎧<br>道成寺真似三面 |
| ハナウテナチョウノクセマイ<br>ショウホウカイカスガタエ | フクシュウテンガチャヤムラ<br>タイヘイキアサヒノヨロイ<br>ドウジョウジマネテミツメン |
| 松島陸二<br>篠田金治<br>梅沢馨輔<br>梅沢皎二<br>狂言堂左交<br>竹柴栄治<br>竹柴寿作<br>竹柴半蔵<br>竹柴進三<br>河竹新七<br>竹柴金作 | 桜田治助<br>松島松作<br>藤本基輔<br>松島陸二<br>篠田金治<br>梅沢馨輔<br>梅沢皎二<br>狂言堂左交<br>竹柴栄治 |
| | |
| て籠り切腹せんとし官軍と和睦するまでを取扱ふ | |

| | | | | | | | |
|---|---|---|---|---|---|---|---|
| | | | | | 竹柴寿作 | | |
| | | | | | 竹柴半蔵 | | |
| | | | | | 竹柴進三 | | |
| | | | | | 河竹新七 | | |
| | | | | | 竹柴金作 | | |
| 明治8 8・10（辻） | 日大総図 | 中村 | 裏表柳団画 | ウラオモテヤナギノウチワエ | 瀬川如皐 | 東大総合 | ◆講談「柳澤騒動」を脚 |
| 8・15（絵） | 国立劇場 | 新堀 | 夢結朝妻船 | ユメムスブアサヅマブネ | 木村園鳧 | （明治12写4） | 色 |
| 8・16（役） | 東大総合 | （合併） | | | 竹柴昇三 | | |
| | | | | | 竹柴為吉 | | |
| | | | | | 竹柴清吉 | | |
| | | | | | 河竹新七 | | |
| | | | | | 桜田左交 | | |
| | | | | | 竹柴金作 | | |
| | | | | | 竹柴豊蔵 | | |
| | | | | | 竹柴金三 | | |
| | | | | | 竹柴吉蔵 | | |
| | | | | | 竹柴左吉 | | |
| | | | | | 竹柴繁造 | | |
| 明治8 9・29（辻） | 日大総図 | 新富 | 筑紫巷談浪白縫 | ツクシコウダンナミノシラヌイ | 桜田治助 | | ◆講談「黒田騒動」を脚 |
| 10・1（役） | 国立劇場 | | 双蝶仝曲輪日記 | フタツチョウチョウクルワニッキ | 松島松作 | | 色 |

| | | | | | | | |
|---|---|---|---|---|---|---|---|
| 10・1（絵） | 日大総図 | | | | 藤本基輔<br>松島陸二<br>篠田金治<br>梅沢馨輔<br>梅沢皎二<br>狂言堂左交<br>竹柴栄治<br>竹柴寿作<br>竹柴富蔵<br>竹柴進三<br>河竹新七<br>竹柴金作 | | 他・右は新富座にて黙阿弥筋書出来上り金作進三（後に其水）寿作栄治等に原稿をわたし脚色せり其砌黙阿弥眼病にて金作師匠に替り一部を目を通し直す所は直せり依て決して金作の作に非ず筋を出したる黙阿弥の作なり（菊左等證人）（「歌舞伎」第一次第十号明治三十四年三月「三世河竹新七の著作に就て」竹柴其水） |
| 明治8<br>10・14（辻） | 国立劇場 | 中村 | 実成秋清正伝記 | ミノリノアキセイシヨウデンキ | 竹柴金作 | | |
| 10・16（役） | 早大演博 | 新堀 | 勧進帳 | カンジンチョウ | 竹柴幸治 | | |
| 10・16（絵） | 国立劇場 | （合併） | 質庫魂入替 | シチヤノクラココロノイレカエ | 竹柴為三<br>木村園鳧<br>竹柴栄治 | | |

| | | | | | | | | |
|---|---|---|---|---|---|---|---|---|
| | | | | | | 竹柴清吉 | | |
| | | | | | | 竹柴昇三 | | |
| | | | | | | 竹柴繁造 | | |
| | | | | | | 河竹新七 | | |
| 明治8 | 11・13（辻） | 国立劇場 | 新富 | 初深雪佐野鉢木 | ハツミユキサノノハチノキ | 桜田治助 | | ◆講談「佐野の鉢の木」を脚色 |
| | 11・14（役） | 日大総図 | | 夜講釈勢力譚話 | ヨゴウシャクセイリキバナシ | 松島松作 | | |
| | 11・14（絵） | 日大総図 | | 笛澄月白浪 | フエモスムツキノシラナミ | 藤本基輔 | | |
| | | | | | | 松島陸二 | | |
| | | | | | | 篠田金治 | | |
| | | | | | | 梅沢馨輔 | | |
| | | | | | | 梅沢皎二 | | |
| | | | | | | 狂言堂左交 | | |
| | | | | | | 竹柴栄治 | | |
| | | | | | | 竹柴寿作 | | |
| | | | | | | 竹柴富蔵 | | |
| | | | | | | 竹柴進三 | | |
| | | | | | | 河竹新七 | | |
| | | | | | | 竹柴金作 | | |
| 明治9 | 1・13（辻） | 国立劇場 | 新富 | 善悪両輪妙仝車 | ゼンアクリョウワミヨウミョウグルマ | 桜田治助 | | ◆合巻『童謡妙々車』 |
| | 1・15（役） | 早大演博 | | 六歌撰名歌姿画 | ロッカセンメイカノスガタエ | 松島松作 | | （種員）の脚色 |

| | |
|---|---|
| 1・15（絵） | 明治9　3・1（辻） |
| 日大総図 | 国立劇場 |
| | 中村 |
| | 鎌倉山春朝比奈 |
| | カマクラヤマハルノアサヒナ |
| 松島陸二<br>篠田金治<br>松島馨輔<br>狂言堂左交<br>河竹新七<br>竹柴新七<br>竹柴寿作<br>竹柴富蔵<br>竹柴進三<br>竹柴金作<br>竹柴彦太郎<br>竹柴繁造 | 瀬川如皐 |
| | |
| 続々：柳下亭種員作の草冊紙を河竹が脚色せしものにて魔度六志度六の因果物語り当時の人気にかなひて評能く此時菊五郎新聞講談師梅龍に扮し海賊荒灘の悪事の顛末を講じ聴衆に交り居たる芝翫の荒灘是を聞きて悔悟の念を生じ我が罪悪を名乗つていて公議の仕置を受ると云ふなるが菊五郎の梅龍は其頃講談界の利きもの田邊南龍松林伯圓など新聞續き物を講じる事が流行したる故いつも流行に投じて筆を取る河竹ゆゑ是をはめ込みたるものなりと云へり | ※1：辻・役割に記載 |

| | | | | | | | | |
|---|---|---|---|---|---|---|---|---|
| | 3・8（絵） | 東大総合 | | 御摂鄭文章　※1 | ゴヒイキクルワブンショウ | 竹柴左吉<br>竹柴吉蔵<br>桜田左交<br>竹柴金蔵<br>竹柴昇三<br>竹柴繁造<br>竹柴金作<br>竹柴銀蔵<br>竹柴為三<br>木村園鳧<br>河竹新七 | | ※2：絵本のみ記載<br>続々：壱番目の朝比奈は星月夜顕晦録を骨子としたるもの |
| | 3・9（役） | 小宮（写 | | 復茲鄭文章　※2 | マタココニクルワブンショウ | | | |
| 明治9 | 3・25（辻） | 国立劇場 | 新富 | 川中島東都錦画 | カワナカジマアズマニシキエ | 桜田治助<br>松島松作<br>松島陸二<br>篠田金治<br>松島馨輔<br>狂言堂左交<br>河竹新七<br>竹柴寿作<br>竹柴富蔵 | | ◆講談「甲陽軍記」を脚色 |
| | 3・29（役） | 竹内（写 | | 昔風俗替新兵衛 | ムカシブリカエテシンベエ | | | |
| | 3・29（絵） | 東大総合 | | | | | | |

| | | | | | | | |
|---|---|---|---|---|---|---|---|
| | | | | | 竹柴進三<br>竹柴金作<br>竹柴幸治<br>竹柴彦太郎<br>竹柴繁造 | | |
| 明治9　5・11（辻） | 国立劇場 | 中村 | 牡丹平家譚 | ナトリグサヘイケモノガタリ | 瀬川如皐<br>竹柴左吉<br>竹柴吉蔵<br>桜田左交<br>竹柴金三<br>竹柴昇三<br>竹柴繁造<br>竹柴金作<br>竹柴銀蔵<br>竹柴為三<br>木村園鳧<br>河竹新七 | | 全：新歌舞伎十八番の一。 |
| 5・16（役） | 国立劇場 | | 白柄黒手廓達引 | ユキトスミクルワノタテヒキ | | | |
| 5・16（絵） | 国立劇場 | | 忍岡恋曲者 | シノブガオカコイノクセモノ | | | |
| | | | 初会浦島廓釣針 | ショカイウラシマサトノツリバリ | | | |
| 明治9　6・3（辻） | 国立劇場 | 新富 | 早苗鳥伊達聞書 | ホトトギスダテノキキガキ | 桜田治助<br>松島松作<br>松島陸二 | | ◆講談「伊達騒動」を脚色 |
| 6・7（役） | 国立劇場 | | 三社祭礼巴提灯 | サンジャマツリトモエノチョウチン | | | |
| 6・7（絵） | 早大演博 | | | | | | |

| | |
|---|---|
| | 明治9<br>9・15（辻）<br>9・18（役）<br>9・18（絵） |
| | 国立劇場<br>竹内（写<br>東大総合 |
| | 新富 |
| | 音響千成瓢<br>出世娘瓢簪<br>紫野辺一本 |
| | オトニヒビクセンナリヒサゴ<br>シュッセムスメヒサゴノサシモノ<br>ユルシノイロノベノヒトモト |
| 篠田金治<br>松島馨輔<br>狂言堂左交<br>河竹新七<br>竹柴寿作<br>竹柴富蔵<br>竹柴進三<br>竹柴金作<br>竹柴幸治<br>竹柴彦太郎<br>竹柴繁造 | 桜田治助<br>松島松作<br>松島陸二<br>篠田金治<br>松島馨輔<br>狂言堂左交<br>河竹新七<br>竹柴寿作<br>竹柴富蔵 |
| | |
| | ◆講談「太閤記」を脚色<br>全：すべて一番目の太閤記を世話で行つた趣向で、材料は春水の人情本であつた（「出世」） |

| | | | | | | | |
|---|---|---|---|---|---|---|---|
| | | | | | 竹柴進三　竹柴金作　竹柴幸治　竹柴彦太郎　竹柴繁造 | | |
| 明治9　10・25（辻） | 早大文演 | 中村 | 忠孝いろは単語 | チュウコウイロハタンゴ | ナシ | | |
| 10・29（絵） | 東大総合 | | 関取千両幟 | セキトリセンリョウノボリ | | | |
| 明治9　11・1（辻） | 東大総合 | 新富 | 天草日誌劇新聞 | アマクサニッシカブキノシンブン | 竹柴金作　竹柴繁造　竹柴富蔵　竹柴寿作　竹柴彦太郎　竹柴幸治　竹柴進三　河竹新七　狂言堂左交　松島松作　松島陸二　篠田金治　松島馨輔 | | |
| 11・3（役） | 竹内（写 | | 月雪花名歌姿絵 | ツキユキハナメイカノスガタエ | | | |
| 11・3（絵） | 東大総合 | | | | | | |

| | | | | | | | |
|---|---|---|---|---|---|---|---|
| 明治10<br>4・9（辻）<br>4・11（役）<br>4・11（絵） | 国立劇場<br>早大演博<br>早大演博 | 新富 | 新舞台恩恵景清<br>近江源氏先陣館<br>富士額男女繁山<br>夕立碑春電<br>鈴音獅子翫 | シンブタイメグミノカゲキヨ<br>オウミゲンジセンジンヤカタ<br>フジビタイツクバノシゲヤマ<br>ユウダチヅカハルノイナヅマ<br>スズノオトシシノタワムレ | 竹柴金作<br>竹柴幸治<br>竹柴富蔵<br>竹柴繁造<br>竹柴彦太郎<br>竹柴耕作<br>竹柴進三<br>河竹新七<br>狂言堂<br>松島松作<br>松島陸二<br>篠田金治<br>松島馨輔 | 早大演博 | 全：評判のよい明治式世話物であつた。（「富士」） |
| 明治10<br>6・9（辻）<br>6・11（役）<br>6・11（絵） | 国立劇場<br>早大演博<br>早大演博 | 新富 | 一谷嫩軍記<br>敵討檻褸錦<br>勧善懲悪孝子誉<br>夢見草葉蔭一声<br>一筆画両面団扇 | イチノタニフタバグンキ<br>カタキウチツヅレノニシキ<br>カンゼンチョウアクコウシノホマレ<br>ユメミグサハカゲノヒトコエ<br>ヒトフデガキリョウメンウチワ | 竹柴金作<br>竹柴幸次<br>竹柴為三<br>竹柴繁造<br>竹柴彦太郎<br>竹柴耕作<br>竹柴進三 | | 全：此の作は、作者が甞て横浜で外役場を実見して出来たもの |

| | | | | | | | |
|---|---|---|---|---|---|---|---|
| | | | | | 河竹新七 | | |
| | | | | | 狂言堂 | | |
| | | | | | 松島松作 | | |
| | | | | | 松島陸二 | | |
| | | | | | 篠田金治 | | |
| | | | | | 松島馨輔 | | |
| 明治10 8・7（辻） | 国立劇場 | 新富 | 二幅対文武掛物 | ニフクツイブンブノカケモノ | 墨板 | 東大総合（3・3） | |
| 8・11（役） | 竹内（写 | | 二度曠着昔八丈 | ニドノハレギムカシハチジョウ | | | |
| 8・11（絵） | 早大演博 | | 千種花月氷 | チグサノハナツキノコオリ | | | |
| 明治10 12・1（辻） | 日大総図 | 新富 | 黄門記童幼講釈 | コウモンキオサナコウシャク | 竹柴金作 | | ◆講談「水戸黄門記」を脚色 |
| 12・2（役） | 竹内（写 | | 街明治世賑 | チマタアカルキヂセイノニギワイ | 竹柴幸治 | | |
| 12・2（絵） | 竹内（写 | | | | 松島陸治 | | |
| | | | | | 篠田金治 | | |
| | | | | | 竹柴繁造 | | |
| | | | | | 竹柴瓢助 | | |
| | | | | | 松島馨輔 | | |
| | | | | | 竹柴耕作 | | |
| | | | | | 竹柴進三 | | |
| | | | | | 河竹新七 | | |
| 明治11 1・1（辻） | 国立劇場 | 新富 | 児模様曽我館染 | チゴモヨウソガノゴショゾメ | 竹柴金作 | | |

| | | | | | | | |
|---|---|---|---|---|---|---|---|
| 1・1（役） | 国立劇場 | | 柳風吹矢の糸条 | ヤナギニカゼフキヤノイトスジ | 竹柴幸治<br>松島陸治<br>篠田金治<br>竹柴瓢助<br>松島馨輔<br>竹柴耕作<br>竹柴進三<br>河竹新七 | | |
| 1・1（絵） | 早大演博 | | | | | | |
| 明治11 2・21（辻） | 日大総図 | 新富 | 西南雲晴朝東風 | オキゲノクモハラウアサゴチ | 竹柴金作 | | 全：際物の事とて大成功を得、八十日間も打続けたといふ。 |
| 2・23（役） | 早大演博 | | 是珍聞描根津美 | コレハチンブンネコトネズミ | 竹柴幸治<br>松島陸治<br>篠田金治<br>竹柴繁造<br>竹柴瓢助<br>松島馨輔<br>竹柴耕作<br>竹柴進三<br>河竹新七 | | |
| 2・23（絵） | 早大演博 | | | | | | |
| 明治11 6・10（辻） | 保科（写 | 新富 | 松栄千代田神徳 | マツノサカエチヨダノシントク | 竹柴金作 | | 全：開場式の狂言で成功した。日の出に瓦斯の灯 |
| 6・10（絵役） | 東大総合 | | 牡丹蝶扇彩 | ボタンニチョウオウギノイロドリ | 竹柴繁造 | | |

| | | | | | | | |
|---|---|---|---|---|---|---|---|
| | | | | | 松島陸次<br>竹柴為三<br>竹柴瓢助<br>篠田金治<br>竹柴常次<br>松島馨輔<br>竹柴幸次<br>竹柴進三<br>河竹新七 | | を用ひたのは此の時が始めてであった。 |
| 明治11 7・12（辻）<br>7・15（役）<br>7・15（絵） | 国立劇場<br>早大演博<br>東大総合 | 都 | 松入江彩加賀染<br>縦横浜孝子新織<br>恋闇雨古寺※1 | マツニイリエイロエノカガゾメ<br>タテトヨコハマコウシノシンオリ<br>コイノヤミアメノフルデラ | 瀬川如皐<br>竹柴昇三<br>竹柴清吉<br>木村園鳧<br>竹柴銀蔵<br>竹柴小柴<br>竹柴金三<br>竹柴繁造<br>河竹新七<br>竹柴金作 | | ※1：辻のみ記載<br>◆岩亀楼亀遊の貞死と妻木市之丞の仇討 |
| 明治11 8・9（辻） | 保科（写 | 新富 | 舞台明治世夜劇 | ブタイアカルキヂセイノヨシバイ | ナシ | | |

| | | | | | | | |
|---|---|---|---|---|---|---|---|
| 8・11（絵役） | 早大演博 | | | | | | |
| 明治11 9・5（辻） | 国立劇場 | 都 | 花紅葉根津神籬 | ハナモミジネヅノカミガキ | 瀬川如皐 | 東大総合（3） | ・東大総合台帳は「雨…」のみ |
| 9・10（絵役） | 日大総図 | | 雨催月笠森 | アマモヨイツキノカサモリ | 竹柴昇三 | | ◆講談「根津宇右衛門」を脚色 |
| | | | 当秋豊栄祀 | デキアキホウエイマツリ | 竹柴清吉 | | |
| | | | | | 木村園鳧 | | |
| | | | | | 竹柴銀蔵 | | |
| | | | | | 竹柴小柴 | | |
| | | | | | 竹柴金三 | | |
| | | | | | 竹柴繁造 | | |
| | | | | | 河竹新七 | | |
| | | | | | 竹柴金作 | | |
| 明治11 9・23（辻） | 国立劇場 | 市村 | 二蓋笠江島参詣 | ニカイガサエノシマモウデ | 竹柴金作 | | ◆講談（柳生家督定め）の脚色 |
| 9・29（絵役） | 小宮（写 | | 通俗西遊記 | ツウゾクサイユウキ | 竹柴昇三 | | |
| | | | | | 竹柴清吉 | | |
| | | | | | 竹柴亀次 | | |
| | | | | | 竹柴繁造 | | |
| | | | | | 木村園鳧 | | |
| | | | | | 竹柴豊蔵 | | |
| | | | | | 竹柴小柴 | | |
| | | | | | 竹柴金三 | | |

| | | | | | | | |
|---|---|---|---|---|---|---|---|
| | | | | | 竹柴銀蔵<br>スケ河竹新七 | | |
| 明治11 10・15（辻）<br>10・15（絵役） | ボストン美<br>東大総合 | 新富 | 日月星享和政談<br>二張弓千種重藤<br>女夫同士意裏表 | ジツゲツセイキョウワセイダン<br>ニチョウノユミチグサノシゲドウ<br>メオトドシココロノウラウエ | 竹柴金作<br>竹柴繁造<br>松島陸次<br>竹柴為三<br>竹柴瓢助<br>篠田金治<br>竹柴常次<br>松島馨助<br>竹柴幸次<br>竹柴進三<br>河竹新七 | 早大演博 | ◆講談「延命院」を脚色<br>全：此の芝居を魯文が評し、始めて活歴と呼んだのである。 |
| 明治11 10・29（辻）<br>11・1（絵役） | 東大総合<br>東大総合 | 都 | 童歌舗島譚<br>義重忠士礎<br>復花雨契雲 | ワラベウタシキシマモノガタリ<br>ギハオモキチュウシノイシズエ<br>カエリバナアメトナルクモ | 瀬川如皐<br>竹柴昇三<br>竹柴清吉<br>木村園鼂<br>竹柴銀蔵<br>竹柴小柴<br>竹柴金三 | | |

| | | | | | | | |
|---|---|---|---|---|---|---|---|
| | | | | | 竹柴繁造 河竹新七 竹柴金作 | | |
| 明治11 11・9（辻） | 早大文演 | 市村 | 紀文大尽廓入船 | キブンダイジンクルワノイリフネ | 竹柴金作 竹柴昇三 竹柴清吉 竹柴亀次 竹柴繁造 木村園鼂 竹柴豊蔵 竹柴小芝 竹柴金三 竹柴銀蔵 スケ河竹新七 | | |
| 11・11（絵役） | 小宮（写 | | 全盛遊黄金豆蒔 | ゼンセイアソビコガネノマメマキ | | | |
| 明治11 11・27（辻） | 国立劇場 | 新富 | 仮名手本忠臣蔵 | カナデホンチュウシングラ | ナシ | | |
| 11・27（絵役） | 早大演博 | | しばらく | シバラク | | | |
| | | | 東花一座顔見世 | アズマノハナイチザノカオミセ | | | |
| 明治11 12・10（辻） | 東大総合 | 都 | 英雄伝勝負宮本 | エイユウデンショウブノミヤモト | | | |
| 明治11 12・26（辻） | 早大文演 | 市村 | 寒稽古春獅子舞 | カンゲイコハルノシシマイ | ナシ | | |
| 12・26（絵役） | 早大演博 | | 道行三度笠 | ミチユキサンドガサ | | | |

| | | | | | | | |
|---|---|---|---|---|---|---|---|
| 明治12 1・4（辻） | 日大総図 | 新富 | 仮名手本忠臣蔵 | カナデホンチュウシングラ | ナシ | | |
| 1・4（絵役） | 早大演博 | | 積恋雪関扉 | ツモルコイユキノセキノト | | | |
| 明治12 2・12（辻）<br>2・16（絵役） | 早大文演<br>竹内（写 | 市村 | 佐野系図由緒調<br>正権妻梅柳新聞<br>墨川流清元 | サノケイズユイショシラベ<br>フタリヅマバイリュウシンブン<br>スミダガワナガレノキヨモト | 竹柴金作<br>竹柴昇三<br>竹柴清吉<br>竹柴瓶三<br>竹柴繁造<br>木村園鳧<br>竹柴豊蔵<br>竹柴小芝<br>竹柴金三<br>竹柴銀蔵<br>スケ河竹新七 | | |
| 明治12 2・28（辻）<br>2・28（絵役） | 御園座図<br>東大総合 | 新富 | 赤松満祐梅白旗<br>勧進帳<br>人間万事金世中<br>魁花春色音黄鳥 | アカマツマンユウウメノシラハタ<br>カンジンチョウ<br>ニンゲンバンジカネノヨノナカ<br>カイカノハルイロネノウグイス | 竹柴金作<br>竹柴繁造<br>松島陸次<br>竹柴為三<br>竹柴瓢助<br>篠田金治<br>竹柴常次 | 東大総合<br>（明治23写2・2） | ◆小説『マネー』（リットン）を脚色<br>西洋文学の影響をうけた作<br>全：此作はリットンの小説の梗概を桜痴居士が作者に語り、それを翻案し |

| | | | | | | | |
|---|---|---|---|---|---|---|---|
| | | | | | 松島馨助<br>竹柴幸次<br>竹柴進三<br>河竹新七 | | た喜劇（「人間」） |
| 明治12　4・15（辻）<br>4・16（絵役） | 早大文演<br>国立劇場 | 市村 | 鹿児島銘仝伝記<br>鳥越甚内夢物語<br>信州川中島<br>本朝廿四孝<br>花雨濡袖棲 | カゴシマメイメイデンキ<br>トリコエジンナイユメモノガタリ<br>シンシュウカワナカジマ<br>ホンチョウニジュウシコウ<br>ハナノアメヌレルソデツマ | 竹柴金作<br>竹柴昇三<br>竹柴清吉<br>竹柴瓶三<br>竹柴繁造<br>木村園鼂<br>竹柴豊蔵<br>竹柴小芝<br>竹柴金三<br>竹柴銀蔵<br>スケ河竹新七 | | |
| 明治12　5・28（辻）<br>5・29（絵役） | 国立劇場<br>東大総合 | 新富 | 綴合於伝仮名書<br>花洛中山城名所<br>明烏今朝噂<br>昔繍廓鞘当 | トジアワセオデンノカナブミ<br>ハナノミヤコヤマシナメイショ<br>アケガラスケサノウワサ<br>ムカシモヨウサトノサヤアテ | 竹柴金作<br>竹柴繁造<br>松島陸次<br>竹柴為三<br>竹柴瓢助 | | ◆小説『高橋お伝夜叉譚』（仮名垣魯文）を脚色（「綴合」）<br>続々：世の中を騒がせたる談柄なるを例の仮名垣 |

篠田金治
竹柴常次
松島馨助
竹柴幸次
竹柴進三
河竹新七

魯文いち早くも小説にものし（略）噂高き事柄とて売行頗る能く忽ちにして数千部を売尽したりと聞き常に流行に眼をそゝぎていつも人後に立ちたる事無き河竹新七直ちに筆を執つて一部の狂言に脚色したるものなり尤も是迄も新聞物を芝居に仕組みたる例の無きにはあらねど僅かに三面の記事を捉へ来り是れを補足するか然らざれば新聞種と号別に新案を立て所謂ざんぎりものとして興行せし事は各座に於ても間々見懸けたる事なるが新聞記事を其まゝに脚色し際物的に興行したるは実に

| | | | | | | | |
|---|---|---|---|---|---|---|---|
| | | | | | | | 此狂言が始まりなり |
| 明治12　6・2（辻） | 国立劇場 | 市村 | 仮名手本忠臣蔵 | カナデホンチュウシングラ | ナシ | | |
| 6・2（絵役） | 東大総合 | | 花菖蒲男鑑 | ハナショウブオトコカガミ | | | |
| 明治12　7・3（辻） | 早大演博 | 猿若 | 忠孝染分？ | チュウコウソメワケタヅナ | ナシ | | |
| 7・5（絵役） | 早大演博 | | 子持高尾松貞操<br>時鳥袖降雨<br>妹舎贖関守<br>昔噺額面戯 | コモチタカオマツノミサオ<br>ホトトギスソデニフルアメ<br>イモガヤドヒトメノセキモリ<br>ムカシバナシガクノタワムレ | | | |
| 明治12　7・16（続々） | 未見 | 新富 | 後三年奥州軍記 | ゴサンネンオウシュウグンキ | 未見 | | 全：グランド招待に就き、彼れの立志伝を引き直して書いたものである。<br>◆7月、米国大統領グラント来日 |
| 明治12　9・1（辻） | 日大総図 | 新富 | 源平布引滝<br>其俤四季の写絵<br>漂流奇談西洋劇 | ゲンペイヌノビキノタキ<br>ソノオモカゲシキノウツシエ<br>ヒョウリュウキダンセイヨウカブキ | 竹柴金作<br>竹柴瓢助<br>松島馨助<br>竹柴常吉<br>篠田金治<br>竹柴豊蔵<br>竹柴為三 | | 全：横浜まで洋劇の正物を見に行つて企て、西洋の事情は洋行帰りの官吏などに聞いたもの<br>◆西洋文化の影響がみられる作 |
| 9・1（絵役） | 東大総合 | | | | | | |

| | | | | | | |
|---|---|---|---|---|---|---|
| | | | | | 松島陸治<br>竹柴繁造<br>河竹新七<br>竹柴幸治<br>竹柴進三 | |
| 明治12 10・1(辻)<br>10・3(絵役) | 早大演博<br>早大演博 | 猿若 | 寿永秋大仏供養<br>一谷嫩軍記<br>関取二代勝負付<br>業競葵神画垣 | ジュエイノアキダイブツクヨウ<br>イチノタニフタバグンキ<br>セキトリセンリョウノボリ<br>ワザクラベアオイノカミガキ | 竹柴繁造<br>竹柴昇三<br>竹柴清吉<br>竹柴瓶三<br>木村園鳧<br>木村晋吉<br>竹柴小芝<br>竹柴金三<br>竹柴銀蔵<br>竹柴金作<br>スケ河竹新七 | |
| 明治12 10・29(辻)<br>10・29(絵役) | 日大総図<br>国立劇場 | 新富 | 鏡山錦栬葉<br>中宵宮五人侠客 | カガミヤマニシキノモミジバ<br>ナカモヨミヤゴニンオトコ | 竹柴金作<br>竹柴瓢助<br>松島馨助<br>竹柴常吉 | ◆講談「加賀騒動」を脚色 |

| | | | | | | | |
|---|---|---|---|---|---|---|---|
| | | | | | 篠田金治 竹柴豊蔵 竹柴為三 松島陸治 竹柴繁造 河竹新七 竹柴幸治 竹柴進三 | | |
| 明治12 11・6（辻） | 早大文演 | 市村 | 敵討宝来松 | カタキウチホウライノマツ | 竹柴銀蔵 | | |
| 11・6（絵役） | 早大演博 | | 増補妹背山 道行恋の苧玉巻 | ゾウホイモセヤマ ミチユキコイノオダマキ | 竹柴昇三 竹柴清吉 竹柴瓶三 木村園鬼 木村晋吉 竹柴小芝 竹柴金三 竹柴繁造 竹柴金作 スケ河竹新七 | | |
| 明治13 1・13（辻） | 東大総合 | 猿若 | 金目貫一輪牡丹 | キンメヌキイチリンボタン | 竹柴繁造 | | |

| | | | | | |
|---|---|---|---|---|---|
| 1・13（絵役） | 東大総合 | | 三千両初荷末広<br>恋飛脚大和往来<br>道行三度笠<br>福在原系図 | サンゼンリョウハツニノフジナリ<br>コイビキャクヤマトオウライ<br>ミチユキサンドガサ<br>サイワイアリワラケイズ | 竹柴昇三<br>竹柴清吉<br>竹柴瓶三<br>木村園鳧<br>木村晋吉<br>竹柴小芝<br>竹柴金三<br>竹柴銀蔵<br>竹柴金作<br>スケ河竹新七 |
| 明治13<br>1・14（辻）<br>1・14（絵役） | 保科（写<br>早大演博 | 新富 | 御存白石噺<br>桃山譚<br>劇春霞網島<br>滑稽膝栗毛 | ゴゾンジシライシバナシ<br>モモヤマモノガタリ<br>カブキノハルカスミノアミジマ<br>コッケイヒザクリゲ | 竹柴金作<br>竹柴瓢助<br>松島馨助<br>竹柴常吉<br>篠田金治<br>竹柴豊蔵<br>竹柴為三<br>松島陸治<br>竹柴繁造<br>河竹新七 |

| | | | | | | | |
|---|---|---|---|---|---|---|---|
| | | | | | 竹柴幸治<br>竹柴進三 | | |
| 明治13<br>2・18（辻）<br>2・22（絵役） | 東大総合<br>東大総合 | 猿若 | 両車録由井演説<br>祇園祭礼信仰記<br>春色二人道成寺 | リョウシャロクユイノエンゼツ<br>ギオンサイレイシンコウキ<br>シュンショクニニンドウジョウジ | 竹柴繁造<br>竹柴昇三<br>竹柴清吉<br>竹柴瓶三<br>木村園鳧<br>木村晋吉<br>竹柴小芝<br>竹柴金三<br>竹柴銀蔵<br>竹柴金作<br>スケ河竹新七 | | |
| 明治13<br>3・1（辻）<br>3・3（絵役） | 国立劇場<br>東大総合 | 市村 | 伊達評定春読物<br>国性爺合戦<br>商法六歌仙 | ダテヒョウジョウハルノヨミモノ<br>コクセンヤガッセン<br>ショウホウロッカセン | 竹柴銀蔵<br>竹柴昇三<br>竹柴清吉<br>竹柴瓶三<br>木村園鳧<br>紀村鴻二<br>竹柴小芝 | | |

| | | | | | | | |
|---|---|---|---|---|---|---|---|
| | | | | | 竹柴金三<br>竹柴繁造<br>竹柴金作<br>スケ河竹新七 | | |
| 明治13 3・12（辻）<br>3・12（絵役） | 日大総図<br>東大総合 | 新富 | 日本晴伊賀報讐<br>六歌仙狂画墨塗 | ニッポンバレイガノアダウチ<br>ロッカセンキョウガノスミヌリ | 竹柴金作<br>竹柴瓢助<br>松島馨助<br>竹柴常吉<br>篠田金治<br>竹柴豊蔵<br>竹柴為三<br>松島陸治<br>竹柴繁造<br>河竹新七<br>竹柴幸治<br>竹柴進三 | 早大演博 | ◆講談「伊賀越仇討」を脚色 |
| 明治13 4・29（辻）<br>4・29（絵役） | 国立劇場<br>東大総合 | 市村 | 万国取茶入墨付<br>壇浦兜軍記<br>百人町高評一諷<br>仇結縁橋本 | マンゴクドリチャイレノスミツキ<br>ダンノウラカブトグンキ<br>ヒャクニンマチウワサノヒトフシ<br>アダムスブエンノハシモト | 竹柴銀蔵<br>竹柴昇三<br>竹柴清吉<br>竹柴瓶三 | | |

| | | | | | | | |
|---|---|---|---|---|---|---|---|
| | | | 幟時鯉高旗 | ノボリドキコイモタカバタ | 木村園鳧<br>紀村鴻二<br>竹柴小芝<br>竹柴金三<br>竹柴繁三<br>竹柴金作<br>スケ河竹新七 | | |
| 明治13　5・21（辻）<br>5・23（絵役） | 早大文演<br>東大総合 | 猿若 | 有松染相撲浴衣<br>花上野誉碑<br>流行玉兎合 | アリマツゾメスモウユカタ<br>ハナノウエノホマレノイシブミ<br>リュウコウコウサギアワセ | 竹柴繁造<br>竹柴昇三<br>竹柴清吉<br>竹柴瓶三<br>木村園鳧<br>木村晋吉<br>竹柴小芝<br>竹柴金三<br>竹柴銀蔵<br>竹柴金作<br>スケ河竹新七 | 早大演博 | ◆講談「百猫伝」「雷電小野川相撲の達引」 |
| 明治13　6・15（辻）<br>6・15（絵役） | 国立劇場<br>早大演博 | 新富 | 星月夜見聞実記<br>霜夜鐘十字辻筮 | ホシヅキヨケンモンジッキ<br>シモヨノカネジュウジノツジウラ | 竹柴金作<br>竹柴瓢助 | | |

| | | | | | | | |
|---|---|---|---|---|---|---|---|
| | | | 二十日月中宵闇<br>首尾四谷色大山 | ハツカヅキナカモヨイヤミ<br>シュビモヨツヤイロニオオヤマ | 松島馨助<br>竹柴常吉<br>篠田金治<br>竹柴耕作<br>竹柴常吉<br>松島陸治<br>竹柴繁造<br>河竹新七<br>竹柴幸治<br>竹柴進三 | | |
| 明治13 7・11（辻）<br>7・11（絵役） | 国立劇場<br>国立劇場 | 猿若 | 櫓幕狂言尽<br>伊勢音頭恋寝刃<br>業競葵神垣 | ヤグラマクキョウゲンヅクシ<br>イセオンドモイノネタバ<br>ワザクラベアオイノカミガキ | ナシ | | |
| 明治13 10・20（辻）<br>10・22（絵役） | 国立劇場<br>東大総合 | 市村 | 嵯峨奥妙猫奇談<br>女夫<br>草枕露濡衣 | サガノオクミョウミョウキダン<br>メオトムスビシシトウウシワカ<br>クサマクラツユニヌレギヌ | 竹柴銀蔵<br>竹柴昇三<br>竹柴清吉<br>紀村鴻二<br>木村園兒<br>竹柴瓶三<br>竹柴金三 | | |

| | | | | | | | |
|---|---|---|---|---|---|---|---|
| | | | | | 竹柴繁造<br>竹柴金作<br>スケ河竹新七 | | |
| 明治13 11・6（辻）<br>11・6（絵役） | 日大総図<br>竹内（写 | 新富 | 茶臼山凱歌陣立<br>木間星箱根鹿笛<br>樹仝錦旅路土産 | チャウスヤマガイカノジンダテ<br>コノマノホシハコネノシカブエ<br>キギノニシキタビノイエヅト | 竹柴金作<br>竹柴瓢助<br>竹柴為三<br>竹柴豊蔵<br>篠田金治<br>竹柴耕作<br>竹柴常吉<br>松島陸治<br>竹柴繁造<br>河竹新七<br>竹柴幸治<br>竹柴進三 | 早大演博 | 全：大坂冬の陣 |
| 明治13 11・23（辻）<br>11・24（絵役） | 国立劇場<br>東大総合 | 猿若 | 帰咲桜荘子<br>新曲胡蝶舞<br>豊年折拍手 | カエリザキサクラソウシ<br>シンキョクコチョウノマイ<br>ホウネンヲイノルカシワデ | ナシ | | |
| 明治14 1・6（辻）<br>1・6（絵役） | 国立劇場<br>東大総合 | 市村 | 新賀初音鶯<br>鎌倉三代記 | アラタヲガスハツネノウグイス<br>カマクラサンダイキ | 墨板 | | |

| | | | | | | | |
|---|---|---|---|---|---|---|---|
| | | | 再版歌祭文<br>明烏廓初雪 | サイハンウタザイモン<br>アケガラスサトノハツユキ | | | |
| 明治14　1・12（辻）<br>1・12（絵役） | 保科（写<br>東大総合 | 新富 | 松梅雪花三吉野 | アイジュノユキハナトミヨシノ | ナシ | | |
| 明治14　2・5（辻）<br>2・7（絵役） | 東大総合<br>小宮（写 | 春木 | 北雪美談時代鏡<br>田三升初女鳴神 | ホクセツビダンジダイカガミ<br>タノミマスオボコノナルカミ | 竹柴銀蔵<br>竹柴金三<br>竹柴音次<br>竹柴清吉<br>竹柴昇三<br>スケ河竹新七 | | |
| 明治14　3・4（辻）<br>3・7（絵役） | 早大文演<br>東大総合 | 市村 | 弓張月源家鏑箭<br>日高川紀国名所<br>蛇籠渕疾妬仇浪 | ユミハリヅキゲンケノカブラヤ<br>ヒダカガワキノクニメイショ<br>ジャカゴガフチシットノアダナミ | 竹柴銀蔵<br>竹柴昇三<br>竹柴清吉<br>木村園鬼<br>紀村鴻二<br>竹柴瓶三<br>竹柴金三<br>竹柴繁造<br>竹柴金作<br>スケ河竹新七 | | |

| | | | | | | | |
|---|---|---|---|---|---|---|---|
| 明治14<br>3・31（辻）<br>3・31（絵役）<br>5・4（辻） | 国立劇場<br>国立劇場<br>日大総図 | 新富 | 天衣紛上野初花<br>千代誉松山美譚<br>忍逢春雪解<br>世響太鼓功　※1<br>足柄山皐月木偶　※2<br>魁源平躑躅　※3 | クモニマガウウエノノハツハナ<br>チヨノホマレマツヤマビダン<br>シノビアウハルノユキドケ<br>ヨニヒビクタイコノイサオシ<br>アシガラヤマサツキニンギョウ<br>サキガケゲンペイツツジ | 竹柴金作<br>竹柴瓢助<br>竹柴常吉<br>篠田金治<br>竹柴金松<br>竹柴為三<br>松島陸治<br>竹柴繁造<br>河竹新七<br>竹柴幸治<br>竹柴進三 | 早大演博 | ※1・2・3：5・4辻（追加）のみ記載<br>◆講談「天保六花撰」を脚色 |
| 明治14<br>5・11（辻）<br>5・15（絵役） | 国立劇場<br>早大演博 | 市村 | 御殿山桜木草紙<br>恋女房染分手綱<br>盛糸好比翼新形<br>花雲法道草<br>双蝶仝曲輪日記　※1 | ゴテンヤマサクラギゾウシ<br>コイニョウボウソメワケタヅナ<br>セイシゴノミヒヨクノシンガタ<br>ハナノクモノリノミチクサ<br>フタツチョウチョウクルワニッキ | 竹柴銀蔵<br>竹柴昇三<br>竹柴清吉<br>竹柴豊蔵<br>木村園皃<br>紀村鴻二<br>松島松作<br>竹柴安蔵<br>竹柴瓶三 | | ※1：絵役のみ記載 |

| | | | | | | | |
|---|---|---|---|---|---|---|---|
| | | | | | 竹柴金三 | | |
| | | | | | 竹柴繁造 | | |
| | | | | | 竹柴金作 | | |
| | | | | | スケ河竹新七 | | |
| 明治14 5・24（辻） | 国立劇場 | 猿若 | 一谷凱歌六弥太 | イチノタニカイガノロクヤタ | 竹柴繁造 | | 続々：大杯觴の由来 |
| 5・25（絵役） | 東大総合 | | 大杯觴酒戦強者 | オオサカヅキシュセンノツワモノ | 竹柴昇三 | | |
| | | | 東都名物花錦絵 | アズマメイブツハナノニシキエ | 竹柴清吉 | | |
| | | | 四民恵繁栄 | ヨツノタミメグミノハンエイ | 木村園鼂 | | |
| | | | | | 竹柴耕作 | | |
| | | | | | 松島松作 | | |
| | | | | | 竹柴瓶三 | | |
| | | | | | 竹柴金三 | | |
| | | | | | 竹柴銀蔵 | | |
| | | | | | 竹柴金作 | | |
| | | | | | 竹柴進三 | | |
| | | | | | 河竹新七 | | |
| 明治14 6・25（辻） | 保科（写 | 新富 | 夜討曽我狩場曙 | ヨウチソガカリバノアケボノ | 竹柴金作 | 東大総合 | ※1：6・29辻には記載 |
| 6・29（絵役） | 東大総合 | | 古代形新染浴衣 | コダイガタシンゾメユカタ | 竹柴瓢助 | （明治14写1、 | なし |
| 6・29（辻） | 国立劇場 | | 土蜘　※1 | ツチグモ | 竹柴為三 | 明治23写1） | |
| | | | 桃桜紅葉彩 | モモサクラモミジノイロドリ | 竹柴金松 | 早大演博 | |

| | | | | | |
|---|---|---|---|---|---|
| | | | 時鳥水月影 | ホトトギスミズニツキカゲ | 篠田金治<br>松島松作<br>竹柴耕作<br>竹柴常吉<br>松島陸治<br>竹柴繁造<br>河竹新七<br>竹柴幸治<br>竹柴進三 |
| 明治14<br>8・31（辻）<br>8・31（絵役） | 国立劇場<br>早大演博 | 新富 | 児雷也豪傑物語<br>増補筑紫車栄<br>隅田川続俤<br>両面水照月 | ジライヤゴウケツモノガタリ<br>ゾウホツクシノイエヅト<br>スミダガワツヅクオモカゲ<br>フタオモテミズニテルツキ | 竹柴金作<br>竹柴瓢助<br>竹柴為三<br>竹柴金松<br>篠田金治<br>松島松作<br>竹柴耕作<br>竹柴常吉<br>松島陸治<br>竹柴繁造<br>河竹新七 |

| | | | | | | | |
|---|---|---|---|---|---|---|---|
| | | | | | 竹柴幸治<br>竹柴進三 | | |
| 明治14 9・10（辻）<br>9・13（絵役） | 国立劇場<br>国立劇場 | 市村 | 関ヶ原東西軍記<br>橘春狐葛葉<br>粧信田嫁入 | セキガハラトウザイグンキ<br>ツキミヅキキツネクズノハ<br>ヨソオイテシノダノヨメイリ | 竹柴金作<br>竹柴昇三<br>竹柴瓶三<br>松島松作<br>葉村巌作<br>竹柴豊蔵<br>紀村鴻二<br>竹柴銀蔵<br>スケ河竹新七 | | |
| 明治14 10・6（辻）<br>10・9（絵役） | 国立劇場<br>東大総合 | 春木 | 極付幡随長兵衛<br>近江源氏先陣館<br>怪談木幡小平治<br>乱菊枕慈童 | キワメツキバンズイチョウベエ<br>オウミゲンジセンジンヤカタ<br>カイダンコハタコヘイジ<br>ランギクマクラジドウ | 竹柴銀蔵<br>竹柴清吉<br>竹柴音二<br>竹柴金作<br>スケ竹柴繁造<br>竹柴安蔵<br>竹柴歌女治<br>木村園鳬 | 東大総合<br>（明治24写4） | ◆講談「幡随院長兵衛」を脚色 |
| 明治14 11・14（辻） | 早大演博 | 市村 | 本朝廿四孝 | ホンチョウニジュウシコウ | ナシ | | |

| | | | | | | | |
|---|---|---|---|---|---|---|---|
| 11・15（絵役） | 東大総合 | 久松<br>（合併） | 凱和田合戦<br>御誂雁金染<br>六歌仙容彩 | カチドキワダガッセン<br>オアツラエカリガネゾメ<br>ロッカセンスガタノイロザシ | | | |
| 明治14<br>11・20（辻）<br>11・20（絵役） | 国立劇場<br>東大総合 | 新富 | 復咲後日梅<br>島衛月白浪<br>色増艶夕映<br>浪底親睦会 | カエリザキゴニチノウメ<br>シマチドリツキノシラナミ<br>イロマサルモミジノユウバエ<br>ナミノソコシンボクカイ | 竹柴金作<br>竹柴瓢助<br>竹柴為三<br>竹柴金松<br>篠田金治<br>松島松作<br>竹柴耕作<br>竹柴常吉<br>松島陸治<br>竹柴繁造<br>河竹新七<br>竹柴幸治<br>竹柴進三 | 東大総合（6） | 全：後日の加賀騒動<br>続々：此狂言は大阪の狂言作者勝諺蔵が紅葉山のある加賀の後日として「再梅鉢金澤評定」と題し角の芝居にて（略）諺蔵上京せし際是は講釈種なれ共一応御覧下されとて新七に見せたるが新七は一通り見て斯う書いては上方向き故東京へは向くまじとわざと西洋風に仕組み直し（「復咲」）<br>続々：弐番目は白浪作者と言れし狂言作者河竹新七今回舞台を引退するに付き前回の興行に伏線を |

| | | | | | | | |
|---|---|---|---|---|---|---|---|
| | | | | | | | 張り置きたる明石の島蔵 松島千太の後日狂言にて（「島衛」） |
| 明治15 1・13（辻） 1・13（絵役） | 早大文演 東大総合 | 猿若 | 隅田川月毛春駒 三朝初湯注連縄 小野道風青柳硯 | スミダガワツキゲノハルゴマ ミツノアサハツユノシメナワ オノノトウフウアオヤギスズリ | 竹柴繁造 竹柴為三 竹柴金松 松島松作 篠田金治 竹柴瓢助 竹柴安蔵 竹柴清吉 木村園皃 竹柴金作 | | |
| 明治15 1・27（辻） 1・28（絵役） | 保科（写 東大総合 | 春木 | 隅田川月毛春駒 三朝初湯注連縄 小野道風青柳硯 | スミダガワツキゲノハルゴマ ミツノアサハツユノシメナワ オノノトウフウアオヤギスズリ | 竹柴繁造 竹柴為三 竹柴金松 松島松作 篠田金治 竹柴瓢助 竹柴安蔵 | | ※猿若座からの引越し興行（1・23に猿若座が出火、焼失したため） |

| | | | | | | |
|---|---|---|---|---|---|---|
| | | | | | 竹柴清吉<br>木村園鳧<br>竹柴金作 | |
| 明治15<br>3・3（辻）<br>3・4（絵役） | 日大総図<br>東大総合 | 春木 | 張貫筒真田入城<br>釣狐<br>猿廻門途の一諷<br>振袖形奴道成寺 | ハリヌキヅツサナダノニュウジョウ<br>ツリギツネ<br>サルマワシカドデノヒトフシ<br>ムスメナリヤッコドウジョウジ | 竹柴銀蔵<br>竹柴為三<br>竹柴金松<br>竹柴瓢助<br>竹柴耕作<br>竹柴清吉<br>木村園鳧<br>竹柴金作<br>竹柴繁造<br>松島松作<br>篠田金治 | 全：狂言に出発した所作で、新歌舞伎十八番の一 |
| 明治15<br>5・23（辻）<br>5・25（絵役） | 東大総合<br>東大総合 | 春木 | 浪花潟入江大塩<br>三題噺魚屋茶碗 | ナニワガタイリエノオオシオ<br>サンダイバナシトトヤノチャワン | 竹柴銀蔵<br>竹柴金三<br>竹柴歌女次<br>紀村鴻二<br>竹柴音次<br>竹柴清吉 | |

| | | | | | | | |
|---|---|---|---|---|---|---|---|
| | | | | | 木村園鳧<br>竹柴金作<br>竹柴進三 | | |
| 明治15　6・11（辻）<br>6・11（絵役） | 東大総合<br>東大総合 | 猿若 | 川中島東都錦画<br>切籠形京都紅染<br>望月 | カワナカジマアズマニシキエ<br>キリコガタキョウノベニゾメ<br>モチヅキ | 竹柴金作<br>竹柴瓢助<br>竹柴為三<br>篠田金治<br>松島松作<br>竹柴金松<br>松島陸治<br>竹柴繁造<br>スケ黙阿弥<br>竹柴幸治<br>竹柴進三 | | |
| 明治15　9・17（辻）<br>9・21（絵役） | 国立劇場<br>東大総合 | 春木 | 桶狭間鳴海軍談<br>松竹梅湯島掛額<br>義経千本桜 | オケハザマナルミグンダン<br>ショウチクバイユシマノカケガク<br>ヨシツネセンボンザクラ | 竹柴銀蔵<br>竹柴金三<br>竹柴歌女次<br>紀村鴻二<br>竹柴音次<br>竹柴清吉 | | |

| | | | | | | | |
|---|---|---|---|---|---|---|---|
| | | | | | 木村園鳧 | | |
| | | | | | 竹柴金作 | | |
| | | | | | 竹柴進三 | | |
| 明治15　10・19（辻） | 早大演博 | 市村 | 張扇子朝鮮軍記 | ハリオウギチョウセングンキ | 墨板 | | 続々：朝鮮征伐 |
| 10・19（絵役） | 早大演博 | | 着三升伊達補襠 | キテミマスダテノウチカケ | | | |
| | | | 鉦音祭商人 | カネノオトマツリアキンド | | | |
| | | | 関取千両幟 | セキトリセンリョウノボリ | | | |
| 明治15　11・6（辻） | 東大総合 | 猿若 | 黒白論織分博多 | コクビャクロンオリワケハカタ | 竹柴金作 | | ◆講談「黒田騒動」を脚色 |
| 11・8（絵役） | 東大総合 | | 偽甲当世簪 | マガイコウトウセイカンザシ | 竹柴瓢助 | | |
| | | | 色成楓夕栄 | イロニナルモミジノユウバエ | 竹柴為三 | | 全：当時の朝鮮事件を当てたものであった |
| | | | 田雁露手枕 | タノモノカリツユノタマクラ | 篠田金治 | | |
| | | | 矢の根 | ヤノネ | 松島松作 | | |
| | | | 共進会名画夜遊 | キョウシンカイメイガノヨアソビ | 竹柴金松 | | |
| | | | | | 松島陸治 | | |
| | | | | | 竹柴繁造 | | |
| | | | | | スケ黙阿弥 | | |
| | | | | | 竹柴幸治 | | |
| | | | | | 竹柴進三 | | |
| 明治16　1・27（辻） | 国立劇場 | 新富 | 芽出柳翠緑松前 | メダシヤナギミドリノマツマエ | 竹柴金作 | | ◆講談「大久保彦左衛門」 |
| 1・27（絵役） | 東大総合 | | 祇園祭礼信仰記 | ギオンサイレイシンコウキ | 竹柴瓢助 | | 「松前屋五郎兵衛」「一心 |

| | | | | | | | |
|---|---|---|---|---|---|---|---|
| | | | 是茗荷奇代良薬 | コレハミョウガキダイノリョウヤク | 竹柴歌女治<br>篠田金治<br>松島松作<br>竹柴正太郎<br>竹柴為三<br>竹柴繁造<br>スケ黙阿弥<br>竹柴幸治<br>竹柴進三 | | 太助」「柳生又十郎」などを脚色 |
| 明治16 3・18（辻） | 日大総図 | 市村 | 菅原伝授手習鑑 | スガワラデンジュテナライカガミ | 墨板 | | |
| 3・18（絵役） | 東大総合 | | 旭影光明嘶<br>白紅雛壇幕 | アサヒカゲコウミョウバナシ<br>シロクレナイヒナダンマク | | | |
| 明治16 4・23（辻） | 国立劇場 | 新富 | 石魂録春高麗菊<br>金看板侠客本店<br>茨城<br>意駒異見諷<br>柳桜東錦絵 | セキコンロクハルノコマギク<br>キンカンバンタテシノホンダナ<br>イバラギ<br>ココロノコマイケンノヒトフシ<br>ヤナギサクラアズマニシキエ | 竹柴金作<br>松島陸治<br>竹柴金松<br>松島松作<br>篠田金治<br>竹柴瓢助<br>竹柴正太郎<br>竹柴為三 | 東大総合（3） | ・東大総合台帳は2，3，4幕目のみ<br>◆講談「天保怪鼠伝」を脚色<br>◆読本『松浦佐用姫石魂録』（馬琴）を脚色 |
| 4・23（絵役） | 国立劇場 | | | | | | |

| | | | | | | | |
|---|---|---|---|---|---|---|---|
| | | | | | 竹柴繁造<br>スケ黙阿弥<br>竹柴幸治<br>竹柴進三 | | |
| 明治16　5・21（辻）<br>5・21（絵役） | 国立劇場<br>東大総合 | 市村 | 橋供養梵字文覚<br>新皿屋舗月雨暈<br>ひらがな盛衰記 | ハシクヨウボンジノモンガク<br>シンサラヤシキツキノアマガサ<br>ヒラガナセイスイキ | 竹柴金作<br>竹柴昇三<br>竹柴清吉<br>竹柴進三<br>竹柴安蔵<br>松島松作<br>竹柴繁造<br>紀村鴻二<br>竹柴耕作<br>竹柴黙蔵<br>竹柴瓶三<br>竹柴左吉<br>竹柴銀蔵 | 東大総合<br>（横本2）<br>早大演博 | |
| 明治16　7・4（辻）<br>7・4（絵役） | 国立劇場<br>東大総合 | 新富 | 花菖蒲慶安実記<br>夏祭浪花鑑 | ハナショウブケイアンジッキ<br>ナツマツリナニワカガミ | 竹柴金作<br>松島陸治<br>竹柴金松 | | ◆講談「慶安太平記」を脚色 |

| | | | | | | | |
|---|---|---|---|---|---|---|---|
| | | | | | 竹柴由次<br>松島松作<br>篠田金治<br>竹柴瓢助<br>竹柴耕作<br>竹柴正太郎<br>竹柴為三<br>竹柴繁造<br>スケ黙阿弥<br>竹柴幸治<br>竹柴進三 | | |
| 明治16 8・21（辻）<br>8・21（絵役） | 国立劇場<br>小宮（写 | 新富 | 国性爺合戦<br>恋湊博多諷<br>小夜礁宇津谷峠 | コクセンヤガッセン<br>コイノミナトハカタノヒトフシ<br>サヨギヌタウツノヤトウゲ | ナシ | | |
| 明治16 9・9（辻）<br>9・16（絵役） | 国立劇場<br>東大総合 | 市村 | 今文覚助命刺繍<br>絵本太功記<br>月宴柳絵合<br>夢結朝妻船 | イマモンガクジョメイノホリモノ<br>エホンタイコウキ<br>ツキノエンヤナギノエアワセ<br>ユメムスブアサヅマブネ | 竹柴金作<br>竹柴昇三<br>竹柴清吉<br>竹柴進三<br>竹柴安蔵<br>松島松作 | | |

| | | | | | | | |
|---|---|---|---|---|---|---|---|
| | | | | | 竹柴繁造<br>紀村鴻二<br>竹柴永二<br>竹柴黙蔵<br>竹柴瓶三<br>竹柴左吉<br>竹柴銀蔵 | | |
| 明治16<br>10・22（辻）<br>10・22（絵役） | 国立劇場<br>国立劇場 | 新富 | 妹背山婦女庭訓<br>神霊矢口渡<br>千種花音頭新唄<br>道行恋の苧玉巻 | イモセヤマオンナテイキン<br>シンレイヤグチノワタシ<br>チグサノハナオンドノシンウタ<br>ミチユキコイノオダマキ | 竹柴金作<br>松島陸治<br>竹柴金松<br>竹柴由治<br>竹柴瓢助<br>篠田金治<br>松島松作<br>紀村鴻二<br>竹柴万治<br>竹柴正太郎<br>竹柴為三<br>竹柴繁造<br>スケ黙阿弥 | | 全：伊勢音頭の実録 |

| | | | | | | | |
|---|---|---|---|---|---|---|---|
| | | | | | 竹柴幸治<br>竹柴進三 | | |
| 明治16 11・4（辻）<br>11・5（絵役） | 国立劇場<br>東大総合 | 市村 | 増補天竺徳兵衛<br>浜千鳥真砂白浪<br>六歌仙容彩 | ゾウホテンジクトクベエ<br>ハマチドリマサゴノシラナミ<br>ロッカセンスガタノイロザシ | 竹柴金作<br>竹柴昇三<br>竹柴瓶三<br>竹柴進三<br>竹柴健次<br>松島松作<br>竹柴繁造<br>紀村鴻二<br>竹柴永二<br>竹柴黙蔵<br>竹柴安蔵<br>竹柴清吉<br>竹柴銀蔵 | | |
| 明治16 12（全） | | | 釣女 | ツリオンナ | | | 全：花柳寿輔のために作す。狂言から脱化したもの。 |
| 明治17 2・19（辻）<br>2・19（絵役） | 国立劇場<br>東大総合 | 新富 | 後風土記劇本読<br>柳巷春着薊色縫 | ゴフウドキカブキノホンヨミ<br>サトノハルギアザミノイロヌイ | 竹柴金作<br>松島陸治 | | |

| | |
|---|---|
| | 明治17　4・18（辻）<br>4・21（絵役） |
| | 国立劇場<br>東大総合 |
| | 市村 |
| 梅柳中宵月<br>根元草摺引 | 鎮西八郎英傑譚<br>浮世清玄廓夜桜<br>春色二人道成寺<br>夢見草履八重咲 |
| ウメヤナギナカモヨイヅキ<br>コンゲンクサズリビキ | チンゼイハチロウエイケツモノガタリ<br>ウキヨセイゲンサトノヨザクラ<br>シュンショクニニンドウジョウジ<br>ユメミグサオボロノヤエザキ |
| 竹柴金松<br>竹柴耕作<br>竹柴瓢助<br>篠田金治<br>松島松作<br>紀村鴻治<br>竹柴万治<br>竹柴正太郎<br>竹柴為三<br>竹柴繁造<br>スケ黙阿弥<br>竹柴幸治<br>竹柴進三 | 竹柴繁造<br>竹柴昇三<br>竹柴瓶三<br>竹柴安蔵<br>竹柴進三<br>竹柴黙蔵<br>松島松作 |
| | 早大演博 |
| | |

| | | | | | | | |
|---|---|---|---|---|---|---|---|
| | | | | | 竹柴耕作<br>揚羽蝶三<br>竹柴清吉<br>竹柴銀蔵<br>竹柴金作更<br>三代目<br>河竹新七 | | |
| 明治17<br>4・28（辻）<br>4・29（絵役） | ボストン美<br>松竹大谷 | 新富 | 満二十年息子鑑<br>二代源氏誉身換<br>助六由縁江戸桜 | マンニジュウネンムスコカガミ<br>ニダイゲンジホマレノミガワリ<br>スケロクユカリノエドザクラ | 竹柴進三<br>松島陸治<br>竹柴金松<br>竹柴瓢助<br>篠田金治<br>竹柴家久松<br>竹柴繁造<br>竹柴耕作<br>松島松作<br>紀村鴻治<br>竹柴正太郎<br>竹柴為三<br>竹柴幸治 | | 全：新歌舞伎十八番の一<br>（「二代」） |

| | | | | | |
|---|---|---|---|---|---|
| | | | | | 竹柴金作更<br>三代目<br>河竹新七<br>スケ黙阿弥 |
| 明治17<br>6・1（辻）<br>6・1（絵役） | 日大総図<br>東大総合 | 新富 | 桶狭間鳴海軍談<br>極付幡随長兵衛<br>助六由縁江戸桜 | オケハザマナルミグンダン<br>キワメツキバンズイチョウベエ<br>スケロクユカリノエドザクラ | 竹柴進三<br>松島陸治<br>竹柴金松<br>竹柴瓢助<br>篠田金治<br>竹柴家久松<br>竹柴繁造<br>竹柴耕作<br>松島松作<br>紀村鴻治<br>竹柴正太郎<br>竹柴為三<br>竹柴幸治<br>竹柴金作更<br>三代目<br>河竹新七 |

| | | | | | |
|---|---|---|---|---|---|
| | | | | | スケ黙阿弥 |
| 明治17 8・30（辻）<br>9・1（絵役） | 国立劇場<br>小宮（写 | 新富 | 天下一忠臣照鏡<br>名高輪牛角文字 | テンカイチチュウシンカガミ<br>ナモタカナワウシノツノモジ | 竹柴進三<br>松島陸治<br>竹柴金松<br>竹柴瓢助<br>篠田金治<br>竹柴家久松<br>竹柴繁造<br>竹柴耕作<br>松島松作<br>竹柴言七<br>竹柴正太郎<br>竹柴為三<br>竹柴幸治<br>金作更<br>河竹新七<br>スケ黙阿弥 |
| 明治17 11・17（辻）<br>11・19（絵役） | 国立劇場<br>日大総図 | 新富 | 飛騨内匠諸国噺<br>時雨雲村井破傘<br>紅葉時平家世盛 | ヒダノタクミショコクバナシ<br>シグレグモムライノヤレガサ<br>モミジドキヘイケノヨザカリ | 竹柴進三<br>松島陸治<br>竹柴金松 |

| | | | | | | | |
|---|---|---|---|---|---|---|---|
| | | | 散柳堤初霜 | チルヤナギドテノハツシモ | 竹柴瓢助<br>篠田金治<br>竹柴家久松<br>竹柴繁造<br>竹柴耕作<br>松島松作<br>竹柴言七<br>竹柴正太郎<br>竹柴為三<br>竹柴幸治<br>金作更<br>河竹新七<br>スケ黙阿弥 | | |
| 明治17<br>11・18（辻）<br>11・24（絵役） | 国立劇場<br>日大総図 | 猿若 | 新舞台越後立読<br>北条九代名家功<br>猿若<br>安宅丸 | シンブタイエチゴノタテヨミ<br>ホウジョウクダイメイカノイサオシ<br>サルワカ<br>アタケマル | 竹柴繁造<br>竹柴金三<br>竹柴富蔵<br>竹柴華七<br>竹柴銀蔵<br>竹柴伝蔵<br>竹柴国次 | 東大総合 | ・東大総合台帳は「北條」のみ<br>全：新歌舞伎十八番の一（「北条」） |

| | | | | | | | |
|---|---|---|---|---|---|---|---|
| | | | | | 竹柴清吉<br>木村園鳧<br>スケ河竹新七 | | |
| 明治17 12・20（辻） | 国立劇場 | 新富 | 身重荷市大注連 | ミノオモニイチノオオジメ | ナシ | | |
| 12・21（絵） | 日大総図 | | 嫗山姥 | コモチヤマンバ | | | |
| 明治18 2・5（辻） | 東大総合 | 千歳 | 千歳曽我源氏礎<br>水天宮利生深川<br>山伏摂待<br>風狂川辺の芽柳 | センザイソガゲンジノイシズエ<br>スイテングウメグミノフカガワ<br>ヤマブシセッタイ<br>カゼニクルウカワベノメヤナギ | 竹柴進三<br>松島陸治<br>竹柴金松<br>竹柴瓢助<br>篠田金治<br>竹柴家久松<br>竹柴繁造<br>竹柴耕作<br>松島松作<br>竹柴善七<br>竹柴正太郎<br>竹柴為三<br>竹柴幸治<br>河竹新七<br>スケ吉村其水 | 早大演博 | 全：大詰の『山伏接待』は新歌舞伎十八番の一源平盛衰記に拠った作（「千歳」） |
| 2・8（絵役） | 東大総合 | | | | | | |

| | | | | | | |
|---|---|---|---|---|---|---|
| 明治18<br>5・21（辻）<br>5・24（絵役） | 国立劇場<br>東大総合 | 市村 | 花見時瓢太閤記<br>女化稲荷月朧夜<br>柳桜晴楼嘶 | ハナミドキヒサゴタイコウキ<br>オナバケイナリツキノオボロヨ<br>ヤナギサクラクルワバナシ | 竹柴進三<br>竹柴昇三<br>紀村鴻二<br>竹柴賢次<br>竹柴亀吉<br>竹柴繁造<br>竹柴黙蔵<br>竹柴瓢助<br>竹柴甲平<br>竹柴永二<br>揚羽蝶三<br>竹柴清吉<br>竹柴銀蔵<br>河竹新七 | |
| 明治18<br>11・18（辻）<br>11・24（絵役） | 国立劇場<br>早大演博 | 新富 | 有識鎌倉山<br>老樹曠紅葉直垂<br>船弁慶<br>水鳥記熟柿生酔 | ユウショクカマクラヤマ<br>オイキノハレモジミノヒタタレ<br>フナベンケイ<br>スイチョウキジャクシノナマヨイ | 竹柴進三<br>松島陸治<br>竹柴瓢助<br>篠田金治<br>竹柴金松<br>竹柴繁造 | 全：新歌舞伎十八番の一 |

| | | | | | | | |
|---|---|---|---|---|---|---|---|
| | | | | | 竹柴正太郎<br>松島松作<br>竹柴耕作<br>竹柴為三<br>竹柴幸治<br>河竹新七<br>スケ黙阿弥 | | |
| 明治18 11・22(辻)<br>11・22(絵役) | 東大総合<br>東大総合 | 千歳 | 四千両小判梅葉<br>祇園祭礼信仰記<br>巣鴨里比翼道行<br>太鼓音題目伎踊 | シセンリョウコバンノウメノハ<br>ギオンサイレイシンコウキ<br>スガモノサトヒヨクノミチユキ<br>タイコノオトダイモクオドリ | 竹柴繁造<br>竹柴清吉<br>竹柴華七<br>竹柴伝蔵<br>竹柴永次<br>竹柴亀吉<br>揚羽蝶三<br>竹柴昇三<br>スケ古河新三 | 早大演博 | 続々…此狂言は絵入朝野新聞の記者柳葉亭繁彦が千代田城噂白浪と題し同新聞へ連載したる舊幕府の金蔵盗賊野州無宿の事蹟を基とし黙阿弥筆を執て新狂言に仕組み…又牢内の場の合方に鍛冶の槌音を聞かせしも作者黙阿弥の名趣向 |
| 明治19 1・15(辻)<br>1・16(絵役) | 日大総図<br>早大演博 | 新富 | 楼門五山桐<br>西洋噺日本写絵<br>八陣守護城 | サンモンゴサンノキリ<br>セイヨウバナシニホンノウツシエ<br>ハチジンシュゴノハンジョウ | 竹柴進三<br>松島陸治<br>竹柴金松 | | ◆人情噺『英国孝子之伝』(円朝)を脚色 |

| | | | | | | | |
|---|---|---|---|---|---|---|---|
| | | | 初霞空住吉 | ハツガスミソラモスミヨシ | 篠田金治<br>竹柴耕作<br>竹柴繁造<br>竹柴竹三<br>松島松作<br>竹柴正太郎<br>竹柴為三<br>幸次更<br>竹柴彦作<br>河竹新七<br>スケ黙阿弥 | | |
| 明治19<br>3・15（辻）<br>3・15（絵役） | 東大総合<br>東大総合 | 千歳 | 盲長屋梅加賀鳶<br>岸柳朧人影<br>花合四季盃 | メクラナガヤウメガカガトビ<br><br>ハナアワセシキノサカズキ | 竹柴繁造<br>竹柴清吉<br>竹柴華七<br>竹柴甲平<br>竹柴伝蔵<br>竹柴金三<br>竹柴昇三<br>スケ古河新三 | | 続々：去年の四千両に稀なる成功を見たる息抜きに此春は新富町との競争もなさず横浜へ鋭気を避け又世話物の書物でと黙阿弥に註文して本郷加州邸の抱へ加賀鳶のの喧嘩へ梅壽菊五郎が演じたる死神を取合して脚色せし |

| | | | | | | | |
|---|---|---|---|---|---|---|---|
| | | | | | | | めたるものなり…私は村井長庵がやつて見たいと思つて居ますと新富座で堀越（団十郎）に先を越されたので何か是に似拠つた物はないかと黙阿弥に噺した事があるのを黙阿弥が覚えて居て此加賀鳶の中へ書入れたのが按摩道玄なので御座います（菊五郎） |
| 明治19<br>5・10（辻）<br>5・13（絵役） | 国立劇場<br>早大演博 | 新富 | 夢物語盧生容画<br>月雪花三組杯觴 | ユメモノガタリロセイノスガタエ<br>ツキユキハナミツグミサカズキ | 竹柴進三<br>松島陸治<br>竹柴金松<br>篠田金治<br>竹柴耕作<br>竹柴繁造<br>竹柴竹三<br>松島松作<br>竹柴正太郎 | 東大総合（1） | ・東大総合台帳名題：「水滸伝雪挑」全：『文明東漸史』に拠つた作 |

| | | | | | | | |
|---|---|---|---|---|---|---|---|
| | | | | | 竹柴為三<br>竹柴彦作<br>河竹新七<br>スケ黙阿弥 | | |
| 明治19　5・20（辻）<br>5・21（絵役） | 国立劇場<br>早大演博 | 千歳 | 恋闇鵜飼燎<br>墨川月雨雲<br>初幟柏葉重 | コイノヤミウカイノカガリビ<br>スミダガワツキノアマグモ<br>ハツノボリカシワノハガサネ | 竹柴繁造<br>竹柴清吉<br>竹柴華七<br>竹柴甲平<br>竹柴金三<br>竹柴昇三<br>古河新三 | 早大演博 | |
| 明治19　11・16（辻）<br>11・20（絵役） | 御園座図<br>東大総合 | 千歳 | 月白刃梵字彫物<br>鳴響茶利音曲馬 | ツキノシラハボンジノホリモノ<br>ナリヒビクチャリネノキョクバ | 墨板 | 早大演博 | |
| 明治19　12・7（辻）<br>12・8（絵役） | 国立劇場<br>早大演博 | 新富 | 文珠智恵義民功<br>莩源氏陸奥日記<br>張良兵書賜<br>狐墳写沢水 | モンジュノチエギミンノイサオシ<br>ミバエゲンジミチノクニッキ<br>チョウリョウヘイショノタマモノ<br>キツネヅカウツスキワミズ | 竹柴進三<br>松島陸治<br>竹柴金松<br>篠田金治<br>松島松作<br>竹柴正太郎<br>竹柴為三 | | |

| | | | | | | | |
|---|---|---|---|---|---|---|---|
| | | | | | 竹柴彦作<br>河竹新七<br>古河新水<br>スケ黙阿弥 | | |
| 明治20　1・8（辻）<br>1・8（絵役） | 国立劇場<br>国立劇場 | 新富 | 文珠智恵義民功<br>堪忍袋縫哉糸柳<br>莩源氏陸奥日記 | モンジュノチエギミンノイサオシ<br>カンニンブクロヌヤイトヤギ<br>ミバエゲンジミチノクニッキ | 竹柴進三<br>松島陸治<br>竹柴金松<br>篠田金治<br>松島松作<br>竹柴正太郎<br>竹柴為三<br>竹柴彦作<br>河竹新七<br>古河新水<br>スケ古河黙阿 | | |
| 明治20　3・9（辻）<br>3・9（絵役） | 国立劇場<br>東大総合 | 新富 | 敵討噂古市<br>魁源平躑躅<br>戻駕色相肩 | カタキウチウワサノフルイチ<br>サキガケゲンペイツツジ<br>モドリカゴイロニアイカタ | 進三更<br>竹柴其水<br>松島陸治 | | |

| | | | | | | | |
|---|---|---|---|---|---|---|---|
| | | | 歌徳恵山吹 | ウタノトクメグミノヤマブキ | 竹柴金松<br>竹柴瓢蔵<br>篠田金治<br>松島松作<br>竹柴晋助<br>竹柴正太郎<br>竹柴為三<br>竹柴彦作<br>河竹新七<br>古河新水<br>スケ古河黙阿 | | |
| 明治20<br>4・20（辻）<br>4・21（絵役） | 東大総合<br>東大総合 | 千歳 | 酒戦場愛宕連歌<br>国性爺理髪姿見<br>土蜘<br>寿うつぼ猿 | シュセンジョウアタゴレンガ<br>コクセンヤリハツノスガタミ<br>ツチグモ<br>コトブキウツボザル | 竹柴助三<br>竹柴清吉<br>竹柴甲平<br>松島松作<br>竹柴黙蔵<br>竹柴伝蔵<br>竹柴賢次<br>竹柴昇三<br>河竹新七 | | |

| | | | | | | | |
|---|---|---|---|---|---|---|---|
| 明治20<br>6・3（辻）<br>6・3（絵役） | 国立劇場<br>国立劇場 | 新富 | 関原神葵葉<br>西東恋取組<br>勧進帳<br>名高時天狗酒盛<br>昔歌舞伎元禄踊 | セキガハラカミノアオイバ<br>ニシヒガシコイノトリクミ<br>カンジンチョウ<br>ナモタカトキテングノサカモリ<br>ムカシカブキゲンロクオドリ | 進三更<br>竹柴其水<br>松島陸治<br>竹柴金松<br>竹柴瓢蔵<br>篠田金治<br>松島松作<br>竹柴正吉<br>竹柴正太郎<br>竹柴為三<br>竹柴彦作<br>河竹新七<br>古河新水<br>スケ古河黙阿 | 早大演博 | ◆講談「関ヶ原軍記」を脚色 |
| 明治20<br>7・9（辻）<br>7・11（絵役） | 早大演博<br>早大演博 | 中村 | 五十三駅扇宿付<br>比翼紋愛井の字<br>勢獅子牡丹花笠 | ゴジュウサンツギオウギノシュクヅケ<br>ヒヨクモンイトシイノジ<br>キオイジシボタンノハナガサ | 竹柴昇三<br>竹柴賢次<br>竹柴山造<br>竹柴清吉<br>竹柴永作<br>竹柴華七 | | |

| | | | | | | | |
|---|---|---|---|---|---|---|---|
| | | | | | 竹柴金三<br>河竹新七<br>スケ黙阿弥<br>竹柴新蔵 | | |
| 明治20　9・26（辻）<br>9・26（絵役） | 国立劇場<br>小宮（写 | 中村 | 蒿雀山駒絆松樹<br>苅萱桑門筑紫車榮<br>恋飛脚大和往来<br>我故郷覚軒 | ヒバリヤマコマツナギマツ<br>カルカヤドウシンツクシノイエヅト<br>コイビキャクヤマトオウライ<br>ワガフルサトオボエノノキ | ナシ | | |
| 明治20　10・20（辻）<br>10・20（絵役） | 日大総図<br>早大演博 | 新富 | 三府五港写幻灯<br>萩露結月影<br>紅葉狩 | サンフゴコウウツスゲントウ<br>ハギノツユムスブツキカゲ<br>モミジガリ | 進三更<br>竹柴其水<br>松島陸治<br>竹柴金松<br>竹柴瓢蔵<br>篠田金治<br>松島松作<br>竹柴正吉<br>竹柴正太郎<br>竹柴為三<br>竹柴彦作<br>河竹新七 | 早大演博 | 全：能に拠つたもので新歌舞伎十八番の一 |

| | | | | | | | |
|---|---|---|---|---|---|---|---|
| | | | | | 古河新水<br>スケ古河黙阿 | | |
| 明治20 11・22（辻）<br>11・23（絵役） | 国立劇場<br>東大総合 | 中村 | 因幡小僧雨夜噺<br>墨流雲間の白浪 | イナバコゾウアメノヨバナシ<br>スミナガスクモマノシラナミ | 竹柴昇三<br>竹柴賢次<br>竹柴山造<br>竹柴清吉<br>竹柴永作<br>竹柴華七<br>竹柴金三<br>河竹新七<br>スケ<br>黙阿弥<br>竹柴新蔵 | 早大演博 | 全：因幡小僧新助 |
| 明治21 1・13（辻）<br>1・15（絵役） | 御園座<br>早大演博 | 市村 | 新開場梅田神垣<br>会稽源氏雪白旗<br>大倭舞 | シンカイジョウウメダノカミガキ<br>カイケイゲンジユキノシラハタ<br>ヤマトマイ | ナシ | | |
| 明治21 3・3（辻）<br>3・3（絵役） | 早大演博<br>早大演博 | 新富 | 裏表伊達染小袖<br>土佐半紙初荷艦<br>名大島功誉強弓 | ウラオモテダテゾメコソデ<br>トサハンシハツニノオオフネ<br>ナニオオシマホマレノツヨユミ | 進三更<br>竹柴其水<br>松島陸治<br>竹柴金松 | | |

| | |
|---|---|
| | 明治21 4・28（辻）<br>4・28（絵役） |
| | 早大文演<br>東大総合 |
| | 中村 |
| | 月梅薫朧夜<br>化粧鏡写俤<br>腹鼓祝開橋 |
| | ツキトウメカオルオボロヨ<br>ケショウカガミウツスオモカゲ<br>ハラツヅミイワウカイキョウ |
| 竹柴瓢蔵<br>篠田金治<br>松島松作<br>竹柴正吉<br>竹柴正太郎<br>竹柴為三<br>竹柴彦作<br>河竹新七<br>古河新水<br>スケ古河黙阿 | 竹柴昇三<br>竹柴賢次<br>竹柴亀吉<br>竹柴清吉<br>竹柴永作<br>竹柴華七<br>竹柴金三<br>河竹新七<br>スケ<br>黙阿弥 |
| | |
| | ◆講談「花井お梅箱屋殺し」（「花井お梅酔月情話」）を脚色 |

| | | | | | | | |
|---|---|---|---|---|---|---|---|
| | | | | | 竹柴新蔵 | | |
| 明治21 4・29（辻）<br>5・1（絵役） | 御園座図<br>東大総合 | 千歳 | 籠釣瓶花街酔醒<br>鎌倉三代記 | カゴツルベサトノエイザメ<br>カマクラサンダイキ | 進三更<br>スケ竹柴其水<br>竹柴清吉<br>竹柴富蔵<br>木村園晁<br>篠田金治<br>松島松作<br>竹柴甲平<br>竹柴金三<br>竹柴昇三<br>河竹新七<br>スケ黙阿弥 | | |
| 明治21 6・1（辻）<br>6・1（絵役） | 国立劇場<br>東大総合 | 中村 | 菅原伝授手習鑑<br>葱墳結梅実<br>双面流月影 | スガワラデンジュテナライカガミ<br>シノブヅカムスブウメノミ<br>フタオモテナガレノツキカゲ | 竹柴昇三<br>竹柴賢次<br>竹柴亀吉<br>竹柴清吉<br>竹柴永作<br>竹柴華七<br>竹柴金三 | | |

| | | | | | | | |
|---|---|---|---|---|---|---|---|
| | | | | | 河竹新七<br>スケ<br>黙阿弥<br>竹柴其水 | | |
| 明治21　6・28（辻）<br>6・28（絵役） | 早大演博<br>早大演博 | 新富 | 千石船帆影白浜<br>夜討曽我裾野誉 | センゴクブネホカゲノシラハマ<br>ヨウチソガスソノノホマレ | 進三更<br>竹柴其水<br>松島陸治<br>竹柴金松<br>竹柴瓢蔵<br>篠田金治<br>松島松作<br>竹柴正吉<br>竹柴正太郎<br>竹柴為三<br>竹柴彦作<br>河竹新七<br>古河新水<br>スケ古河黙阿 | 早大演博 | |
| 明治21　7・13（辻）<br>7・13（絵役） | 東大総合<br>東大総合 | 千歳 | 大岡政談夏鈴川<br>夜講釈整力譚話 | オオオカセイダンナツノスズカワ<br>ヨゴウシャクセイリキバナシ | 墨板 | | |

| | | | | | | |
|---|---|---|---|---|---|---|
| | | | 御所桜堀川夜討 | ゴショザクラホリカワヨウチ | | |
| 明治21 9・28（辻）<br>9・28（絵役） | 東大総合<br>東大総合 | 千歳 | 二刀額面棒宮本<br>油坊主闇夜墨衣<br>矢矧日吉月弓張<br>滑稽俄安宅新関 | ニトウノガクメグルミヤモト<br>アブラボイウズアンヤノスミゾメ<br>ヤハギノヒヨシツキモユミハリ<br>オドケニワカアタカノシンセキ | ナシ | |
| 明治21 10・3（辻）<br>10・3（絵役） | 松竹大谷<br>東大総合 | 中村 | 音聞浅間幻灯画<br>一谷嫩軍記<br>鐘四谷御堀月影 | オトニキクアサマノウツシエ<br>イチノタニフタバグンキ<br>カネモヨツヤオホリノツキカゲ | 竹柴其水<br>竹柴富蔵<br>竹柴瓢蔵<br>篠田金治<br>竹柴清吉<br>松島陸治<br>竹柴正吉<br>竹柴華七<br>竹柴金三<br>河竹新七<br>スケ黙阿弥 | |
| 明治21 11・8（辻）<br>11・8（絵役） | 東大総合<br>早大演博 | 市村 | 武蔵鐙誉大久保<br>偽博多独鈷菊菱<br>義経千本桜<br>春錦秋葉桜 | ムサシアブミホマレノオオクボ<br>マガイハカタトッコノキクビシ<br>ヨシツネセンボンザクラ<br>ハルノニシキアキハノサクラ | 河竹新七<br>竹柴金三<br>竹柴瓶三<br>竹柴伝蔵 | 早大演博 |

| | | | | | |
|---|---|---|---|---|---|
| | | | | | 竹柴瓢三 竹柴伝蔵 竹柴瓢助 竹柴文治 竹柴山造 竹柴賢治 竹柴清吉 竹柴昇三 スケ 竹柴其水 竹柴彦作 黙阿弥 |
| 明治21 12・4（辻） | 日大総図 | 新富 | 三個笑意中合槌 | サンニンワライココロノアイヅチ | ナシ |
| 12・6（絵役） | 早大演博 | | 嫗山姥<br>けいせい反魂香 | コモチヤマンバ<br>ケイセイハンゴンコウ | |
| 明治22 3・24（辻） | 国立劇場 | 桐 | 仮名手本忠臣蔵 | カナデホンチュウシングラ | 竹柴其水 松島陸治 竹柴金松 竹柴瓢蔵 篠田金治 |
| 3・24（絵役） | 東大総合 | | 朝日影三組杯觴 | アサヒカゲミツグミサカヅキ | |

| | | | | | | | |
|---|---|---|---|---|---|---|---|
| | | | | | 松島松作<br>竹柴正吉<br>竹柴正太郎<br>竹柴為三<br>竹柴彦作<br>河竹新七<br>古河新水<br>スケ古河黙阿 | | |
| 明治22<br>5・15（辻）<br>5・15（絵役） | 東大総合<br>東大総合 | 千歳 | 鏡山若葉艶<br>源平布引滝<br>三国一曙対達染 | カガミヤマワカバノモミジ<br>ゲンペイヌノビキノタキ<br>フジノアケボノツイノダテゾメ | 竹柴彦作<br>竹柴文治<br>竹柴伝蔵<br>竹柴金松<br>松島松作<br>竹柴昇三<br>竹柴為三<br>竹柴正太郎<br>竹柴山造<br>竹柴甲平<br>竹柴清吉<br>河竹新七 | | |

| | | | | | | | |
|---|---|---|---|---|---|---|---|
| | | | | | スケ竹柴其水 | | |
| 明治22 6・16（辻）<br>6・17（絵役） | 東大総合<br>東大総合 | 桐 | しらぬひ譚<br>近江源氏先陣館<br>伊勢音頭恋寝刃 | シラヌイモノガタリ<br>オウミゲンジセンジンヤカタ<br>イセオンドモイノネタバ | ナシ | | |
| 明治22 10・21（辻）<br>10・21（絵役） | 東大総合<br>東大総合 | 桐 | 伊達競阿国戯場<br>柳生荒木誉奉書<br>弁天娘女男白浪 | ダテクラベオクニカブキ<br>ヤギュウアラシホマレノホウショ<br>ベンテンムスメオノシラナミ | 竹柴其水<br>松島陸治<br>竹柴金松<br>竹柴瓢蔵<br>篠田金治<br>松島松作<br>竹柴庄吉<br>竹柴正太郎<br>竹柴為三<br>竹柴彦作<br>河竹新七<br>古河新水<br>スケ古河黙阿 | | ◆講談「荒木又右衛門」「柳生奉書試合」を脚色 |
| 明治22 11・21（辻）<br>11・21（絵役） | 松竹大谷<br>早大演博 | 歌舞伎 | 俗説美談黄門記<br>六歌仙 | ゾクセツビダンコウモンキ<br>ロッカセン | 竹柴其水<br>松島陸治<br>竹柴金松 | | |

| | | | | | |
|---|---|---|---|---|---|
| | | | | | 竹柴瓢蔵<br>篠田金治<br>松島松作<br>竹柴正吉<br>竹柴正太郎<br>竹柴為三<br>竹柴彦作<br>河竹新七<br>スケ古河黙阿弥 |
| 明治22<br>12・1（辻）<br>12・1（絵役） | 東大総合<br>小宮（写 | 桐 | 妹背山婦女庭訓<br>田舎源氏東絵画<br>鈴森対港杭<br>恋果廓文章<br>蜜柑船入津高浪<br>六歌仙容彩 | イモセヤマオンナテイキン<br>イナカゲンジアズマニシキエ<br>スズガモリツイノミホグイ<br>コイノハテクルワブンショウ<br>ミカンブネニュウツノタカナミ<br>ロッカセンスガタノイロドリ | 竹柴其水<br>松島陸治<br>竹柴金松<br>竹柴瓢蔵<br>篠田金治<br>松島松作<br>竹柴庄吉<br>竹柴正太郎<br>竹柴為三<br>竹柴彦作<br>河竹新七 |

| | | | | | | | |
|---|---|---|---|---|---|---|---|
| | | | | | 古河新水<br>スケ古河黙阿 | | |
| 明治23<br>3・1（辻）<br>3・2（絵役） | 御園座<br>東大総合 | 桐 | 富山城雪解清水<br>神明恵和合取組<br>一臈職狩場棟上<br>名大磯湯場対面 | トヤマジョウユキゲノキヨミズ<br>カミノメグミワゴウノトリクミ<br>イチロウショクカリバノムネアゲ<br>ナニオオイソユバノタイメン | 竹柴其水<br>松島陸治<br>竹柴金松<br>竹柴瓢蔵<br>篠田吾八<br>竹柴瓶三<br>竹柴金三<br>篠田金治<br>松島松作<br>竹柴清吉<br>竹柴賢治<br>竹柴耕作<br>竹柴正吉<br>竹柴正太郎<br>竹柴為三<br>竹柴彦作<br>河竹新七<br>古河新水 | | |

| | | | | | | | |
|---|---|---|---|---|---|---|---|
| | | | | | スケ古河黙阿 | | |
| 明治23 3・25（辻）<br>3・25（絵役） | 国立劇場<br>国立劇場 | 歌舞伎 | 相馬平氏二代譚<br>御誂雁金染<br>道成寺 | ソウマヘイシニダイハナシ<br>オアツラエカリガネゾメ<br>ドウジョウジ | 竹柴彦作<br>竹柴為三<br>竹柴賢次<br>竹柴瓢蔵<br>篠田金治<br>榎本虎彦<br>竹柴富蔵<br>竹柴正太郎<br>竹柴耕作<br>河竹新七<br>スケ古河黙阿弥 | | |
| 明治23 4・4（辻）<br>4・5（絵役） | 国立劇場<br>早大演博 | 市村 | 前太平記擬玉殿<br>聖世徳大赦恩典<br>一ツ家<br>合槌程夜桜<br>狐色廓粟餅 | ゼンタイヘイキマガイノギョクデン<br>ミヨノトクタイシャオンデン<br>ヒトツヤ<br>アイヅチニホドモヨザクラ<br>キツネイロサトノアワモチ | 竹柴蝶三<br>竹柴山造<br>松島松作<br>竹柴清吉<br>竹柴瓢助<br>竹柴金三<br>竹柴金松<br>竹柴信三 | | 全：四月、市村座に『一ツ家』を書き下ろせし際、スケ黙阿弥として名を列ねしが、これ番付へ載りし最後なり<br>全：新古演劇十種の内（「一ツ家」） |

| | |
|---|---|
| | 明治23<br>5・22（辻）<br>5・22（絵役） |
| | 国立劇場<br>国立劇場 |
| | 新富 |
| | 皐月晴上野朝風<br>花見堂新茶夜話<br>勧進帳<br>近江源氏先陣館 |
| | サツキバレウエノノアサカゼ<br>ハナミドウシンチャノヨバナシ<br>カンジンチョウ<br>オウミゲンジセンジンヤカタ |
| 竹柴瓶三<br>竹柴昇三<br>スケ<br>竹柴其水<br>古河黙阿 | 竹柴其水<br>松島陸治<br>竹柴金松<br>竹柴瓢蔵<br>篠田吾八<br>竹柴清吉<br>篠田金治<br>松島松作<br>竹柴賢治<br>竹柴耕作<br>竹柴正吉<br>竹柴正太郎<br>竹柴為三<br>竹柴彦作<br>河竹新七 |
| | 早大演博 |
| | |

| | | | | | | | |
|---|---|---|---|---|---|---|---|
| | | | | | 古河新水<br>スケ古河黙阿 | | |
| 明治23 5・22（辻）<br>5・22（絵役） | 御園座<br>国立劇場 | 歌舞伎 | 実録忠臣蔵<br>絵本大功記<br>左小刀 | ジツロクチュウシングラ<br>エホンタイコウキ<br>ヒダリコガタナ | 竹柴彦作<br>竹柴為三<br>竹柴賢次<br>竹柴瓢蔵<br>竹柴金三<br>篠田金治<br>榎本虎彦<br>竹柴富蔵<br>竹柴正太郎<br>竹柴耕作<br>河竹新七<br>スケ古河黙阿弥 | | |
| 明治23 7・12（辻）<br>7・12（絵役） | 御園座図<br>国立劇場 | 歌舞伎 | しらぬひ譚<br>絵本大功記<br>熱海土産雁皮玉章 | シラヌイモノガタリ<br>エホンタイコウキ<br>アタミミヤゲガンピノタマズサ | 竹柴彦作<br>竹柴為三<br>竹柴賢次<br>竹柴瓢蔵<br>竹柴金三<br>並木五柳 | | |

| | | | | | | | |
|---|---|---|---|---|---|---|---|
| | | | | | 榎本虎彦<br>竹柴富蔵<br>竹柴正太郎<br>竹柴耕作<br>河竹新七<br>スケ<br>竹柴其水<br>竹柴清吉<br>竹柴金松<br>古河黙阿弥 | | |
| 明治23　7・15（辻）<br>7・15（絵役） | 御園座図<br>早大演博 | 市村 | 島鵆月白浪<br>絵本太功記<br>影法師踊写川狩<br>深緑庭松影 | シマチドリツキノシラナミ<br>エホンタイコウキ<br>カゲボウシオドリウツルカワガリ<br>フカミドリニワノマツカゲ | 墨板 | | |
| 明治23　10・28（辻）<br>10・31（絵役） | 御園座図<br>国立劇場 | 歌舞伎 | 三幅対上野風景<br>足柄山紅葉色時<br>忍合図雁の玉章<br>戻橋<br>奥州安達原 | サンプクツイウエノノフウケイ<br>アシガラヤマモミジノイロドキ<br>シノブアイズカリノタマズサ<br>モドリバシ<br>オウシュウアダチガハラ | 竹柴彦作<br>竹柴為三<br>竹柴賢次<br>竹柴瓢蔵<br>竹柴金三<br>並木五柳 | | 全：新古演劇十種の内<br>（「戻橋」） |

| | | | | | | | |
|---|---|---|---|---|---|---|---|
| | | | | | 榎本虎彦<br>竹柴富蔵<br>竹柴正太郎<br>竹柴耕作<br>河竹新七<br>スケ<br>竹柴其水<br>竹柴清吉<br>竹柴金松<br>古河黙阿弥 | | |
| 明治23 12・12（辻）<br>12・12（絵役） | 御園座図<br>早大演博 | 新富 | 佐野経世誉免状<br>梶原平三情石切<br>樋口兼光逆艪澐<br>濡髪関贔屓積物 | キノノツネヨホマレノメンジョウ<br>カジワラヘイゾウナサケノイシキリ<br>ヒグチノカネミツサカロノアラナミ<br>ヌレガミゼキヒイキノツミモノ | ナシ | | |
| 明治24 1・8（辻）<br>1・8（絵役） | 関西松竹<br>早大演博 | 歌舞伎 | 鼠小紋春着雛形<br>祇園祭礼信仰記<br>風船乗評判高閣 | ネズミコモンハルギノヒナガタ<br>ギオンサイレイシンコウキ<br>フウセンノリウワサノタカドノ | 竹柴彦作<br>竹柴為三<br>竹柴富蔵<br>榎本虎彦<br>松島松作<br>並木五柳 | 阪急池田 | |

| | |
|---|---|
| | 明治24<br>3・14（辻）<br>3・14（絵役） |
| | 早大演博<br>国立劇場 |
| | 歌舞伎 |
| | 武勇誉出世景清<br>芦屋道満大内鑑<br>信田妻<br>菜種蝶小袖物狂 |
| | ブユウノホマレシュッセカゲキヨ<br>アシヤドウマンオオウチカガミ<br>シノダヅマ<br>ナタネニチョウコソデモノグルイ |
| 竹柴清吉<br>竹柴豊蔵<br>竹柴瓢蔵<br>竹柴正太郎<br>竹柴耕作<br>河竹新七<br>スケ<br>竹柴其水<br>古河黙阿弥 | 竹柴彦作<br>竹柴為三<br>竹柴賢次<br>竹柴瓢蔵<br>並木五柳<br>竹柴金三<br>榎本虎彦<br>竹柴富蔵<br>竹柴正太郎<br>竹柴耕作<br>河竹新七 |
| | |
| | |

| | | | | | | | |
|---|---|---|---|---|---|---|---|
| | | | | | スケ<br>竹柴其水<br>古河黙阿弥 | | |
| 明治24 5・5（辻）<br>5・5（絵役） | 御園座図<br>早大演博 | 新富 | 御所模様萩葵葉<br>増補姻袖鑑　※1<br>花吹雪岩倉宗玄　※2<br>愛宕館芝浦八景 | ゴショモヨウハギトアオイバ<br>ゾウホコンレイソデカガミ<br>ハナフブキイワクラソウゲン<br>アタゴカンシバウラハッケイ | 竹柴彦作<br>竹柴為三<br>竹柴正太郎<br>竹柴華七<br>篠田吾八<br>松島松作<br>篠田金治<br>竹柴清吉<br>竹柴耕作<br>竹柴正吉<br>竹柴瓢蔵<br>竹柴金松<br>竹柴彦作<br>河竹新七<br>古河新水<br>スケ古河黙阿 | | ※1：辻のみ記載<br>※2：絵本のみ記載 |
| 明治24 6・1（辻） | 松竹大谷 | 歌舞伎 | 春日局 | カスガノツボネ | 竹柴彦作 | | |

| | | | | | | | |
|---|---|---|---|---|---|---|---|
| 6・1（絵役） | 日大総図 | | 幡随長兵衛<br>公平法問諍 | バンズイチョウベエ<br>キンピラホウモンアラソイ | 竹柴為三<br>竹柴賢治<br>竹柴瓢蔵<br>並木五柳<br>竹柴金三<br>榎本虎彦<br>竹柴富蔵<br>竹柴正太郎<br>竹柴耕作<br>河竹新七<br>スケ<br>竹柴其水<br>古河黙阿弥 | | |
| 明治24　7・14（辻）<br>7・14（絵役） | 御園座<br>国立劇場 | 歌舞伎 | 舞扇恨之刃<br>義経千本桜<br>志渡浦海人玉取 | マイオウギウラミノヤイバ<br>ヨシツネセンボンザクラ<br>シドノウラアマノタマドリ | 墨板 | | |
| 明治24　9・3（辻）<br>9・3（絵役） | 山田（写<br>早大演博 | 歌舞伎 | 鎌倉三代記<br>増補女鳴神<br>菅原伝授手習鑑<br>忠臣蔵形容画合 | カマクラサンダイキ<br>ゾウホオンナナルカミ<br>スガワラデンジュテナライカガミ<br>チュウシングラスガタノエアワセ | ナシ | | |

| | | | | | | | |
|---|---|---|---|---|---|---|---|
| 明治24 10・31（辻）<br>11・1（絵役） | 成蹊大学<br>早大演博 | 歌舞伎 | 太閤軍記朝鮮巻<br>復讐談高田馬場<br>雪月花三景 | タイコウグンキチョウセンノマキ<br>カタキウチタカダノババ<br>セツゲッカミツノナガメ | 竹柴彦作<br>竹柴為三<br>竹柴賢次<br>竹柴瓢蔵<br>並木五柳<br>並木五八<br>竹柴富蔵<br>竹柴正太郎<br>竹柴昇三<br>河竹新七 | | |
| 明治24 11・30（辻）<br>12・1（絵役） | 東大総合<br>東大総合 | 深野 | 音聞天竺徳兵衛<br>忠臣いろは実記<br>鬼一法眼三略巻<br>雪礎巌石橋 | オトニキクテンジクトクベエ<br>チュウシンイロハジッキ<br>キイチホウゲンサンリャクノマキ<br>ユキツブテイワオノシャッキョウ | ナシ | | |
| 明治25 1・15（辻）<br>1・15（絵役） | 御園座図<br>早大演博 | 歌舞伎 | 塩原多助一代記<br>箱根山曽我初夢<br>梯子乗出初晴業 | シオバラタスケイチダイキ<br>ハコネヤマソガノハツユメ<br>ハシゴノリデゾメノハレワザ | 竹柴彦作<br>竹柴為三<br>竹柴賢治<br>竹柴瓢蔵<br>竹柴清吉<br>並木五柳 | | 続々：三遊亭円朝が得意中の得意なる塩原多助の事蹟を新七が脚色したるものにて講座に口演するものと殆ど異なる所なく中幕に擬したる箱根の対 |

| | | | | | | |
|---|---|---|---|---|---|---|
| | | | | | 並木吾八<br>竹柴富蔵<br>竹柴正太郎<br>竹柴昇三<br>河竹新七<br>スケ竹柴其水 | | 面は別当所にて工藤箱王の出会ひが例もの対面になる件んを居所替りとなし軽井沢の八幡屋といふ宿屋にて小兵衛が夢を見ると云ふ趣向飽くまで黙阿弥式にて… |
| 明治25　3・24（辻）<br>3・24（絵役） | 成蹊大学<br>早大演博 | 歌舞伎 | 求女塚身替新田<br>女楠<br>毛剃九右衛門<br>鴉舞<br>鷺娘 | モトメヅカミガワリニッタ<br>オンナクスノキ<br>ケゾリクエモン<br>カラスマイ<br>サギムスメ | 竹柴彦作<br>竹柴為三<br>竹柴賢治<br>竹柴瓢蔵<br>並木五柳<br>並木吾八<br>竹柴富蔵<br>竹柴正太郎<br>竹柴昇三<br>河竹新七 | | |
| 明治25　5・28（辻）<br>5・28（絵役） | 松竹大谷<br>早大演博 | 歌舞伎 | 恋女房染分手綱<br>太鼓音智勇三略<br>加茂空也運動競 | コイニョウボウソメワケタヅナ<br>タイコノオトチユウノサンリャク<br>カモトクウヤウンドウクラベ | 竹柴彦作<br>竹柴為三<br>竹柴賢治 | | |

| | | | | | | | |
|---|---|---|---|---|---|---|---|
| | | | | | 竹柴瓢蔵、並木五柳、並木吾八、竹柴富蔵、竹柴正太郎、竹柴昇三、河竹新七 | | |
| 明治25 7・14（辻） | 国立劇場 | 歌舞伎 | 怪異談牡丹灯籠 | カイダンボタンドウロウ | 竹柴彦作、竹柴為三、竹柴賢治、竹柴瓢蔵、竹柴清吉、並木五柳、並木吾八、竹柴富蔵、竹柴正太郎、竹柴昇三、河竹新七、スケ竹柴其水 | | |
| 7・14（絵役） | 国立劇場 | | 枕慈童 | マクラジドウ | | | |
| 明治25 9・4（辻） | 御園座図 | 歌舞伎 | 仕立卸薩摩上布 | シタテオロシサツマジョウフ | 竹柴彦作 | | |

| | | | | | | | | |
|---|---|---|---|---|---|---|---|---|
| | 9・4（絵役） | 早大演博 | | 与話情浮名横櫛 | ヨハナサケウキナノヨコグシ | 竹柴為三<br>竹柴賢治<br>竹柴瓢蔵<br>竹柴清吉<br>並木五柳<br>並木吾八<br>竹柴富蔵<br>竹柴正太郎<br>竹柴昇三<br>河竹新七<br>スケ竹柴其水 | | |
| 明治25 | 10・14（辻）<br>10・14（絵役） | 国立劇場<br>国立劇場 | 歌舞伎 | 関原誉凱歌<br>皿屋舗化粧姿見<br>襖落那須語<br>釣狐廓懸罠 | セキガハラホマレノカチドキ<br>サラヤシキケショウノスガタミ<br>スオウオトシナスノカタリ<br>ツリギツネサトノカケワナ | 竹柴彦作<br>竹柴為三<br>竹柴賢治<br>竹柴瓢蔵<br>竹柴清吉<br>並木五柳<br>並木吾八<br>竹柴富蔵<br>竹柴正太郎 | | |

| | | | | | | | |
|---|---|---|---|---|---|---|---|
| | | | | | 竹柴昇三<br>河竹新七<br>スケ竹柴其水 | | |
| 明治25　11（※） | | | 一刀流成田掛額 | イットウリュウナリタノカケガク | | 早大演博 | ※台帳裏表紙に年月と作者名「古河黙阿弥」あり。 |
| 明治26　1・15（辻）<br>1・15（絵役） | 松竹大谷<br>国立劇場 | 歌舞伎 | 安政三組盃<br>奴凧廓春風 | アンセイミツグミサカヅキ<br>ヤッコダコサトノハルカゼ | 竹柴彦作<br>竹柴為三<br>竹柴賢治<br>竹柴瓢蔵<br>竹柴清吉<br>並木五柳<br>竹柴信三<br>竹柴富蔵<br>竹柴正太郎<br>竹柴昇三<br>河竹新七<br>スケ竹柴其水 | | 全：明治の初年に彦三郎、菊五郎、栄三郎、米升、太郎等で富本の浄瑠璃に書いた、『奴凧』に拠つた作であるが、殆ど面目を一新してゐる。これが絶筆であつた。<br>全：一月二十二日午後四時歿す |
| 明治26　3・4（絵役） | 早大演博 | 市村 | 山開目黒新富士<br>壇浦兜軍記 | ヤマビラキメグミノシンフジ<br>ダンノウラカブトグンキ | 河竹新七<br>竹柴蝶三<br>竹柴伝蔵 | 早大演博 | |

| | |
|---|---|
| | 明治34　3（※） |
| | 明治 |
| | |
| | 染模様五枚揃着 |
| | ソメモヨウゴマイノソロイギ |
| 竹柴梅松<br>竹柴金三<br>竹柴瓢助<br>竹柴金松<br>竹柴当蔵<br>竹柴山造<br>竹柴瓶三<br>竹柴其水 | |
| | 早大演博 |
| | ※台帳には「原作者古河黙阿弥」との記載がみえる |

# 第四章　作品と絵画資料

従来、河竹黙阿弥の作品はその絵画的手法が指摘されてきた。はたして、黙阿弥作品は本当に絵画的な手法を用いていたのか。そして、それは他の歌舞伎作者と比較してもいえることなのか。また、これも定説になっているように、黙阿弥と提携したことで知られる四代目市川小団次が最も黙阿弥作品のすぐれた表現者だったのか、幕末と明治期とでは黙阿弥作品の特色に大きな違いがあったのか――などはみな、絵画資料から探ることができるのではないだろうか。

絵画資料の中にこれらのことを見出そうとしたとき、黙阿弥代表作の錦絵数点を眺めてみたところでは判然としないはずである。

そこで、幕末から明治期の錦絵を多く所蔵する機関である国立劇場の所蔵芝居版画のうち、黙阿弥作品を描いた錦絵から五十点を選び出してみた。

今回ここに収載した芝居版画のすべては、現在「国立劇場所蔵芝居版画図録」（以下、「図録」）のシリーズ刊行図録と独立行政法人日本芸術文化振興会のホームページ「文化デジタルライブラリー」（以下、「ライブラリー」）のインターネット配信によって公開されている。筆者は平成十二年度より国立劇場より業務を委託され、「ライブラリー」制作のための調査と編集をおこない、また、図録シリーズの続刊制作を進めてきた。今回作成した黙阿弥作品の芝居版画集は、それら国立劇場の所蔵資料を調査する際に筆者が作成した基本データをもとに、黙阿弥作品の特徴を表し、役者の演技がよく表現されていることに着眼して、初演を描いたものを中心に（所蔵のないものは再演を描いたものを採用した場合がある）選択・収集したものである。したがって、国立劇場が所蔵する黙阿弥作品を描いた芝居版画のすべてを収載したものとは性格が異なることをご理解いただきたい。あくまでも調査・研究の資料となることを目的に集成したものである。

なおこの図版の配列は、黙阿弥が作品への影響が大きく考えられる役者である四代目市川小団次、三代目沢村田之助、九代目市川団十郎、五代目尾上菊五郎、そして（時間的には遡るが）八代目市川団十郎の出演がみとめられる作品の順に、それぞれの中でさらに題名の五十音順に従って並べた。役者名に関しては国立劇場の「図録」「ライブラリー」にしたがって、「団」は「團」、「沢」は「澤」字を用いた。

図1『吾嬬下五十三駅』は歌舞伎狂言の一つの類型となっている東海道五十三次を扱った作品であり、この図は、いわゆる「天地人のだんまり」として知られる「鈴鹿山だんまり」を描いたものである。黙阿弥の作には「二」および「三」の構成法がみられる（吉田弥生『江戸歌舞伎の残照』）が、図1の構図にはまさに「三」の構成美がある。

この外に「三」の構成美が画面を彩って印象深いのは図9『三人吉三廓初買』大川端の場である。四代目市川小団次の和尚吉三を挟んで、三代目岩井粂三郎のお嬢吉三と初代河原崎権十郎（のちの九代目市川団十郎）のお坊吉三。お嬢吉三は八百屋お七の世界をかりているため、旧来の歌舞伎の作品世界を象徴する。一方のお坊吉三は自作の『網模様燈籠菊桐』で登場させた人物を再生させており、いわば自らの旧作世界の象徴。これらを対偶させ、これらをつなぐ位置づけともなる和尚吉三が小団次である。この「天地人」の「三」による構成が画面をひきしめ、落ち着きを演出している。

同じく「三」の構成で印象的なのが図47である。縦三枚続であり、極楽寺山門の場を描くが、上中下でまったく異次元、まるで別の世界を独立して表現しているかのようである。実に黙阿弥作品は別世界、異次元の世界をつなぎ、混ぜ、それを構成美により同化して見せることを特色としている。

黙阿弥と四代目市川小団次の提携的な関係については、ここであらためて述べる必要がないであろう。黙阿弥が書き、小団次が演じた作品そのものが幕末の江戸歌舞伎であった。

白浪役者の異名をとるほど、小団次には盗賊・小悪党の役がはまり、多くの出演作がある。図5『小袖曾我薊色縷』、図9の『三人吉三廓初買』、図11『鼠小紋東君新形』、図12『都鳥廓白浪』（図中の役は相当しないが図2の『網模様燈籠菊桐』、図4の『勧善懲悪覗機関』も）はみなそれにあたる。これらの図からは、小団次の演じた盗賊・小悪党にあまり残忍の影はなく、愛嬌と卑近性がみてとれる。これが小団次の「悪」の演技であり、黙阿弥の「悪」の捉え方、描き方であったといえる。

一方、図8の浅倉当吾や図13の木屋文里の演技を描いたものからは、小団次が実直な人物や吉原の通客といった、悪党とはまったく別の性格もよく表現した役者であったことがわかるのである。

また、先に挙げた盗賊・小悪党を演じた作を描いたものを主として、小団次は腕をまくり、裾をはしょった姿や地面に転がった演技が多いことがわかる。現代の歌舞伎舞台衣裳の観点からしても、腕まくりや裾はしょりは世話物の立役によく見られる舞台姿である。しかし、小団次ほどこの姿で多く描かれる役者もいない。肉体を露出する部分が多ければ、観客にあたえる現実感は大きい。また、小柄だったといわれる小団次の体格にも関係があるかと思われる。小団次の地面に転がるなどのオーバーアクションは場面を盛り上げ、観客にリアリティーを伝え、黙阿弥の作品世界へ惹きこんだであろう。黙阿弥作品は小団次の演技によって、舞台上で補筆されたのである。

黙阿弥作品に登場する人物のうち主人公のほとんどは男性である。しかし、これは黙阿弥にかぎらず、歌舞伎の作品全体にいえることである。ところが、黙阿弥は三代目沢村田之助だけには女性を主人公とする作品を書き与えた。しかも、従来の女方に珍しい性格を追求したといえる。それは図14、図15（ともに『魁駒松梅桜曙徽』）、図16『東駅いろは日記』、図17『処女翫浮名横櫛』を見れば瞭然であろう。

そこで興味深い特徴に気づかされる。田之助が出演したこれらの作品の女主人公はみな、武器を持ったり、縄で縛られているのである。縄で縛られている女主人公といえば、たおやかな「金閣寺」の雪姫が連想されるのではないだろうか。ところが、田之助が演じた黙阿弥作品の図15、図17も、その表情に描かれる通り、目線は上向き、つまり状況打破を狙う強さを秘めている。これらの女主人公は意志を持った力強い女性、あるいは妖しい魅力を持った女性たちであり、田之助はそうした黙阿弥作品の女主人公をつとめて最高の演技者だったのである。

明治期の黙阿弥作品を描く芝居絵のほぼ全てに登場するのは九代目市川団十郎である。

図30の『高時』（この図は再演のもの）や図37『松栄千代田神徳』、図39『桃山譚』などはよく知られているような、団十郎の活歴志向によって誕生したといって過言でない作品、活歴物の代表作である。しかし、こうして図を集めてみ

ると、九代目団十郎が意外にも多様な芝居に出演していることが判明し、明治期における団十郎の印象が変わる。九代目団十郎は「活歴物」、五代目尾上菊五郎は「散切物」という固定観念があれば、それはゆるめたほうがよい。九代目団十郎はたしかに演劇改良の熱にとりつかれた一人であり、〈活歴物を創始した〉のかもしれない。しかし、図18の『西南雲晴朝東風』や、図24、図26、図33が示すように、同時期の散切物作品にも多く出演しており、また図28の「鏡獅子」、図36『船弁慶』、図38『紅葉狩』のような、現行でもよく上演される黙阿弥の舞踊作品もよくつとめ、図23の河内山宗俊や図34の幡随長兵衛など世話物の主人公も演じ、そして図35に描かれる『漂流奇談西洋劇』のような西洋文化を採り入れた新たな趣向の作品にも出演している。実に黙阿弥作品の様々なジャンルで活躍しており、芝居版画を見る限り、明治期の団十郎が活歴一辺倒だったという振り分け的な理解は適当でないことがわかる。

しかし、五代目尾上菊五郎の明治期に関してみると、黙阿弥作品への出演についていえば、たしかに「散切物」が中心だったと考えられる。九代目団十郎と同じ画面に描かれる図22（同じときの三つの演目が同画面で描かれる）を見ても、団十郎は吉備大臣、菊五郎はざんぎり頭の坂五郎である。そして、団十郎と共演の図25、図26、そして菊五郎の演じる巡査だけが洋服姿の図27、ほかに高橋於伝をつとめた図33、図40の『愛宕館芝浦八景』など、菊五郎の散切物を描いた図は多い。また、自らが外国人の役をつとめた図45『風船乗評判高閣』も、新時代の風俗を取入れた作への熱意がその姿に見ることができる縦二枚続である。

五代目菊五郎がそれらの役をこなすことができたのには、黙阿弥の新しい時代を描こうという意思をくみとることができたということがあるのだろう。菊五郎は、まだ十三代目市村羽左衛門のとき、黙阿弥が菊五郎をモデルとして、豊国に宣伝用の錦絵までつくらせたという（鈴木重三氏は実際のモデルは三代目岩井粂三郎と指摘する（『歌川豊国―美人画を中心に―』）『青砥稿花紅彩画』（図46、図47、図48）で弁天小僧をつとめて成功し、自らの出世作ができた。以来、黙阿弥への信頼が強く、作品の意向を正確に読みとれる、従順な表現者として活躍したものと考えられる。

さて、黙阿弥作品の絵画性についてまとめたい。黙阿弥の絵画的手法とは一体何か。筆者は次のように考える。

（1）江戸歌舞伎が上方歌舞伎に比べて身体表現に重きを置く傾向をもって発展したため、絵画のような様式美を追求した。黙阿弥の作品はその流れを受けているために自ずと絵画的な場面構成をなす。

（2）提携的な関係にあった四代目市川小団次は上方出身の役者であったが、江戸歌舞伎の世話物を開拓したといわれるように、その特性として写実的な演出を衣裳のつけ方、所作（アクション）もふくめて工夫し、表現した。小団次を中心とした幕末期の多くの作品がそのまま黙阿弥作品を形作った一面がある。

（3）黙阿弥自身の絵画への関心と才能。絵看板や下絵に自ら筆をとったと伝えられている。絵画的センスが素養としてあった。そのため、人物の配置や場面の醸す色彩などを創造し、配慮することができた。

（4）実際的な絵画の利用。先にふれた『青砥稿花紅彩画』の際には、同時代の浮世絵の流行とタイアップ効果をはかろうとこころみた。また、すでに自著（『江戸歌舞伎の残照』）で指摘済みだが、初期の合巻脚色作である『児雷也豪傑譚』（図49、図50）では合巻の挿絵からも脚色をしており、舞台に「動く絵画」をあらわした。

（4）対偶を示す「二」と日本に古来より「松竹梅」「天地人」「雪月花」「三すくみ」などで伝わる「三」の構成法が黙阿弥の戯曲構成に顕著にみられ、登場人物の関係や舞台演出にも反映した結果、二枚続や三枚続の錦絵に描きやすい場面を形成したため。

これらは現在までの研究結果からいえることである。

今後、ここに作成した黙阿弥作品図集から新たな観点が生まれることを、そして、絵画資料を通した新しい黙阿弥研究が花開き続けることを、黙阿弥を研究する者の一人として強く希望している。

**図 1**

吾嬬下五十三駅（鈴鹿山だんまりの場）

[3]歌川豊国

安政1年（1854）8月　河原崎座

[3]嵐璃寛／盗賊地雷太郎

[4]市川小團次／修験者天日坊

[1]坂東志うか　([5]坂東三津五郎）／女盗賊人丸お六

**図 2**

網模様燈籠菊桐

[3]歌川豊国

安政4年（1857）7月　市村座

[4]市川小團次 ／ 中万字屋弥兵衛

[5]坂東彦三郎 ／ 稲木新之丞

[4]尾上菊五郎 ／ 中万字屋玉菊

**図 3**

江戸桜清水清玄（隅田川渡し場の場）

[3]歌川豊国

安政5年（1858）3月　市村座

[4]市川小團次 ／ 清玄

[1]河原崎権十郎 （[9]市川團十郎）／ 牛若伝次

[4]尾上菊五郎 ／ 桜ひめ

**図 4**

勧善懲悪覗機関

一恵斎芳幾（落合 芳幾）

文久2年（1862）8月　守田座

[4]市川小團次 ／ 手代久八

[2]中村福助 ／ 伊勢屋仙太郎

**図 5**

小袖曾我薊色縫

[3]歌川豊国

安政6年（1859）2月　市村座

[6]坂東又太郎 ／ 二八蕎麦屋

[4]市川小團次 ／ 鬼あざみ清吉

[1]河原崎権十郎 （[9]市川團十郎） ／ 八重垣紋三

**図 6**

小春穏沖津白浪（月輪村浪宅の場）

[2]歌川国貞

元治1年（1864）11月　市村座

[2]尾上菊次郎 ／ 幸兵衛女房おきぬ

[4]市村家橘 （[5]尾上菊五郎） ／ 小狐礼三

[4]市川小團次 ／ 玉島幸兵衛

**図 7**

桜荘子後日文談（雪峰子離別の場）

落合芳幾

文久1年（1861）8月　守田座

[4]市川小團次 ／ 浅倉当吾

坂東松二郎 ／ 国まつ

三之助 ／ 乳児

[2]尾上菊次郎 ／ 当吾女房おミね

市川市三郎 ／ 当太郎

**図 8**

三題噺高座新作（向両国百本杭の場）

[2]歌川国貞

文久3年（1863）2月　市村座

[4]市村家橘　（[5]尾上菊五郎）／ 巾着切竹門虎

[4]市川小團次 ／ 和国橋藤次

[5]坂東三八 ／ 藤次弟子兼

[2]澤村訥升　（[4]助高屋高助）／ 平野屋幸三郎

**図 9**

三人吉三廓初買（大川端の場）

[3]歌川豊国

万延1年（1860）1月　市村座

[3]岩井粂三郎　([8]岩井半四郎）／ おぜう吉三

[4]市川小團次／ おしやう吉三

[1]河原崎権十郎　([9]市川團十郎）／ おぼう吉三

**図10**

曾我綉侠御所染

豊原国周

元治1年（1864）2月　市村座

[4]市村家橘　([5]尾上菊五郎）／ 雪枝小織ノ助

[3]関三十郎 ／ 星影土右衛門

[6]坂東三津五郎 ／ 遊君逢州

[4]市川小團次 ／ 御所ノ五郎蔵

**図11**

鼠小紋東君新形

[3]歌川豊国

安政4年（1857）1月　市村座

[4]市川小團次 ／ 稲葉子僧次郎吉

**図12**

都鳥廓白浪

[3]歌川豊国

安政1年（1854）3月　河原崎座

[4]市川小團次 ／ 手下峯蔵

[1]坂東志うか ／ 吉田松若丸

**図13**

夜鶴姿泡雪（根岸丁字屋別荘の場）

[3]歌川豊国

万延1年（1860）1月　市村座

花園多喜太夫

中村栄蔵 ／ 弟鉄之助

[1]河原崎国太郎 ／ 文里娘おたつ

花園遊賀

[1]吾妻市之丞 （[5]吾妻藤蔵）／ 文里女房お志づ

花園宇治太夫

花園豊造

[4]市川小團次 ／ 木屋文里

花園豊八

**図14**

魁駒松梅桜曙黴（眞間在洪水の場）

落合芳幾

慶応1年（1865）3月　守田座

[3]市川九蔵 （[7]市川團蔵）／ 正木の家来真吉

[3]澤村田之助 ／ かけ皿

[4]中村芝翫 ／ 乞目の畳六

**図15**

魁駒松梅桜曙微

豊原国周

慶応1年（1865）3月　守田座

[1]市川小文次（坂東太郎）／下男脚平

[3]澤村田之助／娘かけ皿

[3]関三十郎／母片おもい

[1]関哥助／せんたく屋う田

**図16**

東駅いろは日記

[3]歌川豊国

文久1年（1861）7月　市村座

中村雀之助／荒駒太郎

[3]澤村田之助／女六部曙山

[4]中村芝翫／須波数右衛門

**図17**

処女翫浮名横櫛

　豊原国周

　元治1年（1864）7月　守田座

　[3]澤村田之助 ／ 愛妾おとみ

　[4]中村芝翫 ／ 赤間源左衛門

**図18**

西南雲晴朝東風

　豊原国周

　明治11年（1878）2月　新富座

　[1]市川左團次 ／ 岸野年秋

　[5]尾上菊五郎 ／ 嚢原国元

　[2]尾上菊之助 ／ 西条の一子

　[9]市川團十郎 ／ 西条高盛

**図19**

音響千成瓢（大徳寺の場）

豊原国周

明治9年（1876）9月　新富座

[1]市川左團次 ／ 佐久間玄蕃

[5]坂東彦三郎 ／ 秀吉

[3]澤村源平 ／ 三保子君

[9]市川團十郎 ／ 勝家

[2]澤村訥升 （[4]助高屋高助） ／ 前田利家

**図20**

復咲後日梅（金谷家御能の場）

守川周重（歌川周重）

明治14年（1881）11月　新富座

[9]市川團十郎 ／ 坂田善三郎

[1]市川左團次 ／ 高村伴左衛門

中村宗十郎 ／ 武部四郎左衛門

**図21**

川中島東都錦画（八幡原山本討死の場）

楊洲周延

明治15年（1882）6月　新富座

[9]市川團十郎 ／ 上杉謙信

[5]尾上菊五郎 ／ 鬼小嶋弥太郎

[4]中村芝翫 ／ 武田信玄

**図22**

花見時由井幕張（裏手井戸立廻りの場）

明治年間東日記（山王山の場）

吉備大臣支那譚（唐土蓬莱宮の場）

守川周重（歌川周重）

明治8年（1875）5月　河原崎座　・明治8年（1875）6月　新富座

[1]市川左團次 ／ 丸橋忠弥

[5]尾上菊五郎 ／ 坂五郎

[4]中村芝翫 ／ 大佛六郎

[9]市川團十郎 ／ 吉備大臣

**図23**

河内山宗俊（松江候玄関先の場）

豊原国周

明治31年（1898）2月　大阪歌舞伎座　※再演

[9]市川團十郎 ／ 河内山宗俊

[7]市川八百蔵 （[7]市川中車）／ 高木小左衛門

市川宗三郎 ／ 北村大膳

[4]市川染五郎 （[7]松本幸四郎）／ 松江出雲守

**図24**

三府五港写幻燈（紀州沖遭難の場）

[4]歌川国政

明治20年（1887）10月　新富座

[9]市川團十郎 ／ 近藤辰雄

[1]市川左團次 ／ 三倉富蔵

**図25**

日月星享和政談（小島新田渡しの場）

　豊原国周

　明治11年（1878）10月　新富座

　[5]尾上菊五郎 ／ 宮川牛之助

　[9]市川團十郎 ／ 暁星右衛門

　[8]岩井半四郎 ／ 六兵衛娘おころ

**図26**

島衛月白浪（招魂社鳥居前の場・明石浦播磨灘難風の場）

　楊洲周延

　明治14年（1881）11月　新富座

　[8]岩井半四郎 ／ げいしゃおてる

　[5]尾上菊五郎 ／ 明石島蔵

　[9]市川團十郎 ／ 望月輝

**図27**

霜夜鐘十字辻筮（忍ヶ岡原中の場・根岸道芋坂の場・根岸石斎宅の場）

豊原国周

明治13年（1880）6月　新富座

[1]市川左團次 ／ さぬき小僧金助

[5]尾上菊五郎 ／ 巡査かおる

[3]河原崎国太郎 ／ 妻おなみ

中村宗十郎 ／ 六ツ羅正三郎

[9]市川團十郎 ／ ゑんせつ者関斎

[8]岩井半四郎 ／ 妻おむら前金瓶楼小紫

**図28**

滑稽二人袴・春興鏡獅々

豊原国周

明治31年（1898）2月　大阪歌舞伎座

[4]市川染五郎 （[7]松本幸四郎） ／ 高砂右馬之助

[9]市川團十郎 ／ 高砂尉兵衛 小姓弥生

**図29**

増補桃山譚（加藤邸玄関先の場）

　豊原国周

　明治29年（1896）1月　歌舞伎座

　[9]市川團十郎 ／ 加藤清正

**図30**

高時（新歌舞伎十八番の内）

　歌川豊斎

　明治35年（1902）11月　歌舞伎座

　[3]市川猿蔵 ／ 天狗

　[4]市川染五郎 （[7]松本幸四郎） ／ 天狗

　[9]市川團十郎 ／ 北条高時

　[3]市川新十郎 ／ 天狗

**図31**

茶臼山凱歌陣立（徳川家康本陣の場）

守川周重（歌川周重）

明治13年（1880）11月　新富座

中村宗十郎 ／ 真田伊豆守

[9]市川團十郎 ／ 徳川氏泰

[1]坂東家橘 ／ 誉田上野守

[1]市川左團次 ／ 武田佐吉

**図32**

天下一忠臣照鏡（十八ヶ条申開の場）

[4]歌川国政

明治17年（1884）9月　新富座

[9]市川團十郎 ／ 大星由良之助

[4]中村芝翫 ／ 勝平美濃守

[5]尾上菊五郎 ／ 赤垣源蔵

[1]市川左團次 ／ 葦元丹波守

**図33**

綴合於伝仮名書（上州富岡小澤店の場）

豊原国周

明治12年（1879）5月　新富座

[9]市川團十郎 ／ 良之助

[1]市川左團次 ／ 吉太郎

[5]尾上菊五郎 ／ 高橋おでん

中村宗十郎 ／ 与兵衛

[8]岩井半四郎 ／ おきぬ

**図34**

幡随長兵衛（村山座）

[3]歌川国貞

明治24年（1891）6月　歌舞伎座

市川権十郎 ／ 水野十郎左衛門

[2]市川女寅　([6]市川門之助）／ 柏の前

[5]市川新蔵 ／ 坂田公平

[1]市川猿之助　([2]市川段四郎）／ 坂田金左ヱ門

[9]市川團十郎 ／ 幡随長兵衛

[4]市川染五郎　([7]松本幸四郎）／ 加茂義綱

**図35**

漂流奇談西洋劇（アメリカ国の場）

安達吟光

明治12年（1879）9月　新富座

[9]市川團十郎 ／ 清水三保蔵

[8]岩井半四郎 ／ 秋津内室敷島

中村宗十郎 ／ 秋津武

澤村百之助 （[4]澤村田之助）／ 清見ノ娘若葉

**図36**

船弁慶（新歌舞伎十八番の内）

豊原国周

明治18年（1885）11月　新富座

[9]市川團十郎 ／ 平知盛

[1]市川左團次 ／ 武蔵坊弁慶

[4]中村芝翫 ／ 船長三保太夫

[8]市川海老蔵 ／ 源義経

**図37**

松栄千代田神徳（岡崎曲輪奥殿詮議の場）

豊原国周

明治11年（1878）6月　新富座

[2]大谷門蔵　（[3]大谷馬十）／ くつわの

[8]岩井半四郎 ／ 御湯殿女中お万

[1]市川團右衛門 ／ 老女藤浪

[9]市川團十郎 ／ 億川家泰

尾上梅五郎　（[4]尾上松助）／ 修験者

[5]尾上菊五郎 ／ 鳥取半蔵

**図38**

紅葉狩（戸隠山紅葉狩の場）

[4]歌川国政

明治20年（1887）10月　新富座

[1]市川左團次 ／ 平維茂

[9]市川團十郎 ／ 更科 実は 戸隠之鬼女

**図39**

桃山譚（桃山御殿の場）

守川周重（歌川周重）

明治13年（1880）1月　新富座

澤村百之助　（[4]澤村田之助）／ 白びゃうし

[9]市川團十郎 ／ 佐藤正清

中村宗十郎 ／ 真柴久吉

**図40**

愛宕館芝浦八景

豊原国周

明治24年（1891）5月　新富座

[5]尾上栄三郎　（[6]尾上梅幸）／ 華族の令嬢高輪晴子

[5]市川米蔵 ／ 紳士の令嬢緑山のお雪

[1]市川左團次 ／ 館長山田重兵ヱ

[5]尾上菊五郎 ／ 世話役田島安太郎

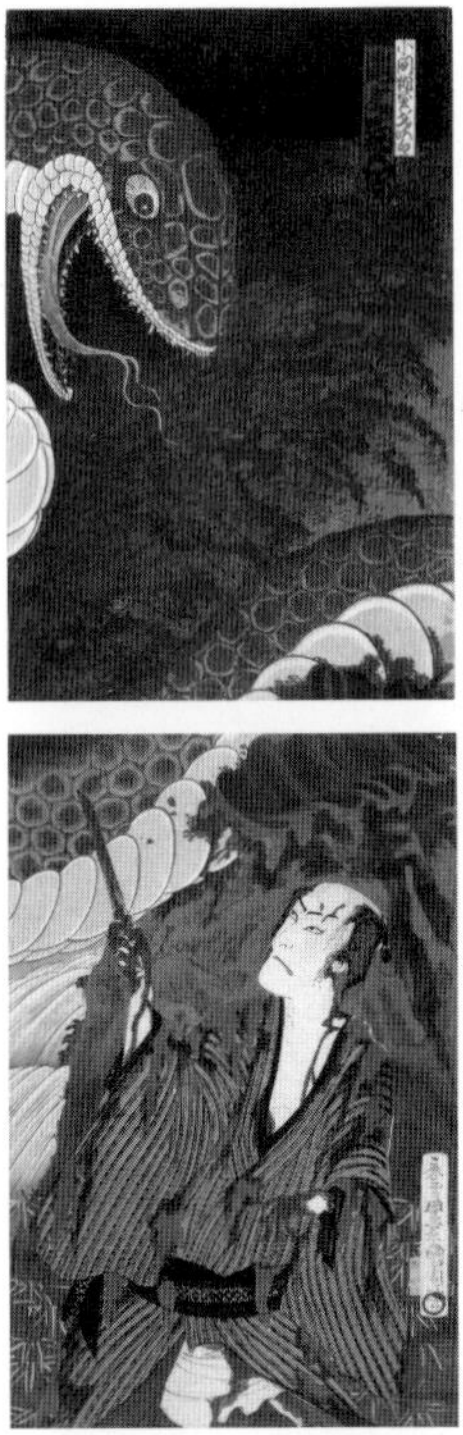

**図41**

因幡小僧雨夜噺（小仏峠黒闇谷蟒河原の場）

豊原国周

明治20年（1887）11月　中村座

[5]尾上菊五郎 ／ 小間物屋才次郎

**図42**

茨木（綱館の場）

守川周重（歌川周重）

明治16年（1883）4月　新富座

[5]尾上菊五郎 ／ 綱母 実は 茨木童子

[1]市川左團次 ／ 渡辺源次綱

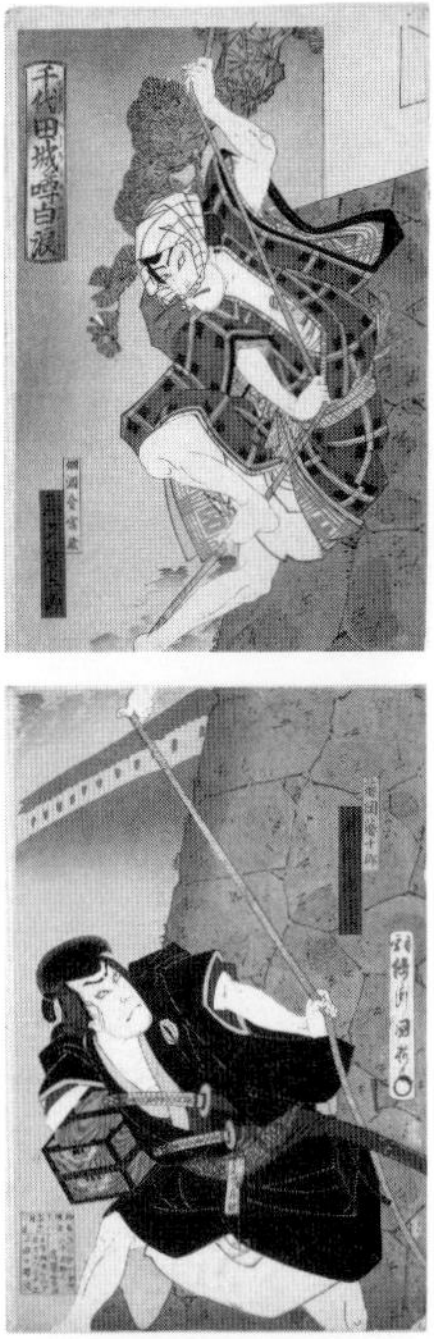


**図43**

四千両小判梅葉（代官町堀端の場）

歌川国梅

明治18年（1885）11月　千歳座

[5]尾上菊五郎 ／ 燗酒売富蔵

[3]市川九蔵 （[7]市川團蔵） ／ 藤岡藤十郎

**図44**

水天宮利生深川（油堀萩原宅庭先の場）

豊原国周

明治18年（1885）2月　千歳座

[1]市川左團次 ／ 良作

[5]尾上菊五郎 ／ 幸兵衛

[2]坂東秀調 ／ おむら

中村かほる ／ おせん

**図45**

風船乗評判高閣

豊原国周

明治24年（1891）1月　歌舞伎座

[5]尾上菊五郎 ／ 風船乗スペンサー

**図46**

青砥稿花紅彩画　（浜松屋見世先の場）

[3]歌川豊国

文久2年（1862）3月　市村座

[4]中村芝翫 ／ 四十八 実は 南郷力丸

[13]市村羽左衛門　([5]尾上菊五郎) ／ おなみ 実は 弁天小僧

[6]市川團蔵 ／ 浜松や幸兵衛

**図47**

青砥稿花紅彩画（極楽寺山門の場）

[3]歌川豊国

文久2年（1862）3月　市村座

[13]市村羽左衛門　([5]尾上菊五郎）／ 弁天小僧菊之助

[3]関三十郎 ／ 日本駄右衛門

[4]中村芝翫 ／ 青砥左衛門

[1]竹柴金作　([3]河竹新七）／ 〈狂言作者〉

**図48**

青砥稿花紅彩画（浜松屋　花道）

[2]歌川国綱（[2]歌川国輝）

文久2年（1862）3月　市村座

[13]市村羽左衛門　（[5]尾上菊五郎）／ 弁天小僧

[4]中村芝翫 ／ 南郷力丸

**図49**

児雷也豪傑譚話　（月影家奥殿の場）

[3]歌川豊国

嘉永5年（1852）7月　河原崎座

[3]岩井粂三郎　（[8]岩井半四郎）／ 田毎姫 実は 照田

[8]市川團十郎 ／ 比企の蔵人 実は 児雷也

**図50**

児雷也豪傑譚話（新潟熊手屋の場）

[3]歌川豊国

嘉永5年（1852）7月　河原崎座

[8]市川團十郎 ／ 紫大尽 実は 児雷也

[3]岩井粂三郎 （[8]岩井半四郎）／ けいせいあやめ

# あとがき

黙阿弥をもっと知りたいと考える人々、研究したい人々に役立つ本を作ろう。

本書を世に送ることにした、これが目的である。

「黙阿弥の芝居は面白い、他にどんな作品があるのだろう、読んでみたい。」

「黙阿弥で卒論を書こうと思うが、一体何から調べたらよいのだろう。」

「初演当時の脚本は、今どこで閲覧できるのか。」

とりあえず、このあたりの要求に本書は応えられているのではないだろうか。

「研究するのに必読の本や論文はもっとある。」

「年譜に加えるべき作品を見つけた。」

「この本に書かれていないが、他にも初演台帳を所蔵している機関を知っている。」

これらの御意見があれば、是非ご教示ください。よろしくお願いいたします。

そして、本書をきっかけに、

「ここに書かれている研究史の未来は、ワタシが変える！」

という意欲的な研究者の出現、

「黙阿弥の芝居ってこんなにあったのか。どれかを復活上演しよう！」

という素敵な制作者の出現があれば、実に嬉しい。研究の役割とは、そのようなものでもあると思っている。

私個人のことだが、大学院進学以後を振りかえってみると、それなりにいろいろな境遇を経験し、心境を味わった。

しかし、どんなときも帰る場所は黙阿弥の研究であったように思う。黙阿弥研究の世界が私を支え、生かし、多くの出会いを与えてくれた。どこへ、誰に、ともつかないこの感謝の念。これをかたちにしたかった。思いついたのが本書だったともいえる。

最後に、本書を作るのにお世話になった資料所蔵機関、未熟な私を育ててくれた学習院大学の中近世文芸研究会の皆様、そして、いまだ未熟な私に直接的に様々なご教示をいただく黙阿弥研究会（平成十三年度国文学研究資料館共同研究）や近松の会の皆様に深謝申し上げます。また、本書をまとめるにあたっては雄山閣編集部の久保敏明氏にご尽力いただきました。心より御礼申し上げます。

平成十八年三月

吉田　弥生

【著者略歴】
**吉田 弥生**（よしだ　やよい）
東京都港区生まれ。
学習院大学卒業、同大学院日本語日本文学専攻修了。東京大学大学院超域文化科学専攻比較文学比較文化コース研究生、早稲田大学演劇研究センター21世紀COE特別研究生等を経て、現在、文京学院大学・文京学院短期大学専任講師。
博士（日本語日本文学）。平成15年度歌舞伎学会奨励賞受賞。
〔所属学会〕歌舞伎学会（常任委員）、日本近世文学会、日本演劇学会、国際浮世絵学会
〔著書〕『江戸歌舞伎の残照』（全国図書館協議会選定図書　2004年、文芸社）
他に、『歌舞伎四百年展』（2003年、共同通信社）、『歌舞伎お作法』（2004年、ぴあ）等の共著、『国立劇場所蔵芝居版画等図録第11巻』（2006年、日本芸術文化振興会国立劇場）等の編著がある。

平成18年3月27日　初版発行　　《検印省略》

黙阿弥研究の現在　（もくあみけんきゅうのげんざい）

著　者　吉田弥生
発行者　宮田哲男
発行所　株式会社 雄山閣
〒102-0071　東京都千代田区富士見2-6-9
電話：03-3262-3231(代)　FAX：03-3262-6938
振替：00130-5-1685
http://www.yuzankaku.co.jp
組　版　創生社
印　刷　藤原印刷
製　本　協栄製本


ISBN 4-639-01922-X C1074